秘

GOLDEN AGE
RETURNS

要

田耳

著

上海文艺出版社
Shanghai Literature & Art Publishing House

所可证者唯其在之途,唯其在之途而现证迹无数。

——巴尼门德

黑书 / 缺目 / 海淘 / 身份
1　　　　15　　　　38　　　　54

未名 / 宝藏 / 鉴定 / 追毙
70　　　　94　　　　113　　　　126

索隐 / 考据 / 座次 / 心病
148　　　　167　　　　189　　　　207

烂尾 / 转行 / 替身 / 解读
221　　　　235　　　　254　　　　267

奇遇 / 寻踪 / 觉迷 / 孤本
280　　　　303　　　　319　　　　335

黑书

"……倒是我见过仿得最狠的一种——不是常见的扫描,是铅印版,有明显凹痕。"纪叔棠摊开手中那册书,指腹抠摸字迹,像是读盲文,再用放大镜查看油墨的泅痕。"墨是老墨,本来干掉,添入补水剂、柔化剂,化开再恢复使用,泅痕真实自然。这样的赝品,能够鉴别出来,主要是靠比对验证……"

说是铅印,已不可能像从前,铅字一颗一颗拣入排版盘,现在是先扫描再电脑刻版、拓印。纸面有凹痕,有泅墨,制作成本高。从前铅印的黑书,因铅面磨损、纸面松脆、着墨不稳,两本书里同一页同一个字泅墨形状不一的情况普遍存在,一比对便可验证:摊开同样的两本书,字大多一样,但总能找出泅墨形状不一样的,如果找出同样的三本书，这一现象将更为明显。这种比对，眼下是区别原版铅印和后来的电脑刻版盗版做旧的最有效方法。也可借助工具，纪叔棠说能用眼力时绝不借助工具，仿佛是一种荣耀。他总有办法不断给自己增添一些无关痛痒的小荣耀，正如他须发皆白，年纪未必有这么大，但作为一个鉴定专家，头发打理成这样似乎是一种职业道德。

"……纸型问题也非常明显。要知道，以前的老纸添加剂用得极少，植物纤维浓密粗糙，不荧白不增光，摆一段时间泛黄生霉。现在仿造的老纸，说白了，再怎么用心也糙不成当年才有的样貌……就像你再去怀旧，也不至于想蹲以前那种旱厕。不是么？"纪叔棠最近爱打比喻，时常搞得我如坠云雾。说话同时，他拧亮荧光灯探到纸页下面，纤维犹如老者的脸纹陡然清晰，四处伸展，"你们看这种纸，纤维虽然多，但现在造纸机精密度高，纤维朝向和真正的老纸明显不同……"

我所在的公司"博冠楼"这几年专做大众收藏品的网拍——网拍也只适合大众藏品，高端藏品必须现场拍。这几年，收藏网站的网拍整体形势一路高走，博冠楼算是规模较大的一家，线下也设置预展厅，把搜集来的藏品放进玻璃展柜，供买家现场鉴定。时下的拍卖，实体与网店，线上或线下，难免有些缠杂不清。网拍藏品价格一般不高，有时候一个展柜里的藏品还不如展柜本身值钱——就像此时此刻，纪叔棠煞有介事地做鉴定，围着他的一帮小年轻听课倒也聚精会神，但他拿在手上的书册，却是一目了然地粗糙。年代并不久远，上世纪八十年代的地下印刷品。

这种书，我们都熟悉。我读小学初中那会儿，县城几条破街大概有十几家书摊、三四家书铺，满摊满架都是这种非法印刷的武侠小说，租一册两角钱，包月五块钱不限册数，但品种有限，更新太慢，包三个月能把一个书铺翻了个底朝天。每一册书都是一份家当，书皮用油纸精心包好，熨斗烫平。每次还书，老板逐页翻查有没有缺页。有些纸页包含引发生理愉悦的段落，租客偷偷裁剪。那是人的神经末梢如何发达的年代啊，只言片语的色情描写都要反复咀嚼吸干榨尽。裁了以后，往往会有修补，或从语文课本里裁下相同页码的纸页粘贴上去，手工极好，简直天衣无缝，换现在跟錾花锔碗一样，够格申请一下非遗项目。只是，前面书中一男一女动手动脚情难自持，读者情绪最大程度撩起来，往下一翻，突然变成鲁迅先生《记念刘和珍君》……这让我对穿越有了最初的体认。

那真叫武侠小说的时代，不光学生，街面上所有的流氓都看武侠。流氓的精力永远发泄不完，看书不比写论文，要比一天看完几本。有的大哥一天能看两套六大本，看少了压不住一票小弟似的，看瞎了又不好意思戴眼镜，所以盯人目光更凶，其实只是费劲巴力把人看清楚。至于阅读效果，那些人可都入了帮派，没帮派的也火线上马成立一个，反正用不着备案和注册，然后逞勇斗狠，互相砍杀，热血青春，快意恩仇……武侠小说之于他们，简直是教科书。

不说别人，我那会儿看武侠也不含糊。同班的猴子，他家瘸腿大伯开着镇上最大的租书铺。瘸腿大伯防着猴子外借，每次只许他拿一套书，虽不用付钱，但得掐着时间归还。我和猴子搞好关系，蹭看免费小说，通常看了下册再看上册，或者看了中册、下册，再倒过去看上册。这样看了几年，脑袋里堆满头尾颠倒的武侠情节。

初二的暑期，猴子忽然跟我说，丁丁，我想写武侠小说。那神情，像是说他想吃雪糕或是糖油粑粑。我顺着他说，想写就写嘛，你敢写我就敢帮你看。作文课上，猴子尽管写得不好，却想摆一个好态度，每一次篇幅都抻到全班最长。老师从没给过猴子高分，批语里总有"请按老师的字数要求写作文"这样一句。现在，猴子忽然想写武侠，心里没底，拉我一块干，因我每次比他写得短，分数总要高一大截，经常被老师当成范文。我并不拒绝，叫他写个开头，我往下面续。猴子用三天写好五千来字，都是对人物形象及关系初步的构想。他拿给我一看，感觉里面的情节都似曾相识，没有意外，印象最深的倒是他给人物取名，男人名字中间往往要带枚数字，比如唐五荡、邱三串、金九陵……而那个显然将在后续写作中发育成全书女主的小姑娘，他诌个名字"完颜鸳鸯"。以我当时的审美能力，竟然觉得"完颜鸳鸯"极好，算是全书一大亮点，如果语文老师依然要求摘抄优美词句，我一定把这四字工工整整抄写上去。

有了开头，我顺着往下胡编乱扯，试了一下竟比想象中来得容易，很快将五千字拓展成一万八千字，添加了几个人物，也各自有了模样。稿子还给猴子，他一看，往下捏造出一个狠角，把我创生出的人一个个干死，再丢还给我。我一看，这算哪门子写法，人都被他写死了，如何继续往下编？

我本是想学传统一点的路数，每个人物都要有成长，慢慢学会了盖世神功再互相扯皮打架。猴子这么一写，我只好转投还珠楼主门下，编出灵丹妙药，把猴子写死的人重新弄活，再编一场大战，所有人合力弄死猴子捏造的狠角，一定要千刀万剐才解恨。

猴子初看脸皮一抽，看到后头脸色煞白，仿佛被我写死的是他。接下，他又浑身来劲，编造一个新的狠角，功力倍翻，嗜血无比。

　　……双方交手，火盐帮一众好汉悉数毙命。
　　……一顿乱战过后，毕七耀（猴子的狠角）一举荡平骆家堡，两百余人再也看不到明天的太阳。

……三招过后，瘟神居吾骨直接雾化不见，消失于黄昏的万点霞光。

……南天七鳄分七路一齐攻向毕七耀，毕七耀已无任何退路，只是将手朝天一挥。七鳄即将扑到毕七耀身前，却纷纷仆地毙命，他们各被一片树叶插进了后脑勺。

猴子还有交代，被这个毕七耀弄死的人，就彻底死掉了，不能活过来。前面被我救活的人纷纷死去两回，不能再死第三回，陡然间我确凿地知道什么叫事不过三。

"七鳄面对毕七耀，他手一挥，树叶怎么就插进人家后脑勺？"

"丁丁，你不知道啊，有回力镖，还有飞去来器，想插哪里就插哪里，我是借助了这个原理。"

"好吧，没发现你理科学那么好。"我又说，"但是，猴子你杀人实在太快了，这么搞不行的，我写再多的人物，都不够你杀半天。你这是杀人成瘾，还'看不到明天的太阳''消失于万点霞光'，写武侠小说和写作文要有点区别好不好？"

"其实我编的这个人物有点小失控，他一出手别人就会死。"猴子说着还有些委屈。

我提醒:"我俩难道不是凑一起写小说?我写的人,也都是你的人哩,一下写死了,故事没法往下编。"

猴子无奈地说:"看出来了,武侠小说大概只能一个人写。"

我便松一口气,以后用不着陪他辛苦码字。

瘸腿大伯没有子嗣,猴子等着继承那个租书铺,同时设想着一边守铺一边写武侠,终有一天自己的书也被人抢着租。"……丁丁,我不是纯粹为了赚钱,只是喜欢一边讲故事一边还有钱赚。"我听不出这有什么区别,但猴子这些想法我皆表示大力支持,心里设想,日后只要猴子当老板,我就可以按顺序看完一套套武侠,一直看下去,看完世界上所有好看的武侠小说。

过得几年,镇上家家户户都有了电视机,最受欢迎的只能是港台武侠剧,每一部都刀光剑影,光看武打就让人一个劲叫爽,剧情简直是免费奉送的,哪能不好?一开始,我们还担心这部武侠剧播放以后,再没片子可看,后面才知道,武侠剧也像地里的韭菜,割了又长,永不枯竭。

一连看了好多年,我们慢慢知道,每一部电视剧里总有一两个家伙活到须眉皆白,荷尔蒙多到无处发泄,妄图称霸武林。当然,年纪越大功力越高,人越坏身体越好,坏老头从不会自己发作个中风心梗脑溢血一命呜呼,就像毛主席说的"任何反动派都不会自行退出历史舞台"。每一次，总是那些刚谈恋爱的年轻人瞅个机会一哄而上，把老家伙给收拾掉。屏幕上"全剧终"三个字冉冉升起，一段江湖恩怨至此结束；第二天晚上换一部片子，粤语主题歌一响，我们连蒙带猜什么意思，歌曲一结束，武林又掀腥风血雨。

一旦有了电视，书就少人看了，武侠小说密密麻麻的字迹很快也没人看了。镇上租书摊转眼消失不见，像是被风刮走；租书铺搬不动，要转做别的营生。瘸腿大伯及时搞起一家麻将馆，以前翻旧的书大都卖废纸，只留下一摞用来垫桌腿。

初中毕业，猴子去省城读医药中专，中专毕业分配到隔壁一个县，此后我俩再无联系。慢慢地，我意识到，人与人之间似乎应有点恩怨情仇，否则，就这么不咸不淡地长大，终有一天彼此失去联系才是大概率的日常。

当年我就知道，租书铺的武侠小说大都是盗版书，纸张粗糙，印质堪忧，部分甚至错别字连篇，但因价格便宜，一直是瘸腿大伯和别的摆摊老头的首选。同样是武侠书，租出去可不会因为是盗版就比正版少收一角钱。现在做起这类书的网拍才搞清楚，这种书说盗版都算抬举它，更严格的说法是"伪版"或者"黑书"——内容都从港澳台走私进来的小说母本里扒取，由地下印刷厂重新排印，出版社的名字往往是随意杜撰。（说是随意杜撰，同一家印刷厂通常又固定使用那几个杜撰的社名，仿佛印黑书也图扬名立万。日后纪叔棠看到社名，就大概能判定这书打哪里流出来。）这种书绝不可能进到新华书店系统，那时候发行业的二渠道也还没形成，这种书全是走民间批市。黑书作者，基本都挂"金古梁"三人大名。其实武侠小说的鼎盛期，香港武侠作者不下百人，台湾更多，有名有姓者超四百之数，其中许多人的作品最初都以黑书形式进入大陆，他们的署名权当然得不到丝毫尊重。说是"金古梁"三分天下，其实署"金庸"之名的占了六成还要多，真要叫"金"字招牌；古梁二人大体分享了余下分额；另有少许作者零星见于黑书封面，不足总数百分之五。某种程度上，对于大陆的读者而言，金庸能成为武侠小说的代名词，这些地下印刷物居功至伟。

我所在的征集部一室，负责图书、旧纸品和文玩。这几项在正规的拍会难入主流，但在网拍是绝对的大项，因它相对易于鉴别，价格尚在洼地犯不着造假。图书和旧纸，买家未见实物，也能予以拍品较高信任。而字画古玩之类，造假愣是造得玩家必须先磨好脾气：遇假货才叫日常状态，碰上真货那是祖坟刚冒一缕青烟。这些年，收藏品网站通达全国买家的视野。网络的便利在于，只要手头有好货，总能撞到命中注定的、唯一的买家，不论他在天南地北天涯海角。你视若无睹的某本小册子，可能正有人扒砖缝找蟋蟀一般苦苦搜寻若干年。网拍比的是眼力，比的是众目睽睽之下谁能捡漏。

易总对此有精辟的总结：网拍就是最不易觉察的赌局。

我半道入行，起初也以为暂时找个栖身处，一晃数年，这份工作毕竟给了我不少意外，所以一路干下去。若不是多年在这行打交道，你不会想到十足冷僻、完全不起眼的东西有人抢着要，而你原以为值钱的玩意，比如邮币卡极限片，或者当年在电视网购平台、在各类收藏类杂志打整页广告限量发售的那些形体巨大、美轮美奂的工艺品，其实早已无人问津。我也时有总结：收藏品这东西，毕竟不能故意地"生产"出来，以前都是生活中日常之物，随着时间推移，其工艺、记忆价值日渐凸显，其收藏品性得以水落石出。经营此行既有意外，也就时有发现。在征集过程中，认定某款潜在的爆品，接触一多才发现档次并不高，甚至气质低俗，此时我内心不免于纠结。比如，有一阵电影版连环画被央视一名嘴硬生生抬起价格。春江水暖鸭先知，易总叫我赶紧挖库存收货。看着这些拍照制版，许多画面糊作一团的小人书，我哪提得起兴趣？但有些烂东西就是好卖，毫无道理可讲。

搜购电影版连环画那一阵，易总竟看出我有情绪，及时做思想工作。"能赚到钱的东西，都有特殊的美感，而我们要比别人先一步发现。干我们这行，靠的只能是眼光。"

我苦笑："眼光肯定是要有，所以才骗不了自己，丑就是丑。"

"就算你看着丑吧，好歹是个营生。我家老爷子有句话讲得好：打狗名声丑，赚钱人不知。等你哪天赚不到钱，就不会有这些装腔作势的纠结了。"易总一时停不下来，稍后又说，"赚不到钱，同样要哄老婆开心是吧。掏全款买正品肉疼，省几个钱找海外代购呢，又会心惊肉跳。"

好吧，我又不能说哪来的老婆，女朋友都没有。这像是向易总讨介绍，而他总是捏着几枚烫手山芋急于剜饬出去。我便提醒自己：这无非是一个吃饭营生，再说干一行爱一行，明明有了瘾头，还考虑什么档次？嘉德、保利、匡时、瀚海倒有档次，国内顶流，但我再投一回胎也未必混得进去。

征集部一室十来号人，各自在网上发布信息，或者往目标受众发放卡片，保证最高价收购家中藏书，代鉴代估各种旧物价值。那些年，我们的主要业务发生于单位工厂倒闭、学校搬迁之时，还有某些有文化的老者突然故去，家属对一屋子藏书完全不知怎么摆弄时，一个电话打来，帮他们收拾房间还能让他们小赚一笔。业内把这事叫成"吃白喜"。既然入这行，我也不得不去

"吃白喜",哪里死人往哪拱,不免要怀疑,自己到底是入了收藏行,还是一脚踏进丧葬业。"吃白喜"多少有得赚,但许多客户那眼神,分明看我们是层级稍高的垃圾佬。

又一次,碰见一个老者行将就木,他儿子急不可待叫我们去收书。听说数量颇巨,我带人带车赶过去,进门一看瞳孔自动放大:屋里不少明清线装书,民国善本都只够塞床底下,上千册好品的《万有文库》全都码柴爿似的堆到阳台。儿子领我们进屋,躺床上那老者脖颈绷直,一直斜着眼盯我,快要散黄的瞳仁充斥着愤恨,嘴角冒泡却只有溺水般的声响。我知道,老者正用最后那一丝清醒守护自己的藏书。儿子还催促我,说不要看老家伙,不要管他,其实他什么都不知道哦。我叫同事不急查看品相,也先别点数。当着老者的面,我跟那儿子说,这些书没什么价值,卖不了几个钱。转身出门,我又发信息说,让这些东西陪着你父亲最后几天,再出手不迟。

我一走,老者的藏书被同行一锅端掉。好一阵,我说不出那是怎样的心情。

不久后,我出差途经合肥新桥机场,在出发大厅,碰到一个自称九华山下来的中年男人。"小兄弟,我有话跟你说。"他就这么走到我眼前,指着我说,"你这个人面相不一般,是靠眼光吃饭。但你看得明白,关键时候却下不了狠，只能吃亏。"那天我像是被鬼摸了脑门，两张红钱递去，求得一张名片大小开光的佛像。我不知道佛会不会保佑我从此变得狠一点。

与黑书劈面相逢那次，也是"吃白喜"。刚离去的老者不是文化人，居住在破旧的宿舍区，一楼杂物间塞满各种书籍纸品。家属说，老者当年在唐山路文化街搞过十多年书刊批发生意，杂物间里摆着的都是卖不出的尾货。进去一看，老者以前批的不是社版书，而是二渠道书，那些书剪刀加糨糊编出来，封面都是统一的格式，这样的摊面，自然少不了盗版和其他非法出版物。我随手拎出来一摞九十年代流行的地摊杂志，封面怡红快绿，十之八九印有比基尼女郎、裸女、警察、悍匪、僧尼、教士、骷髅、鬼怪。当年，这些书专供乡下集圩，三两块一本，买到的是看，附送的是撸。

除了品相大都不错，我诚恳地告诉对方：这是一堆废纸。我带人带车，从韦城西边插往东南角，几十里地，想着吃白喜，倒真是白喜一场，要收只能过秤看斤两，好在车里备了磅秤，一单下来，或许补得上油钱。但家属说，要卖废纸，还要找你们？你们不是保证最高价收购？

妈的……当时我心里说，小卡片上随便下保证也不是什么好事，这会增加谈判的成本。

这时，同来的小覃自顾从角落拎出两只蛇皮袋，拎到屋外散开绳结，倒提了一抖，掉落出来全是旧武侠小说，品相十足好，封面鲜艳颜色把我眼目结实晃了一下。隔着丈把远，我一眼看出，那画风、那印刷质地，只能是非法出版物。每天在网站上混，对各种货品多少有些印象，也能凭经验下判断。在收藏品网站，这些非法出版的武侠小说很少出现，但在旧书网站，好品的盗版要比正版的值钱。其实，旧书网站和收藏品网站日渐没了区别，谁还在乎看不看书，只在乎哪些品种自带增值的可能。当年，这种盗版武侠书私人家庭不会购买，悉数流入租书摊，纸质、印装都不好，多翻几回变得残破不堪，还老有缺页。正因如此，这种盗版武侠很难书页齐全，品相上好的更是凤毛麟角。收藏两字，涵涉面广，高端玩家满世界捣腾天价藏品，升斗小民有几个闲钱也要聚物聚宝，要用平等的眼光，不说都是收藏家，但说都在搞收藏。盗版武侠慢慢也形成了收藏群体，但这种书若想上价格，基本是靠卖品相。

当天，我在斤两计价的基础上多加四百，这事算作了结，杂物间里的书正好挤满货箱，回公司清理一下大都要送废收站。一路上我还想着怎么跟易总交代，这一趟不能说亏，但收藏生意做成收废纸，易总难免质疑我的业务能力。那两包武侠几十个品种，我准备先做做功课，旧书网上一套套查价格。一查才知道，这东西行话叫"黑书"。

缺目

"……呶,就你所说,这东西糙,但糙出了一种特殊气质,一种时代的气息。"

我顺易总的话讲:"那个年代,整体上,不就这么粗糙?"

"这种气质,怎么说呢……"易总扶一扶墨镜。

"即视感,八十年代的即视感。"

"呃,就这意思。"

韦城天气潮湿,尤其回南天,再高楼层墙壁上都会凝结一层水珠,发霉味道处处都有,这环境不适合书籍保存。那一堆武侠黑书弄过来,每一本戴一个套,用自粘胶袋封好,不但防潮防霉,封面还镀上一层瓷实且有质感的光泽。至于书名,诸如《玉面骷髅》《绝艳惊龙》《天音魔劫》《毒谷淫尼》《伏魔五诀》《血剑娇娃》《地狱天骄》……大都四字，像是写作者成语放多了被带出的节奏；而封面画，男人必是舞刀弄枪，正在杀人或者行将被杀；间或会有色情，半裸女郎衣袂飘拂，全裸的肉色却总显暗沉，看上去不怎么新鲜。当时地下印刷厂制版工水平普遍欠佳，黑书封面画四色套印不准，着色不稳，拙劣印刷与低俗画功倒也相得益彰。后来触摸到港台原版武侠小说，我才发现，黑书封面画即便粗糙如此，还是扒的港台原版，几乎没有原创。地下书商随便找个画匠，照原版描摹，重新制版套色，依着葫芦都画不出瓢。把原本精美的封面仿成这般效果，也殊为不易……再低仿的茅台，也不能往里灌醪糟啊。

易总也被带出自己那份回忆："武侠嘛，小时候谁没看过，读小学时候我还躲被窝里看，用衣架把被子撑起，看得那叫欲仙欲死……这个词也是武侠小说里学来，卧龙生用得贼多，男女凑一块动不动就欲仙欲死。你们说金古梁，我就喜欢卧龙生，他的每一部总有秘籍、法宝，再来几段艳遇……那可是我们青春期共同的梦想啊，卧龙生偏就能够一次一次写得让我牙痒痒。后面才知道这是写小说的一种技法，就要折磨读者，你有什么龌龊的心思，他偏要反着写……"当时公司正开会，屋里还有好几个小青年。易总意识到自己说得任性了，赶紧收敛，变一变调门又说："这种书现在看是粗糙了点，但那个年代也不觉得，那时候书都粗糙，什么都粗糙，擦屁股还在用黄草纸。"

"……呃，粗糙的时候，也想不到后面日子会变精细，等到真用上卫生纸擦屁股，有一段时间嫌它太软，搞不出黄草纸那股刮擦的力度。"老板的怀旧，确乎也引发了我的共情。

我估计易总看的卧龙生也多是伪作。不可否认，卧龙生写书有一阵改走色情线路，销路并不见好，自己心里也积满委屈，旋即改过自新，力戒邪淫。武侠作家里头，卧龙生最早在作品中设定"武林九大门派"，本尊当是以名门正派自居。但那以后冒名之作便多起来，而且多是武侠搭台色情唱戏，武侠一星半点色情连篇累牍，直到"卧龙生"三字演化为某种符号，精准锁定读者群。他本人肯定暗自叫屈，这真要叫一失足成千古恨。

易总又说："这种书当年火得不得了，后面一阵风刮走似的，说没就没了……我有这印象。"

"查了一下，这种盗版兴盛也就十年不到，八十年代末港台和大陆版权关系明确，大陆还搞了好几轮专项打击，那以后黑书就没了。金庸把中文版权给了三联出版社，全套弄出来，每一本都有一枚金庸珍藏的闲章，书友把那一套称作'印章版'。全套初版好品，都已上万。"

"你弄这一批书品相是不错，就不知道这种东西有没有量，能不能成为一个收藏专题。"

"起码，两千个品种总是有。"我瞎估摸。

"呃是吗，这个量倒正好，适合操作。"易总对于藏品，有随经验而来的敏感性。他随手拿起一册《追魂一点仇》，西省武林出版社出版，裸女封面，对着光鉴赏一番，又说："大众收藏其实是怀旧生意，要找年代感十足、眼下还没有太多人关注的品种。这种书，成色气质非常对路，以前流行了十年，影响力足够大；此后消失也有二十来年，活该成为藏品。你问一问，有没有人已经在收这个？他们把这种书叫成什么？"

"玩的人管这叫黑书，但这群体多大的量，还要再摸一摸。"

"这事就交给你办。"易总把那本书随手带走，想必是要找一找，会否有当年欲仙欲死的段落。

易总走后，回想他的指示，我不知道是我在搪塞他，还是他在忽悠我。黑书收回来整理时，纵是品相不错，我仍惊讶于这种书印制的粗糙。但在当年，印制和文笔皆糙的武侠黑书，确实给予我分量十足的快乐。现在我翻看其中一两本，哪还看得下去？再说，那种书错别字太多当年能忍受，现在往里一翻，就像一碗饭里面掺了半碗岩砂，别说吃它，简直没地方下牙。如是反观，当年哪能叫做阅读，而是个个罹患重度自虐，便以黑书缓解症状。

现在，黑书已被易总确定为潜在的爆款，我便打足精神，反复把玩，要自己好好体味这批黑书封面上负载的年代感。顺着易总的提示，果真看出它独具的美，甚至像以前的人一样质朴热情——我必须看出某种美感，这是我的职业道德。

从老者那里收来的这批黑书，每个品种都能在网上搜着同款，量是有量，网上品好的不多。依照品相不同，价格相差极为悬殊，上不了八品的就几块钱，但到九五品，几十块上百的标价也不鲜见。其中三四套，搜索后发现旧书网站存量少，只几家店挂售，八品书即标价大几百，那么我手中的好品，指不定卖到上千块？光看网店挂出来的也不能说明问题，往后再查查"已售"项，标价越高，反倒卖得越好。"已售"项里标价高低都有，可以按售出时间排序，查看价格变动规律。有些书，上一年标个十几块，下一年突然就一两百块，照样有人紧盯，一现面就下单。这几种书以往也出得不多，比如《武林奇冤》，最大的旧书网站一年顶多挂出一套，几乎都是一两天内出手。还有一套名为《白骨红绫》，网上一找也是缺本，出货量比《武林奇冤》大许多，依然卖得贵，八品以上，标价都在八百上下，而且卖得还好，一查"已售"的记录，此前数十套悉数出手。

我一时看不出这里面有怎样的玄机，倒是记住了《白骨红绫》的作者叫高沧，难得一见的名字。

观察这一阵，我不难给黑书下几个初步的判断：有量，有规模，也有一定收藏群体。不单有量，而且已形成普本和缺本的差别，价差已经初步拉开，但整体价位还极为亲民。显然，这项收藏尚处于小众阶段，只要有一定普及，会对普通收藏者形成吸引力；也因目前收藏者基数不大，整个收藏群体易于增多，人数增长会导致价格拉升，价格拉升又进一步促进收藏者的增多……如果借助网络营销，促成良性循环，一个冷门收藏短时间孕育成熟不是难事。

我跟易总汇报，黑书这一项，现在介入时机正好。老板不比单位领导容易忽悠，钱都是自己的，每一张花出去都会肉疼。此前的潜力藏品立项调研，我否定了大半方案。

按惯常程序，往下进入囤货阶段。

囤货需要目录。我在网络上搜索许久，找到的几份黑书目录，所录书目数量明显不足。而且，没有任何一份目录标出印量，当然就无从显示普本和缺本，更不要说像连环画图录，能精确注明套书中每一单册的印量。稍一想也不难理解：黑书本是非法出版物，印量多少，当年黑厂老板敲敲桌了说了算，卖得好随时加印卖不掉拿去返浆。

书目尚不流通，信息未曾共享，也是囤货的时机，眼下当紧，是要找到一份黑书的详目。书目收录越全，旧书网站上搜查比对，越能精准锁定缺本，抢占先机，趁大多数藏书家尚未回过神，囤它一批尖货。

我初涉此域，找目录没现成的朋友帮忙，便用钓鱼招，让小覃将前面收得的一套《白骨红绫》挂到博冠楼网店，充当诱饵。这是一套板品，没任何翻阅痕迹，书钉稍稍起锈，是那个年代书籍的特征，标注九五品。旧书网上，这种书"已售"区的最高定九品，看图片似乎只在八五品，两年前一千二出手。按旧书缺本一般规律，九五品比八五品翻个倍不是问题，所以我叫小覃标一千八。能掏这价买一套黑书，只能是资深玩家，他们手中拿有详目，搜寻哪些书早已开列计划。

小覃上完图，我又嘱咐他往下备注一条：该商品在实体店同步销售，下单前请与店主联系。

"人家联系我怎么回？丁总，这套书到底卖是不卖？"

"有人联系，直接转我回复，要怎么弄你先拿眼睛看仔细。这一行，你要学的东西还很多。"我也有了部门经理的腔调。

书是上午十一点挂到网上的，没等我离开，小覃背后冲我说有人下单。我凑过去，电脑屏像是起了涟漪的水面，鱼翻腾出水抢着咬钩。短短几分钟，除了刚才下单的买家，另有两位买家没法操作下单，赶紧发私信加价购买这书。其中一位直截了当，私信说这书找了几年，难得这品相，两千四给我！我咝一口气，烟一掐，小覃及时给我点上。

"这价格标低了。书竟然这么抢手，看不出来。"小覃说。

"我们这一行，赚钱就靠大多数人看不出来的东西。"我又问，"这些家伙怎么反应都这么快？一天到晚挂网上，也不至于随时盯住哪一本书。"

"丁总，这肯定是用自动搜索，只要下一款搜索软件，把要找的书名输入里面，定个时间，隔几分钟程序自动把上新的书搜一遍。搜着了还带闹铃响，把反应速度也提到最快。"

我算是重新理解了啥叫先下手为强，叫小覃赶紧给我下一个软件，而且要搜索软件中的顶配款。心里却想：人人都下一样的软件，不就变成神仙打架？

因有那条备注，下单的买家不能直接付款，要不然，按网站规矩，下单后马上付款，货品就是人家的了；如果卖方强行取消，网站会作相应处罚，赔付不低。

按说我以"实体店已售书"为理由，取消订单再卖给出价最高的买家也不是不可以，这一来网售就变成拍卖。但一想又是欠妥，人家明明神器撑腰，秒速下单，怎么那边就售出了？线上抢单一秒钟，线下交易讨价还价交割款项难道只需半秒？再说，我此时的目的也不是多挣几百块……但是，有钱不挣竟然是我一个生意人的目的？

接下来，两支烟的工夫，我不作任何回复。下单的买家连发好几条信息追问什么情况，且问："我发的消息你都看到了，凭什么不回复？"网站信息系统标识明确，未阅信息用红旗标志，一旦查看小旗立马翻绿。说话间，信息提示音仍起伏不断，又有几个书友询问《白骨红绫》，主动抬价，最高价格给到两千八。看得出，黑书虽是小众品种，资深玩家瘾头却都不小，他们把旧书网当成狩猎的山野，当成捕鱼的深海，发现好货群起追逐，咬紧了绝不撒口。

小覃一旁提醒："这个价格，真的可以哦。"

最初那位买家觉察情况不妙，又发来信息："我出两千，啥都不说，直接交易。"

"……是有几个电话打进来要这本书，没及时给您回复。博冠楼覃生向您致歉。"往下我又回了一条，不会向他加价，但希望他能把手头黑书的书目发我一份，"若有您重点搜寻的货品，在书目中注明或直接发信息。"

买家稍后就发来一份黑书书目，顶头注明：骆大勋整理黑书书目。好嘛，黑书书目显然还有各种版本。

这个骆大勋什么来头，我百度一搜，搜狗一查，没有任何相关资料。黑书书目都不贴上网站共享，似乎是黑书藏家谨守的行规。后来才知，骆大勋目录是较常见的一种，一共收录黑书两千一百五十七种，逐条开列书名、出版社和出版时间，部分附有印数。这个版本自有特色：每一条目最后注明稀有度，半星起跳，五星封顶。

我跟买家说现在可以付款，下午顺丰包邮。叮咚一声，书款到账，买家简直是钱捏得手烫急着扔。买家还说，目录里稀有度四星半以上的，都直接@他。"我搜这个四五年，要凑大全套。普通品种都不缺，关注的有百把个品种，回头再列一个名单。"

另几个联系这本书的人，我也不光用话打发，还问他们是否有急需的黑书，可以发书目给我。我强调本公司长年经营特色藏品，在西南几个省份都有稳定的收货渠道，可以代为留意，见货先行告知。八位联系《白骨红绫》的书友，有两位随后发来缺目，看来都是手边备好随时查阅。也没任何意外，《白骨红绫》卖这个价格，不是捏着黑书缺目的玩家根本不会光顾；光顾的，也是普通版本囤足，已经进阶升级，专找缺本。收藏有这一条规律：一开始吃垃圾囤数量，慢慢就懂得找精品、抢尖货。

经过试水，公司开会时给黑书专门列项，制订操作计划，当然是由我具体负责。我安排小覃和小孙两人，骆大勋书目中三星半以上的缺本，逐项筛查在几大旧书网和收藏网站里的存量及过往销售情况、销售价格。两千多种黑书，哪些量大哪些量小，哪些抢手哪些滞销，估计骆大勋编目时也有不少敲着脑袋想当然的成分，现在有了旧书网站，我们自己着手筛查才更牢靠。两天后，小覃和小孙都提交了详细的筛查报告，和原书目标注的星级出入较大。有些标四星半的书其实存量非常大，且每一套都迅速出手；有些标三星半的书全网一年也只挂出两三套，却没出现玩家抢单的情况，显然是信息不对称造成。骆大勋标注的稀有程度严重不靠谱。

他俩干得不错，我又下任务：把标注两星半以上的也筛查一遍。

筛过两轮，圈定一百多个品种，开始吃进。玩法显得笨拙，但以往经验证明是有效的：圈定品种后，只要挂在各大旧书网站开售的，八五品以上全淘（必须淘汰定品不严的店家），此后持续盯紧，挂搜索软件二十四小时监控各网店新的品种上架。一有上新，马上下单抢购，造成这些品种在网站出现空缺。囤到一定量，自家开始挂网放货。放货也有步骤，博冠楼在各大收藏网站都注册有网店，通常不止一家，另还有几家长期合作的网店，这样一来，我们囤足网上已售缺的品种，同一时间会在七八家店上架，一块儿发力，销售价格整体往上拉升。买家一搜书名，所有店铺给出的价都差不多，便以为这书就这价，心理上顺然接受。如果有不相干的店家上新同一品种，标价之前，店主通常也会在旧书网一搜，然后标价自会拉近、找平，通常不会是在售同一品种最高，也不会是最低。谁又介意自己手中货品卖价更高一点哩？

当然，这么做的主要目的在于以卖促拍。这是网拍的基本操作：既要卖个好价，还要附送买主捡漏的快感。网络拍卖操持了几年，我认识到价格是个非常虚幻的东西，而幕后工作必须稳扎稳打，用各种细致的准备，各种务实的操作支撑这虚幻的价格体系。说白了，就是一种炒作，但我们炒得费劲巴力，简直跟农民种地一样，汗摔八瓣儿换来收成。同样玩炒作，很多人必然叫做骗子，但我们够评劳模。

书目的搜寻也没落下，越详尽的书目能带来越大的利润空间，干我们这一行就需优质信息导引，抢占先机。往后我陆续找来几份黑书目录，开列品种越来越详尽。零九年，我搞到一份黄慎奎目录，存书达到两千七百多种。接触黑书两年多，对比手中所有书目，我有个直觉：黄慎奎书目若还有遗漏，数量应只在一个巴掌以内。

黄慎奎书目正是从纪叔棠手上弄来的，这是他递交的投名状，借此他以五十来岁年龄入职博冠楼，成为一位职场新人。

我慢慢得知这份目录的地位，黑书藏家，有了它才算拥有了段位。淘黑书要想玩大全，必须照这目录一笔一笔打勾。其实，纪叔棠说，黑书没法弄到大全。里面的小缺、大缺，花钱或多或少，等待时间或长或短，总能弄到手；但有些天缺，别说弄到手，几乎没人见过。

好的收藏项目，势必得有天缺，如同传说一般存在，这一项目整体才见得着水位。

纪叔棠八十年代初就在地下印刷厂干拣字工，他自述，参与拣排的黑书大概在一百二三十种。到现在，当年参与黑书行业的人无册可查，无处寻迹，他主动冒出来，绝对是权威人士。

我们给他敬酒，多喝几杯，他承认当年参与黑书印制，是年轻时手脚太毛糙，排版出错率高，大厂子里待不下去。他初中毕业时流行的是读中专，他成绩不好，市里印刷技校有亲戚当老师，他便往那里去，好歹落脚。说是两年制，他一年多时间就出来实习，拿到毕业证，还分配到县里国营印刷厂，但学艺不精，一天挨八回师傅骂。稍后几年，国企开始改革，大锅饭换成吃绩效，犯错一多，纪叔棠月底基本见不着奖金长啥样。平时小错也罢，有一次他将四色版排错，没及时发现，印糊成吨铜版纸。那时候铜版纸是要领指标，限量供应的，在县印刷厂是战略性物资，这事摊得便有点大。纪叔棠心里谋算，虽然不至于除名，但此后两三年时间，绝对捞不着一毛钱奖金。他索性自动离职，跑去长沙黄泥街一家私人印刷厂干活。这种私厂专出地摊文学，印黄色小说，也印武侠黑书，又黄又黑无须质检，排版只图一个快字，一个页面几十处错字都无人监管。反正，彼时读者早已炼就金刚不坏之胃口，故事读出个大概轮廓，就值回租金。何况……印装排版越是粗劣，里面越有黄黑段落加持，质量差甚至也是某种招牌，重口味的读者专冲这而来，就像有人买肉专挑瘟猪肉，吃蛋就有人专找屈头蛋。

黄泥街上开有一家"四海书店"，门面一溜三间，主营武侠黑书的批发业务，全国各地非法印刷的武侠小说在此汇总。黄慎奎开店，会计出纳独自兼下来，一干十来年，每一笔进出都有详细记录。日后，他整理当年的进出货记录，弄出这份书目。地下印刷掌控武侠小说近十年时间（1980年至1988年），黄慎奎没看过没摸过的都不叫黑书。

这份目录里，排名第一的黑书缺本叫《天蚕秘要》，注明是"高沧"所著，1986年出版，此外没有任何信息。

又是高沧！

纪叔棠刚来博冠楼时，我问过他，这第一缺本只写书名和作者，其他信息怎么全都空缺？纪叔棠回我，这还不简单么，黄慎奎也不能确定别的信息。这搞得我愈加迷惑，既然黄慎奎能知道书名作者，怎么就确定不了别的信息？难道黄慎奎没见过这书？纪叔棠说许多黑书天缺都没人见过，何况第一缺哩，那必须是没人见过。

"没任何人见过，那又是谁确定这书存在？黄慎奎又凭什么认定它是黑书第一缺？"

彼时我认识纪叔棠没多久，往下他答得含糊，强调黄慎奎是黑书权威，他没摸过没看过的那都不叫黑书。《天蚕秘要》他按说是见过，之后编书目，他将这列为黑书第一缺，那就这样定下来，排在书目第一条。对这事，纪叔棠他们并没有任何质疑，不然怎样？试想，黄慎奎重新指定一本，也只他本人见过，别人从未接触，又有什么区别？

这毕竟没法说服我。"照这么说，黄慎奎见过《天蚕秘要》咯？"

"应该是……见过。"

我听出哪里不对："你说的第一缺没人见过，现在又说只有黄慎奎见过，这又是什么情况？"

"我只说他应该见过，为什么把这书列为第一缺，只有他知道，没讲原因。"

"这第一缺岂不是不讲道理，还有点缺心眼？"

"道理是有，在他肚皮里，可惜我们以前不知道，现在更不会知道。每个人死去都会带走一些秘密，难道不是么？"

和纪叔棠成为同事以后，我俩都是独自过活，经常邀着去喝夜酒，路边摊一坐，一聊几个钟头，需要足够内容将夜色押满。关于《天蚕秘要》，他慢慢讲出更多细节。

"……这本书，黄慎奎见过又没见过。"

一谈到《天蚕秘要》，纪叔棠表情便暗自一振。事情是这样，某天一个印刷厂的业务员背一袋样书，径直走入四海书店，找黄慎奎订购。黄慎奎一听这人德山口音，问他"你们厂老童怎么没来"。德山就一家印黑书的厂，跟四海书店有多年的业务往来。业务员说老童已经不干这行，以后换他。当时正有一车书卸货，黄慎奎一边清点一边下新的订单，两头忙，顾不周全。新业务员将牛仔包里的样品书掏出，黄慎奎瞥去几眼，确认那是一批新货。他心里有数，德山这家厂出书质量一般（盗版、伪版里头仍属次品），但有新货，他每一种入手十来套。这叫"配摊子"，让架上种类更显丰富，保证四海书店在黑书批发这一块的权威性。他每种照订十套，叫新业务员抄一份目录存底，自己忙着指挥搬运工将卸下来的书码放到位，以免日后不好找。业务员铺上复写纸抄写目录，每种列一行，双方各留一份。

"……既然每种订十套，黄慎奎哪能没见过书？"

纪叔棠轻咳几声，往下又说，这批书订下，业务员当天把样书带走，这就有些不对劲。这批书量不大，按说要么是业务员送货上门，要么走零担货运。当年货运极为缓滞，德山离得不远，到货通常等半月。黄慎奎一等两个月，既不见有人送货上门，也没收到任何货运单，心里感到蹊跷。

黄慎奎倒是保留了那份手抄书目。为省力气，那个业务员只在订书目录上抄写书名、作者，出版社都懒得抄——反正，抄下来也是瞎扯淡。德山那家厂印出的黑书，封面多是用"横山文艺出版社"，偶尔也用别的社名，甚至老板一时来劲现取一个名字弄上去，没人能管。所以，黄慎奎无法确定《天蚕秘要》这一本用的哪个社名。

"为什么订好的书没送来？"

"这原因多了，或许印刷厂突然被查封，或许货物半路丢失，谁搞得清楚。四海书店通常做法是货款半年一结，反正，黄慎奎没下定金，也就没必要追究。"

"既然书都没送来，为什么把《天蚕秘要》定为第一缺？"

"那我只能猜了，可能跟高沧有关。高沧的黑书整体上都是小缺大缺，《天蚕秘要》是最少的……"

"高沧是什么人物？为什么高沧写的黑书都卖得挺贵，还销得快？"这倒是我心里憋了好一阵的问题。

作为权威人士，纪叔棠思虑一番才说："这人还真有些神秘。高沧在香港写作，却是台湾作家。叶诚笃厚厚的一本《台湾武侠小说史》，有名有姓点了三百多号，大都附一份简历，千把字。有的作家，比如陆鱼、郎敬风、海倚天就一两部，《台湾武侠小说史里》也给简介。书里也收录高沧的名字，后面只开列他的作品名称和出版日期。高沧的身世一个字都没有，就连高沧是不是笔名，若是，那本名又叫什么，上面一概不写。"

"书的信息短缺，作者的信息也短缺，换小说里面，应该叫同构。"

"书如其人，是这个意思么？"

"也差不多……高沧的作品不多，但也有好几部，他的资料怎么会一概不写？"

"叶诚笃也找不着这人的信息，还能怎样？"纪叔棠说，"高沧的作品我统计过，国内出过、标他名字的黑书统共七种，我只差那一种。《天蚕秘要》始终像个传说，除了黄慎奎当时瞟来那一眼，别的人确实都没见过。要是这书不在目录里面，不被列为第一缺，现在谁又知道有这书存在？"

"知道这书存在，但这书长啥样完全没人知道了？"

"黄慎奎倒是说过……封面淡蓝色，中间画有一对男女，背靠背，各自亮起一口宝剑。他瞟了一眼，也就这点印象。"

我脑补这一画面，又说："十本武侠封面，九本上面画的都有男有女，手上捏的大都是宝剑……能说明什么呢？"

"呃，黄慎奎倒是跟我们讲过，《天蚕秘要》的封面画是粗线条描框，再往里套色印，色块印得尤其粗糙，斑斑点点，有民间木刻版画的味道……当时业务员一本样书不留，后面书又没有送来，很可能跟这张书皮有关……"

"这张书皮到底什么样子，怎么辨认，你再讲准确一点。"

"你有兴趣？"

"毕竟是第一缺，封面什么样子，你知道多少全讲出来。以后万一在冷摊上撞见，老远认出来也好，捡了漏请你喝好酒。"

"这么碰巧？你还不如去买彩票。"

"刚才讲到哪里了？那张书皮，又有什么问题？"我往杯里添酒。

店家继续添加桌椅，我们必须挪一挪。此时，这一带路边摊越坐越稠，声音越发嘈杂，我移了移椅子向他靠近。我俩是在聊收藏的事，聊缺本，却是在这般环境，而电影电视剧里面那些搞收藏的都很讲究，很装逼，所以，我突然有了疑惑，自己对这粗制滥造的"第一缺"哪来这么多兴趣。还好，一杯酒下肚，我认定我俩就适合这样的环境。路边摊，粗糙的食物，廉价酒水，聊着黑书，一切早已配搭好了似的。

纪叔棠接着往下讲："业务员上门推销，店家下了订单，一般来说样书就不用带走，但那个业务员当天将所有样书带走；后面订好的书没送来，更是问题。两件怪事撞一块，黄慎奎跟我们分析过，最大可能，是那批书都换过皮。"

"换皮？"

"这也是有些印刷厂爱干的破事，德山那家厂也印了一些换皮书，做这一行的都知道。印出一种书，为上销量，书芯都一样，书皮往往多印几种，还取不一样的书名，标注不一样的作者。这些书名大都是在港台武侠小说广告插页里扒，有的书名还是现诌出来。"

"还有这搞法？"听他这一说，我更能想象当年印制黑书的乱象如何严重，简直肆无忌惮，同时却又听出一份古怪的欢悦。

"不同的书皮贴在一样的书芯上，往外头卖，相当于一鱼多吃，有时能让销量猛然增加。你知道，很多租书铺买书并不翻内容，只要是新货，每一种都来一套甚至几套。换皮书直接卖到书摊和租书铺，还有乡镇地摊，不敢送到批发店。盗亦有道，黑书市场也有各种规矩。那个业务员新人新手，规矩不太懂，推销换皮书，回去后订单交到老板手里，老板一看就变了脸色：这东西怎么敢卖给四海书店？你小子还要不要混了？"

"虽然黄慎奎没进这书，但业务员已经把这书带到长沙，《天蚕秘要》按说就有存世的。"我头脑自动整理来龙去脉，关注的点和纪叔棠稍有不同。

"换皮书量都不大，有的只做几套样本，后面订不出去，或者，哪个品种订货量不足，干脆不做，找个借口不出货就了事。黄慎奎看到的只是样本，样本能不能留下，是个未知数，而《天蚕秘要》肯定出了什么问题没有流到市场。至少，这些年不少玩家都在拼命搜寻，目前还没有任何一本现面。"

"黄慎奎将《天蚕秘要》列为第一缺，难道就因这是换皮书？换皮书又不止这一种，印量也都不多……"说了一大圈，我最初的困惑仍然得不到解答。

"既是换皮书，又是标注高沧，这两个因素叠加，稀缺度就可想而知了。"

我怀疑这说法也是纪叔棠临时想出来，仿佛有道理，其实又没道理，这可以说明稀缺度，何以能成为第一缺？纪叔棠显然说不清楚，我便问他为什么只要标注高沧的书都卖那么贵。通过之前的黑书品种筛查，我摸得清楚：《白骨红绫》和《血剑心诀》不大见得着，物以稀为贵；但《魔刀双艳》和《神魈剑魃》量都不小，按说是常见品种，但也标高价，出货还快，简直毫无道理。

"据说，一九九几年就有一拨人专收高沧小说，只要标注是高沧所写，不管是不是黑书，不管真品伪作，见着就收。而且这拨人不是书商，只囤不出，为了什么没人说得清楚。这拨人收了一阵又集体消失，倒像一出江湖黑幕，但这以后，高沧的书价格上去就下不来，在黑书领域一枝独秀。"

听着倒像武侠小说常有的情节：一帮人搜寻武林秘籍。既然原因不明，我只能问，黄慎奎会不会跟这拨收书人有关系。

纪叔棠眉心一紧："应该不会，时间也对不上。那拨人大肆收购高沧的时候，黄慎奎已经走了几年。他没走那会儿，我们成天泡四海书店，他每天把黑书批出去，赚钱养家，哪有半点收藏黑书的心思？高沧小说后面成了紧俏货，但在当时，四海书店敞着卖。黄慎奎要是先知先觉，要是跟那拨人是同伙，哪用得着到处搜罗，直接下架囤起来，像奸商囤茅台一样。"

"那黄慎奎为什么将《天蚕秘要》列为第一缺？"这个问题，这时成了一堵鬼打墙。纪叔棠依然没有回答，我便自动分析："虽然那几年你们经常凑一块，黄慎奎到底做多少事情，你们未必知道。为什么把《天蚕秘要》列为第一缺，我估计，他肯定是在找这本书，跟几年后那拨人目的一样。这背后还有什么秘密，你也并不知道。"

瓶中所剩不多，当天我俩也该打止。各自再喝一杯，我又抛出一个假设："高沧的书七种你收了六种，差一种不齐，总是有些不爽对吧。如果《天蚕秘要》这会儿现面，你给个价。"

"你知道我这情况，黑书从来都是当废纸收来，给钱就卖，没拿过超一百块钱的货。如果冷摊里找到，这玩意也就三五块钱，捡漏憋宝，还要若无其事，但这样的运气轮得着我么？如果不是捡漏，网站上有人挂出来拍卖，那就没我什么事了，到时候，看看价格一路往上飙，过过瘾就好。"

"如果挂出来拍，你也估一下价格。"

"挂出来网拍，只要不缺不损，八品以上面目齐整，少说好几万。毕竟，玩黑书的大都知道有这么一本，但谁也没见过。真的搞到这一本，那就是抢到秘籍，独步武林！"

海淘

着手囤黑书，易总又给我提醒：要防当年"新人防挂"事件再次发生。我哪能不知，囤旧货炒价格，最怕撞库存。

行话"新人防挂"，指一九五二年新世界版《人民防空知识挂图》，一套对开十六张，全是连环画名家盛兴戎手绘，在同题材的挂图中最为精美。二〇〇〇年左右，刚有私人网页挂售藏品，北京大钟寺一个老板就相中这套"新人防挂"，见着就收，敞开了囤。随后几年，这套"新人防挂"价格一路走高。本来，印刷的知识挂图从不是精品收藏，这套"新人防挂"因操作得当，几年工夫多次在大型图片资料拍卖会上拍，一下子获取极高身份，价格蹿上去十倍不止。大钟寺那老板眼看着赌对一把大的，货捂着不再轻易出。转眼到二〇〇六年，一处冷仓里的老库存被挖出，"新人防挂"堆了有半个仓，数万套，全新品相。大钟寺老板没有及时处理这一变故，"新人防挂"价格一夜暴跌，现在还在多家网店几十块一套挂售，大都标明十套七五折百套对折。这哪还是藏品，分明成了一款旅游商品，游客在景点停车打卡时，体会一把捡漏憋宝的快感。

"'新人防挂'，这名字叫起来就别扭。"易总提醒我，"你可是个老人了。"

"知道的，老人防骗。"

我倒不担心囤黑书撞仓，道理很简单，非法出版物也自带福利。当年黑书全是走地下批发，一手款一手货，绝没有回库一说；黑书销路不好，压在仓库里的通常直接化浆，不积压，形成不了库存。再说，黑书只上租书铺，即使得以保留也残破不堪；图书馆、企业单位还有私人通常不购黑书，黑书虽然不标明印量，但存量多少相对可控。

易总说："分析可以头头是道，撞仓这事永远都是意外，当年那个北京老板在大钟寺经营了几十年收藏品，找项目，投这么多钱，能没有足够多的分析理据？"

"眼下，黑书我们确定有两百来个品种，要撞仓，大不了撞十来个品种，整个版块都撞仓，那就跟彗星撞地球的几率差球不多。"我又说，"极小概率事件是永远防不住的。就像高空坠物砸死人,你怎么防?总不能走在路上一直抬头看天吧,失足跌进窨井死得更快。"

"项目用不着停下,该怎么弄你按部就班,但也要留些精力挖库存,比别人抢先一步挖到。挖一处库存,给自己排除一片雷区。"

纪叔棠是在我们囤书期间认识的。他在旧书网开店,店名"独上四楼",主打品种便是黑书。同一种书,他店里的品相好、定价低,我们从他那里吃进不少。多打几次交道,他就主动联系,说看来你们收复本,我这里复本还有不少。他发来几张照片,墙壁上密密麻麻都是黑书。这家伙用黑书砌墙。

我先前就有疑惑,他哪来这么多全品?一看地址,离得并不远,就在涑州。在西省,涑州排名仅次于省城韦城,是著名的工业城市。八十年代,涑州地下印刷也搞得猛,全国范围内都属黑书主产地之一。去之前我们做功课,想摸一摸当年印黑书厂家的大致分布,一问哪里还找得着,这三十年整个城市都扒掉重来。

去涑州全程高速,两个多小时能到。我问纪叔棠能否上门采购,他当然不拒绝。我便叫小覃开一辆柳微,说走就走。

那一年还没有电子地图,凭电话联系,到了涑州,车七歪八拐去到涑水区西头一片看似废弃的工厂区。进了厂门,眼前一切分明又是八十年代景象,一时还有些新鲜。我们一直往厂区深处钻。终于，纪叔棠现面，于一栋半壁苔藓的老楼前等候。他穿老头衫趿着拖鞋出门迎客，脸上那种热情，见谁都是失散几十年的亲人。我老远一瞥，只能是他。

沿着墙皮剥落的楼梯上到四楼，进入屋内，是一个四十几平米的两居室。这一片工厂宿舍，两居室当年能装下一家好几口，现在就他一个人住。墙面用木枋和五夹板钉成书架，塞满了书。让我眼前一亮的，是他的码放顺序，应该顾及了书脊颜色，做过精心挑选和排列，斑驳中分明是有一种讲究，整面书墙便有了装饰画的观感。不禁暗忖：平时这人闲得多无聊啊！

西省潮湿，书口的霉斑不可避免。我们提醒在这边玩藏书，最好备足自粘袋，给每本书都戴上套，防霉防蛀。这时纪叔棠脸上擎起狡黠的得意："老书本来就有霉斑，现在戴套也来不及。其实有个简单办法：用切书刀切一下，天口地角书边各切一两个毫米，书口一下子就变全新。"我恍然明白，难怪从他店上买来的书，切口品相都比别的书要好，好得跟封面封底皮色不太搭调。重新切口，这招我们不是没想过，黑书印装切口本是深一刀浅一刀，大小有差异也属正常。但是，只切一两毫米深，一般挂不住刀。

纪叔棠说："一般人搞不来，一切就走刀、斜口，要有经验才能搞。"

再一问，果然，他十几岁就在印刷厂混，印书是他的老本行，切个书口算是童子功。

纪叔棠家中黑书少说有上千套，品相大都好，很多有复本。接后必然海淘一把，按说也相当于挖到库存，为博冠楼排除一颗地雷，但我兴奋不起来。毕竟，我业务上不熟，大体能认出一些缺本，但辨不清缺本的量级，目光抚过书脊，无法进一步挑起生理性的愉悦。最简单的办法就是捧起笔记本，旧书网搜一搜对照，但这么做等于告诉纪叔棠，我是个生瓜蛋子。

纪叔棠说："你们要得多，价格好说，直接挑出来就是。"

"不急！"我的目光在墙壁上游弋，给他发根烟后去到阳台。

屋子虽小，总有阳台，当然是潮而霉，双桶洗衣机一侧开裂，裂口附满绿苔，一个花钵里浸满烟蒂。我想，这等处境，二十来岁小伙人生起步，承受一下，还有大把时光和精力改变命运，内心不至于凄凉；纪叔棠一把年纪的人，仍待在这样的破屋，大概率是一直待下去终老此生，难得他如此淡定。

纪叔棠问我俩吃饭了没有。现在两点多钟，这么一问肚皮立时往下瘪了不少。下楼不远就有饭店，盒饭为主，兼营炒菜，里头五六张桌，一屋子吃客似乎彼此相熟。纪叔棠走进去冲别人打招呼，别人眼光迎来，不知如何回应他。就这么个苍蝇店子,还要等桌,我招呼纪叔棠上车,往小区外面开,找一家看上去亮堂的店面。一开就远,路过两片商区没停下,直接向浉江而去。纪叔棠说丁总啊吃个饭嘛哪用得着跑这么远。我说吃饭天天都有,看一看江景才当紧。纪叔棠就笑,说你还怪讲究。我余光瞟他脸色,还好,诚心待客的模样,等着掏钱的神情。

刚才在破旧的住宅区,看着纪叔棠迎接失散亲人的神情,我体内某种老旧的情绪被激活。我读大学混文学社的时候,辅导老师姓任,讲座喜欢东拉西扯我却还受用,许多话一直记到如今。比如一次他提到萍水相逢,忽然指斥台下的社员,一写萍水相逢就是男女那点事,有病嘛。要知道,古时候男女基本不能轻易相见,萍水相逢主要限于男性之间,偶然相逢,匆匆道别,各在天涯……短暂又随性的一点交往,却来得正好。老师还说:现在人跟人的交往都来得太多太密,像是一撮茶叶泡一缸水,哪还有什么滋味?

那个灰蒙蒙的下午,我就想看着浉江,和纪叔棠任意地聊些什么。就像一对白发渔樵江渚上相逢,用不着多少熟悉,甚至,聊上一顿是痛快,彼此告别再不见面更是痛快。

去江畔找一处吃生料牛杂的店,主体是用钢架板棚搭建,窗口则用塑料布敷衍,但这份随性正好契合此时心境。窗外的江面三股水合拢，一时异常阔大，江中有几个沙渚，树木都长成团状，绿得团团发虚。牛杂端上来，酸笋味捂住别的一切味道，稍微一嗅直接冲上脑顶。十几年前，我刚来西省，对这酸笋有一阵不能适应，这不就是正宗的"酸腐"吃味嘛。翻过年头，这古怪气味一旦适应下来，竟是离它不得，稍有几天不吃，怪味就化为一种辨识度，在头脑中格外清晰，始终缠绕。当时还得来一份感悟：所有能让人成瘾的东西，大抵都是从"排斥"开始，诸如烟、酒、槟榔……黑书何尝不是这样？

待在这江风自由穿梭的板棚当中，聊什么都没违和感。我提起话头，问他当年在地下印刷厂，印过哪些黑书。纪叔棠记性管够，报一溜书名。大体上，现在所见的以"星沙文艺""南岳文艺""武陵源"几个出版社名号所出的黑书，都是从他当年所在那家厂流出。我有印象，署这几个社名的黑书，大都卖不上十块钱。纪叔棠说你是真懂行。当年那家厂印黑书也算上了规模，每一种印量数万，多的能到十几万。但是，卖书图印量，藏书恨印量，当年印量越大，现在挂旧书网价越低。虽然书里没显示印量，这印量却像杠杆自动调节着。

话题一启，纪叔棠聊起自己当徒工时候的情形。他起初在县里国营印刷厂，排铅字得用镊子一颗一颗拣出码进铁盒，码一行插一根隔条，接着往下排，特别需要集中精力。哪时脑袋一闪神，整盘铅字乱了章法，索性哗啦一下倒掉重来，脑袋就得吃师傅敲打，一丁公一丁公全带响。后面跑去省城的地下印刷厂，他们叫成黑厂，排版质量没人把控，更不能哗一下清盘重排，每颗铅字都是私产，都是一份家当，老板肉疼着哩。在这环境，纪叔棠像是猴子去掉紧箍咒，发泼任性随便搞，有时碰到难捡字，索性空它一格，甚至空一行，让读者自行脑补。后来看到一本时髦小说，"此处删去多少字"，他就老以为该作者跟自己一样，黑厂的排版工出身。黑厂老板要求多排页码，越快越好，所以母本里原是大段落，密密麻麻的字迹，被排版工肢解成分行文字，看上去倒像是排印诗集。看这种书能一目十行，眼睛不累手指翻页累，一天看下好几本，租书老头最欢迎……

我说："那就跟啤酒一样，以前保温瓶打散啤，劲头足得很，现在全是淡啤，谁都不晓得醉，只有一阵阵尿憋。"

我和小覃一块举起杯，纪叔棠便往杯里添酒。泡沫明晃晃地溢出来，他呶起嘴，一头猛扎过去。

我又问："能搞到这么多黑书，跟你当年在印刷厂干活有关系吧？现在还刨得着库存？"

他"诶"的一声，没听明白。

"你的这些黑书都像是库存货。哪里找来的？"

"都是几年前，找一些熟人，他们家里头还有。现在不容易搞到了。"

"卖黑书你比别人专业，赚得也多。"

"能赚多少？赚多了你们还用得着来这鬼地方找我？"

随后纪叔棠又说，之所以找这么个冷僻地头，一个月加水电费两百出头，比住集装箱还要便宜。

"住这种地方安全吗？毕竟这一屋子好货……"

"你们看是好货，别人一看全是破书。不客气地说，这里偷啥的都有……甚至有人口味重，想要偷我，但就是没打算偷书。"

我扑哧一声，扭头再打量纪叔棠。他坐那里，纵然白发葳蕤，依然算帅大叔一枚。

往下趁着酒意，我顺便扯到书的价格。

"怎么省事怎么来嘛……"纪叔棠说，"等下把你们要的都找出来，摆在一块，眼睛估一下，就像估毛猪，给一口价。"

我连说痛快，眼神示意小覃倒酒，接着再搞一下。

"以前印黑书，校对都没有，自己都知道干这活上不得台面。现在居然有人收藏，卖价比正版好得多，这几年一个劲往上蹿，缺本都几百上千了……不照样是错字连篇的东西么？"纪叔棠不算能喝，这会儿工夫已经喷起酒嗝，并有感慨，"当年奎叔的四海书店，专弄黑书，随时上百个品种，每周都有新货，号称中南地区总经销。这几年我开网店，总要想起四海书店。当年我们见天在里面聚，陪奎叔喝酒，抬眼一看全是黑书，现在回想那情形，简直就是四十大盗的藏宝洞嘛。要能穿越回去，我带上书目对照着看，专找缺本，每种囤它几十套上百套，全新版品，全网唯一。现在都不愁卖，网上一挂，看心情标上价格，再躺到床上听下单的声音。"

小覃提醒："缺本又是好品，你可以委托我们拍卖，复品一套一套地拍，每套都是唯一的……"

"建议不错，等我有空穿越回去取货哩。"

我说："你想穿越回去，从头活一遍？"

"谁又不想穿越？丁总你就没有这想法？"

"要能穿越，我嘛……直接回到1981年，买他几大版猴票，能买多少买多少。当年一版猴票六块四，现在至少一百多万……限购？那我去邮票公司门口，举块牌，六块四的十二块八敞开收购，直接翻倍，收它几百大版。再穿越回来，送去正规拍卖会上拍，卖它一大版，就有好多年昏吃赖睡不想事，坐吃山空的时候再出它一版……呃不对，几百版庚申猴在手，出一版就管我好多年，到时小命又不够用……同时出手，爆赚一笔我就只能变成老板，必须考虑投资，操心就多起来……"我脸上涌起虚无的忧虑。

小覃接着说："我记性特别不好，所以就穿越到昨天，买今天开奖的福彩；一不小心穿远了，记不清当天的中奖号码，还不气得吐血身亡？"

纪叔棠又有感慨："要说穿越，那就是人的贪心。"

"刚才你说穿越回去要带上书目……你手头书目，是哪个版本？"

"黄慎奎编的，别人的黑书目录没他的全。"

我第一次听到这名，问黄慎奎是谁。

"黄慎奎就是奎叔嘛，四海书店是他开的。我认识的人里头，奎叔是读过黑书最多的一个。"

"有多全？"

"应该有……两千六七百种吧。"

"有这么多？"我叫他拿出目录对一下准数。

"……摆在老家哩，这玩意儿还没弄出电子版，没法随身带。"纪叔棠明显迟疑了一下。

"你现在做黑书，手边没有书目？"

"这边……应该也有一份，等下回去清理书，看能不能找出来。"

看出来，纪叔棠只是面上憨，该打埋伏，并不含糊。我一时无话，扭头看看江景，雨又下起来。

纪叔棠自兜里掏出一个东西，问我："丁总，你这名字像是以前哪里见过。"

他掏出我给的名片，正中央"丁占铎"三个字。他说这名字独特，透着文化气，碰到重名不容易。我

"哦"了一声，问他还记不记得在哪儿看到过。同样的场景，我确已碰见多次，能以熟练表情回应。反正不是名家，越扭捏越显得装。不出所料，他问我是不是在《漓江晨报》干过。

"我还以为，你要说在哪部电视剧里见过我哩。"我假装松了口气。

"丁总你还演过电视剧？"他一脸天真。

"人家说我长像一个电视剧里专演男八号的，你起码男二号，当然记不住。"

"男二号？"

他 Get 不到这玩笑的笑点。我老实承认，在《漓江晨报》干过一阵。

"这就对了嘛……丁老师，当年你的报道，我的妈，每一篇都好长好长，但是我都能全部看完，从标题看到结尾的感叹号。有文采，过瘾！"

我好像比较痛恨感叹号，也不纠正他，报道虽不是走深度，尽量弄出体量，倒是我的特长。当年跟猴子一块写武侠以后，他的毛病就传染给了我，每一篇文章我都不自觉抻长。

当年我师大新闻系毕业，不远一千七百八十七里，从家乡来到方位更偏远的韦城，当然不是冲着收旧货干网拍。再说，那时网络生意跟传统邮购还区别不开，而邮购又跟诈骗密不可分。当初确乎还有理想，要当一名报人，要把一篇一篇文章写得有模有样、鞭辟入里，更要借记者身份四处游走，把这社会角角落落仔细打量一番。《瀍江晨报》那时刚创刊，是《韦城日报》底下的一块副牌，正招兵买马。我简历撒了一圈，北上广不用想，新一线也没回音，最后得到这边的电话通知，手机一搁赶紧去地图上找一找韦城在哪。一看，正好在雄鸡屁股上，不免有些失望；再往周边一看，屁股前面有一口倒喇叭形海湾，便想，心里烦闷看看海景吃口海鲜也是方便，遂决定往这边来。

我的人生似乎一直这样，说是选择，却像是等额选举，从来只有单一选项。

草创期的《瀍江晨报》也有一阵欣欣向荣，主编会上宣称，办刊方向直接对标全国销量最大的"南周"，也要主打深度报道，要做业界良心。这和我当报人的设想一致，感觉找到施展手脚的地方……

这时，纪叔棠又说："刚才一看这名字，就觉得熟悉，只是没想到，你明明是在报社，一支笔哪都吃得开……"

"报社也是江湖，有江湖就有起落，人进人出。"

"你既然能写，怎么待不下去？"

"这跟能不能写没关系……人一多就分派系，站错队了呗。"实际也不是站错队，而是……不站队也错。经历不是故事，我懒得抻长了讲上一堆，讲多了还要考虑别人爱不爱听，嫌不嫌烦，那又何苦来哉。

"到哪都是这道理。"纪叔棠把头一点，又问，"那么多报社，你随便换一家也成啊？怎么想到去博冠楼？"

"换家报社和换个行当有什么区别？"

去博冠楼，也跟我之前做的报道有关。我入职报社第三年，某个月的话题聚焦收藏品市场，说是高端的、大众的一锅烩，但韦城和西省的收藏市场，按说都属大众收藏。报社要派了几个记者做这期专题，反正每周六早上我都去唐山路文化市场淘旧书，就主动请缨，写古籍旧书这一块，得以认识易总。他在文化市场有门店，装修上档次，门庭寂寥，进来的主要不是顾客，而是走街串巷收旧货的小贩，遇到好东西往这里送。此后周六我淘完旧书，就去他店子里喝茶，看他怎么收货。有人上门，话不多讲，东西直接一摊，他以逸待劳地瞄上几眼，那神情倒有点像电视里的马未都。遇见贼赃，易总轻轻来一句："哎，这东西以前见过，没听说易手。"

一来二去，我跟易总混成熟脸，有话也随便讲。那一阵在报社日子不好过，再去他店里喝茶，我也发发牢骚，反正易总要熟不熟，强于大海或者树洞。他说，要不你来我这里，我正有一摊生意，缺人手。他说打算拓展网络销售，这样收来的货就少了中间环节，直接对接终端买家。码字为生的人，几乎都有开书店的理想，自然也是我的远景规划：退休以后，家里闲坐倒不如开一家店滋养老迈身躯，别的不懂，开书店应该相对容易上手。那几年，网上开书店渐成气候，易总多念叨两回，我便说试一试。从报社辞职，我去易总的门店报到，以为是给他守那个门店，顺便把店里东西挂到网页。他这才跟我说，小小一个门店哪能屈尊大驾？他开车带我去到冠业大厦，这才知，他前面说的网店叫博冠楼，员工几十人，分了几个部门。

职业有点像恋爱，必须有接触，才会知道适不适合。一晃几年，我一直还在干这个，只不过是有点欲罢不能。这已足够。

那天我们三人坐涑江边，雨一阵一阵，江风凉热适度。啤酒往肚里一灌，以前的事翻出来一扯，时间更好打发，从中午一路喝到天色发暗。

次日上午，我和小覃把纪叔棠租住的房细细篦了一遍，统共挑出三百七十多套黑书，一色的版品。他主动折上折，统共一万两千多元，脸上浮现做了大买卖的惊喜，执意叫我俩"再去搞一餐大酒"。前一日，喝酒的时候我叫小覃悄悄买单，纪叔棠散场时才发现，神情有些不爽。

临走，我不忘提起黄慎奎书目，他说真没找着，以后找着一定带给我。我跟他说定，以后遇到好货，先不要上架，直接发图过来跟我联系。

"你们要得太多……"纪叔棠说，"零敲碎打我都不好跟你开口，等我找时间再去访一访朋友的库存，聚上一年半载，才敢去找你。"

身

份

  二〇〇九年三月某个中午，纪叔棠电话忽然打来，我一接，他说已在楼下。我还确认一下，楼就是指冠业大厦，没问题？没问题！我赶紧下去，他站在那辆柳微旁边，衣服意外笔挺，够得上给柳微当车模。

  "一年不到，真聚了整整一车？"

  "这次来有别的目的，借着看你，也看看你们单位——什么样的单位要这么多黑书？"

  我领他往楼里走。博冠楼统共租下冠业大厦三层，算是这栋楼里最大的"单位"。每一层都设有展厅，问纪叔棠是专门来看黑书？他说既然来了，都看看嘛，不看白不看。

  从下至上，我带他观看文玩、鎏金铜像、古币、老酒、"文革"黑胶几个专题的展柜。这些都是适合网拍的大众品种，展出来效果却不差。我们找来专业布展师，即使是刚用过的旧物，陈列出来依然包浆感十足。纪叔棠说，这倒有点像博物馆，完全可以卖门票嘛。最后上到我们这一层，各类旧纸品和书籍。黑书有两个陈列柜，LED冷傲的光泽一镀，封面确乎有了民国旧书、新善本的气质。书是纸本，底角价签都是用镀铜件。当初在他那里几十块一套买来的书，现在随便标个268元或者388元，看上去并无违和感。

纪叔棠不免疑惑："这价格真走得动？"

"物价在涨，这些东西价格往上走只是时间问题。"

"你是说，上面标的是许多年以后的价格？"

我兀自一笑，给他通用答复："或许许多年后，或许就是明年。"

"我们是卖旧书，到你们这里真就成了收藏品。"他兀自点点头，"东西好不好，主要是看摆在哪个地方。别说东西，我往你们这里一站，都多一份体面。"

"那还要说？你要愿意来我们公司，就是专家嘛。"

"我算哪门子专家？"

"黑书啊，谁有你摸得多？你不是谁是？"

"黑书也有专家？"

"只要有需求，门门道道，各行各业都有自己的专家。"

"怎么才算有需求？"

"有人请你当专家，当上专家能吃饭。"

"丁总……我蛮佩服你总能将深奥的道理讲得通俗易懂，这方面你肯定也是专家。"

中午我叫一室的年轻人一块陪纪叔棠喝，场面搞大一点，气氛搞热闹一点。

火锅一涮就到三点多，纪叔棠还不忘提醒我，下午要不要上班。我说陪你就是上班啊。

"你们单位不怎么抓纪律吗？"

"博冠楼只是一家公司，可不叫单位。你见过单位叫什么什么楼的？都要是部啊局啊办啊委啊处啊这些称呼，带着级别。"

涮着涮着，年轻人慢慢散了，后来只是我陪他。

"时间也不早了，"我说，"咱俩接着喝，你带来的货让小覃先搬上去，整理一下。这顿饭吃完，货款直接码到你手里。"

"真没带货过来。"

"这大半年时间，少不了挖到几笔库存吧？你现在跟我打埋伏。"

"涿州就这么大点地方，能挖的都挖了，够不上专门跑你这里一趟。"

"你路子多，涿州挖不着，别的地方多找找。"

"这次来就是跟你扯一扯这事。别的地方……湖南、湖北、江西还有福建,以前印这种书的老厂、批这种书的老店,我还大概有数。真想挖库存,还是要去现场走一走,先找人再挖货。找到人没这么容易,要是好找,别人也抢了先手,库存早就被挖空了。"

"现在黑书收藏还没起势,像我们这样囤货的公司并不多,库存都还躺在那里哩,等着谁先下手为强。老纪,这就是你的机会,你独一无二的资源。"

"……要一笔费用呵。"

"不就是路费和日常开支么?只要挖到一笔货,赚大赚小天知道。"

"说是这么说……"纪叔棠一时嗫嚅起来,稍后又说,"能不能这样,你们单位……不,你们公司,把我招进去,以后我就是个引路人,只拿工资,带你们四方打探,挖到库存全都归公司。"

"老纪,我们这里工资不高,随时走人。"

"刚才你不是说,我过来就是专家么?用不着当什么专家,当一当带路的小蜜蜂总是可以的。"

"你脑子进水啊……你进来带路,等于是把自己手上的资源便宜卖了啊。"

纪叔棠龇牙一笑:"我这人单枪匹马好多年了,刚才去你们公司一看,很有一种回家的感觉。我好多年都没上班了,就像我好多年没有女人了,但要让我选,我宁愿先上个班。"

我又瞪他一眼，实在无话。

我把这事汇报给易总。易总还有担心，问会不会找不到货，他只是要有个地方落脚。我说不至于，毕竟公司又不是单位或者国企，进去就能混吃赖睡撑不走。再说，纪叔棠对于单位，仍有那么点情怀或者说心结；这样的人招进来，不给公司做出点贡献，他首先不会放过自己。易总眼皮一抬，说那就试试看呗。往下还有总结：你带人网上囤货是一条腿，这人能挖库存是另一条腿。你俩搭好了，咱们公司黑书这一块才能真正迈开步子。

纪叔棠这回来，带了上次所说的黄慎奎目录。倒真是手写复印本，里面剔出不少别的目录都没提及的黑书。这给我们很大便利，上网一找，这些品种挂网出售的确实不多，价格却不一定标高，而且查"已售"一栏也找不出几笔记录。这让我有了疑惑。若按纪叔棠的说法，黑书藏家拥有一份黄慎奎目录才算有了段位，那么这份目录应是有足够的影响力和流传度。如果有段位的藏家已有一定数量，那么只要是被这份目录收录的品种，都会是藏家重点搜购的目标，现在我们搜索发现的存量，都变成"已售"的记录才对，挂网出售的不可能还有这么多。事实显然不是如此，得到这份目录的藏家显然并不多，但这对我们而言反倒是更大的机会……同时又感叹纪叔棠是个死脑筋，有这份目录竟没想到抢先囤尖货。当然，他并不是玩家，这些年卖黑书也仅是糊口，故而眼睁睁漏掉这样的商机。

网络找书就这样：有些好货一直搁在某一条网线的末端，识者宝之；若没有任何目录提及，那就跟不存在一样。搜出后再搞品相排序，剔掉品差的几本，其他批量下单批量付款，悉数入手。借助这份目录，我们短时间淘得几十个品种上千套黑书。

纪叔棠转眼成了同事，此后我们来往就多，都是单身，隔三岔五聚一块喝夜酒没人管束，要醉都抢先，另一个负责照顾。

他是一九六一年生人，在国营的和地下的印刷厂，排版制版统共干了二十来年。九几年，地下印刷厂大都关停以后，他也曾找关系，想要回以前上班的国营厂，但年纪偏大，技术也滞后，能帮上忙的领导又都已退居二线，只好死了心。此后多年，他在打杂工和创业（摆地摊）之间不停摆荡，一直没个安稳。操持了各种营生，零几年以后网店兴起，他意外发现床底下堆积的黑书竟有人买。那些书当年也就他本人翻阅，品相好，卖价标到同一种书最高，挂网上用不了多久总有买家认购。他不得不感叹网络的厉害，在家里面摆摊，就能对接全国市场，同个价这人嫌高，总有别的人眼都不眨直接下单付款。纪叔棠练摊多年，知道这网络就是风吹不着雨淋不着的好摊位，顾客数不完的大码头。经营别的项目纪叔棠没有优势，但卖黑书他毕竟多些门路，去找以前的印刷厂同事，找旧厂子遗留的库存，按废纸价格收来，挂网上卖。纪叔棠终于撞上时机，搭帮那几年黑书从废纸突然变身藏品，这生意一路做得顺手，变故却在一夜间发生。

纪叔棠结婚早，儿子转眼二十来岁，读书不上劲，大专毕业就待业，买了辆柳微帮人送货。但儿子平时不怎么干活，或者三天打渔两天晒网，宅家里还染上些网瘾。他也不怎么操心，以为上网玩游戏总比打麻将省钱，比到处找女人省心，毕竟待在家里。他就这一个儿子，管儿子一口饭吃，倒不是难事。二〇〇五年的一天，一帮混社会的小伙一呼啦挤进他家，点名找纪晓然。纪晓然就是他儿子，人不在家，电话一打也不在服务区。纪叔棠察觉可能撞上了麻烦，给小伙递烟，问什么事情。说是欠了钱，四十多万。他有点不信，请他们先回去，他会找儿子问个清楚。对方不纠缠，给个时限，说声再见，微笑着扬长而去，还把门轻轻带好。儿子终于回家，承认是有这事，借了点驴钱都用去刷装备了。他没想到欠下这么多，掰手指一算，好像也差不离。驴钱就是高利贷，以前纪晓然犯个小错，纪叔棠是有满口说道，子不教父之过啊，不多说几句没有天理了，现在一下子欠下高利贷，他想张口，却又无语。他以前是操心的命，惯着老婆惯坏儿子，回过头，两人还嫌他啰嗦。现在，他发现自己操心的是命，儿子的命。借驴钱的规矩，他有耳闻，现在的小孩不吃打，那帮人下手又狠，将纪晓然打残是分分钟的事。

老婆早就知道这事，纪叔棠缓过神再跟她打商量，她正坐电视前头嗑瓜子。他问老婆，这事怎么个处理。老婆说还能怎么办哩，你借钱帮晓然还上，要不然他哪天出去被人卸条胳膊取条腿，再想找老婆就不容易了。这时，纪晓然还从另一间房插话进来，说还有债主把人阉掉的哩。老婆说，喔哟老纪那你可断子绝孙了呀。纪叔棠仰天长叹，我卖一套书才挣几块？四十多万呐，我又哪去借钱？纪晓然走出来难得叫一声爸，说只要本金还上，就不会结仇，利息慢慢还，他们就不会来家里找事。"……竟然晓得想好后路啊，我是不是要感到一阵欣慰？"纪叔棠嘟囔着。本金也有二十几万，纪叔棠说，我去哪里弄这笔钱？越穷越借不到钱，越有钱越能借得多，这可是放之四海皆准的道理。老婆又说，晓然都借得了，你哪能借不到？纪叔棠说，那我也只能借驴钱。老婆说，管他什么钱，你先帮晓然还上。纪叔棠说，晓然借的钱是还上了，我这头怎么还得上你说？老婆说，你还不上就往外面躲嘛，晓然留下来给你传宗接代。纪晓然又插话进来，说这个没问题，我搞女的保证比搞钱容易。纪叔棠算是听明白了，冲老婆和儿子说，拆东墙补西墙，本来该晓然跑路，现在换成我去跑路是吧？老婆说，你反正是摆弄那一堆破书，网上上货，在哪不能弄啊？晓然往外面一跑，以后还要不要结婚啦？

纪叔棠惊异于老婆儿子这古怪的想法，怎么自己就变成堵枪眼的？但他遇事不堵心，再一掂量，自己把钱一借，往外一跑，能保老婆儿子安稳待在家里也不错。何况纪晓然忽然懂事，把那辆柳微主动让给父亲，让纪叔棠开着车跑，想跑哪里跑哪里，想跑远路就加满油。柳微加装了一个封闭货厢，他把家中存货往货厢里一搁，正好码个满满当当。他便暗自强调：看样子活该我去跑路。备好了跑路他才去借钱，找几个驴主把儿子欠下的本金凑齐。要走之前，老婆还说，不如把婚离了吧，我和晓然更安稳一些。我也没别的意思，现在都老成这样了，给别人也不要，难道不是吗？还忽然缓和了声调，冲他说，我等着你回来！

纪叔棠便想，既然跑路是为娘俩安稳，何不再加一份保险？

离婚当天，他唯一的感慨是：没想到现在离婚这么容易，那帮工作人员，绝不多劝一句。

当年他去跑路，老婆转头就跟人结婚。所以人不可貌相，她说谁还会要我这样的，他竟然信了。老婆年轻时候颇有样貌，都愿意跟他过，随年龄增大老婆脱胎换骨一般地变胖变丑，他往好处想，至少更放心，没想碰到这样的事。跑路那几年,他偶尔偷偷潜回县城,见见亲戚朋友,也想见儿子。有一次,撞见前妻现任老公,一脸毛胡楂,但他隐约感觉胡楂下面隐藏着的那张脸,跟儿子纪晓然好几分挂像……

酒喝多时,纪叔棠把这事也讲给我听。结婚以前,他也知道老婆有过一段恋情,因那男人有家族性的精神病,老婆父亲脑袋撞墙也绝不答应,她这才跟纪叔棠好上的。说到这,纪叔棠还粲然一笑,说我不往深里想,不折腾,更不跟任何人结仇,反正都是跑路的人,何必还把这些事挂在心上?

我得说,纪叔棠当时那一笑对我触动很深,我好多回在别人身上发现,潇洒其实就是无奈。

当年跑路,纪叔棠本能是想往长沙走,那地方多少有些熟人,搭帮熟人找地方落脚。后面一想,长沙离老家县城不够远,不够安全距离。他继续开那辆柳微,往东又折向南,换几处地方,最终落脚涞州。我问他怎么想来涞州,他说就是凭着头脑里一些久远的印象。刚工作那年他交了一个笔友,涞州人。那年代时兴交笔友,和这笔友怎么联系上的都忘了,往来几封信,贴的都是普蓝色长城邮票,八分钱一趟,一毛六走个来回。笔友自然是个女孩,姓罗。他在某一封信里鼓起勇气,塞上自己的照片,又向小罗讨要照片,联系忽然就中断。

"……要么很漂亮,要么是丑,我只是想看看。我寄去的照片，应该是不丑。"他爽朗一笑，头发乍然一耸，银亮如针。

一晃快三十年，他仍记得笔友地址，刚落脚涞州，就一路问过去。整个片区都拆了，位置大概是现在的世界风情商业街。当然，这地方找不出一丝一缕的世界风情，螺蛳粉的气味却弥漫于街头巷尾。涞州算是重工业城，产汽车、大吊车，也产螺蛳粉。在城市形象广告里，一个扮作紫霞仙子的女孩对天发愿："我心目中的英雄会从天而降，开着大吊车请我去吃螺蛳粉！"画面一切，广告里的女孩梦想成真。开大吊车的是个本地仔，从周星驰模仿秀中崭露头角，乍一看哪哪都像，但星爷笑起来很酷，这货笑得缺心眼。

我也来涞州许多回，眼皮底下，奄奄一息的街区，半坍不塌的旧厂区四处皆是，叫成"废墟风情"或者"贫民窟风情"似乎更好。

初来涞州纪叔棠想的是尽早把驴钱还上，光卖黑书当然不够，书就挂网上，三天发一次货，此外还去跑快递，当晚班保安，累得脱骨，每月通过亲戚把钱转给老婆。第二年老婆跟人结婚，倒不全是坏事，那男人把纪晓然的账填上了。亲戚朋友都认为他老婆（这时要叫前妻）把自己卖了一口好价，而纪叔棠也摆脱了灾星。用不着还钱，他就只需管理网店糊口，陡然变轻松了，也有好一阵无措和酗酒。不久租到现在房子小住一阵，他不想再搬，自己钉了简易书架，拿黑书砌墙。狭窄的屋里四壁是书，他厕身其间才会得来一种幽微的体面，一个不体面的人能感受到的唯一体面。书他是真看，武侠书，尤其是黑书，他已经看了几十年，由着惯性每天也要翻看一本半本。那套窄而霉的房子，那几年正好适应他的某种心境，给了他意想不到的安稳。我和小覃那次去找他买书，江边喝酒，他发现自己还是需要与人接触，需要回到人间。

"那几年，你是唯一专程来找我的朋友……"

他确信是我改变了他，我感到荣幸也觉得无辜。我知道现在的人何其顽固，但所谓改变往往到来得毫无征兆，毫无道理。我跟他恰好在那个点撞着了。

纪叔棠来我们公司，对底薪和提成没啥要求，雇佣合同签得顺，此后还往返两趟，把自己的货打包存放进公司的仓库，就正儿八经上早九晚五的班。他每天衣服穿得齐整，搭配一头银发挺像个高管，实际薪水比门卫高不到哪去。这也碍不住他的精神饱满。本来不用他打卡，自己申领了一张出勤卡，经常在打卡机上抢 NO.1 的排名，看着一顶皇冠在打卡机屏幕冉冉升起。

我让他跟我一块儿用大办公室，他拒绝，说我跟你在一块儿怎么也不像你秘书呀。他要在外间占一个办公格，左顾右盼都是他儿女一辈的小年轻。"……有了单位感觉真不一样，人总得有个单位。"他一时还无法建立"公司"的概念，发工资的都是单位。他总想跟邻近的同事聊些什么，这样才显得融入集体，努力大半月才发现，一声不吭才是对集体真正的融入。

上了一阵班，纪叔棠最大的疑惑是现在的年轻人照样长着嘴，为什么都懒得说话了。他冲我说，难道他们吃饭没劲，要烧汽油才能启动下巴颏？我回答，说不定是蓄电池哩。

公司每个人都有名片，统一印制，现在要给纪叔棠也印两盒，印什么头衔我找他本人商量。一般情况，入职的新人都叫成经理，他不感冒，说现在经理不要太多，地铁口发广告推销三产房的，名片上全是印经理。那我叫他自己诌一个，只要在我权限范围内，都没问题。

"鉴定师！"显然，他早就想好了。

"鉴定师？鉴定黑书是真是伪？"

"你不说我是专家么？专家难道不就是鉴定师？"他提醒我，"现在黑书价格还没起来，价格一起来，黑书一定会有人造假，这不有人鉴定么？那还有谁比我更懂得里面的门道？"

我顺着一想，这称谓真有些不尴不尬。按说，既然公司将黑书作为特色品种经营，生意一旦摊开，是要有相关的鉴定拉高格调。纪叔棠若一不小心混成黑书鉴定第一人，显然有利于公司抬高声望，有利于黑书卖开以后我们抢夺对这一品种的发言权。但这黑书本是非法出版物，又叫伪版书，出版社都是杜撰，哪来的正品行货？照此一说，对黑书的鉴定只能叫成"鉴伪"，而不是"鉴真"。

当然，我用不着跟纪叔棠展开这番讨论，电话请示一下尚在出差的易总。

易总大气地说："那还不容易？一个头衔嘛，只要他想要，就帮他印在名片上，前面免费赠送'首席'两字。"

名片印出来，纪叔棠首先给同一办公室的年轻人每人塞一枚，仿佛当天才初次见面。

纪叔棠一把年纪才坐进办公室，不待扬鞭自奋蹄，盯着电脑可不是装模作样，真在给自己充电。黑书他看得太多，现在也成为一份知识储备。两千多种黑书署名不外乎金古梁，背后却是港台数百位作者写就的作品。现在，网上付费数百块能下载上万部港台武侠作品，纪叔棠不禁感慨：好几吨的书啊，现在一个硬盘搞定。纪叔棠要做的事，就是核对电子档，将黑书与原作对应，并整理出目录。他惊人的记忆力此时显现出来，只消将一部小说的电子档翻看几页，看看主人公姓名、门派和开头几章的情节冲突，心里立时有底：该书当年翻排成哪几部黑书。记忆若不够清晰，他就去仓库里把相关的黑书找出，核对一下立马落实。

我暗自感叹纪叔棠学历不够，要不然天生就该去大学里搞一搞学术研究，钩沉索隐，饾饤考据，很快会有一摞学术成果，那不比核对黑书出处来得有成就感？他那形象真要上台，也会吊打多少网红教授呵。

但我们公司不是研究院，易总招纪叔棠可不仅是为了造目录，还指望他带路多挖几笔库存。这里有必要交代："挖库存"正是易总起家的本事，对此他有一份心结，或者是某种必须固守的经验。易总年纪大不了我多少，十几岁辍学就跟亲戚走村窜寨收废旧。收废旧起初只是幌子，私底换国库券、工债、外币、侨汇，还有粮票，后面票证贬值，只能当真收货。我们那里管这类人叫"通街晃"。我有印象：我还在院里摔泥巴炮时，"通街晃"一拨接一拨进到院子，拍开房门啥都能收：牛黄狗宝龟鳖壳，鸭毛鹅毛鸡内金，邮票粮票连环画，红书像章实寄封……家长教导我们，要是家里没有大人，千万不要给"通街晃"开门，那些人全他妈叫做骗子，有时候顺手了，还会当一当拐子，把小孩装进麻布袋扛走。

有时公司开会，时间充裕，易总不免要坐台上悠然回首往事。九十年代以后，易总收过连环画、老木雕件还有老酒。他有师傅带手，只知抢在前面收货就有得赚，还不知道自己半条腿跨进收藏行当。易总对此还有总结：许多日常物件刚开始成为藏品，或者有可能成为收藏品，都经历过这种声势浩大、坚壁清野的淘货阶段……民间就是这样，虽然被各种藏家淘洗了许多遍，但一款新的藏品冒出来，它又变成一块处女地。

显然，这样的经验，现在必须落实到淘黑书上面。

纪叔棠不那么乐观，说自己开了几年网店，知道有些人家里囤有黑书，量都不大；要说大笔的库存，从来没碰见过。我提醒说，老纪，你以为自己真是来当鉴定师的？不去找一找，谁知道有没有库存？纪叔棠磨蹭了好一阵，说是要把以前的熟人都联系一下，再去挖库存多少有些准头。眼下有了无所不至的网络，存心要找，某些人固然消失不见，某些人找起来又比预想容易。

未名

那是二〇一〇年四月初，一个阴晴不定的日子，我、纪叔棠还有小覃三人驾着公司刚买的一辆宝骏开始长途之旅，专程淘黑书找库存。出发前，易总在公司内部例会布置工作时说，征集部一室赴长沙，是代表公司参加第二届中南地区杂项收藏博览会。博览会有可能开上一整月，我们有必要去看一整月？易总的意思，仿佛淘黑书说来不怎么名正言顺。且不管那么多，真的上了路，纪叔棠率先拿出足够的精神风貌：又修发鬓又刮脸，西装贴身合体，八成是定制，里面裹着灰马甲白衬衣，怎么看都是我们老板。宝骏要是换成宝马，那就称得上完美。

离开西省，一路往北窜动，到长沙之前，车头一拐下了高速，先去赫山一个叫秋湖港的地方。不为别的，纪叔棠口中的奎叔，黑书元老级人物黄慎奎就葬在这里。我们说好要去他坟头烧几炷香，请他庇佑往下的行程收获满满。

那是黄慎奎的祖宅，他去世之后妻儿仍住长沙，一个姐姐两个弟弟都在城里，宅子只有一个堂弟代为看管。纪叔棠显然来过多次，轻车熟路，跟那个堂弟也熟识，老远打招呼，走近了，纪叔棠朝他张开怀抱。堂弟显然被这新套路搞得犯起眼晕，但及时给予回应。纪叔棠手又一划拉，说这都是我们单位的同事。堂弟问纪哥几时参加工作了。纪叔棠说我是特聘的专家，主要是搞鉴定……这个一下子跟你讲不清楚噢。

老宅只有院门落锁，堂弟把门推开，又回自己家备足上坟用的物品。我们自行往里走。现在，乡下老宅基本没人，甚至新盖的楼房，廊柱尖顶琉璃瓦，却一栋一栋放空。我曾听一个老人抱怨：现在村子里都一样，人少了，鬼就多。他还说他看得见，问我信不信。我赶紧信。

黄慎奎的老宅自然也久无人来，虽然收拾过，触手仍都是絮状柴灰，不知从哪里飘来。一楼左侧房间是卧室，一架老式木床，床上堆的全是书，码放相当齐整。我远远窥见书封，估摸着应是黑书，走过去一看果然，而且整床码得有二三十摞，皮头全是同一种，书名《阴魔伏尸洞》，作者署名陈青云。陈青云是鬼派第一人，我不记得他有这么一部著作，但陈青云写得比一般人看得还快，我哪记得全他著作目录？

这倒不当紧，我只是奇怪，为何黄慎奎专攒这一种黑书？带着疑问，放眼四顾，人去楼空满是灰霾的老宅里，床上堆的书全是这名称，封面画的是一串串大小骷髅……我背脊不免沁出一阵凉意。

我朝屋外问话："老纪，所有的书都是同一种？"

"应该……有三种。"

我目光往下一捋，果然，皮头半尺《阴魔伏尸洞》，再往下压着的是另一种，叫《铁杖流星》，署名金庸。我各抽取一套捏在手上，书脊排整齐。两种书封面署的出版社名都是"极地"。

"老纪，有两种。不都是以前你所在的厂印出来的么？"我隐约记得纪叔棠提过，那家黑厂还用几个社名，但不像"星沙""南岳"那么常见。

"极地出版社还是我编出来的，前后只印几种书。其实，我想把它打造成为厂里的高端品牌，但过不多久厂子查封了。"这时纪叔棠走进房里，把灯弄亮，"只有两种？应该是三种。"

"只有两种。"

"不对啊，是有三种。"

稍后黄慎奎堂弟进来，纪叔棠问他还有一种书怎么找不见。堂弟"哦"一声,说摆在衣柜里。衣柜在右侧厢房,柜门一拧开就往外奔,合页已经朽断。堂弟歉疚地说,事多,来不及修好。

半柜都码着书,再一看,书脊竟被切掉,书本散为一刀刀纸。再细看,纸面上都敲图案,是铜钱纹。这我小时候见过,铜钱纹是用铜钱凿敲成,敲过的黄草纸就叫成钱纸,逢年过节,清明上坟烧给先人,但我没听说铜钱凿还能照着字纸敲。老辈的说法,敬惜字纸,字纸怎么能染上铜臭?

堂弟说,黄慎奎走之前,自己这么干的,把这堆书统统敲成钱纸。太多,一时烧不完,就嘱咐每年忌日烧一点。他也算有了一款专属的钱纸。

书封还在,同样敲有铜钱纹,书名《碧血西风冷》,作者叫"荒神"。这作者倒没听说,但并不奇怪,我接触黑书以来,对武侠创作多少有了了解,港台几百号人,内地作者也有不少,只是扬名立万者屈指可数,不少名字跟你幼儿园小班的同学一样陌生。

"荒神这本书从没听说,会不会是缺本?"我随口一问,不抱希望,因为缺本多是名家伪作,若是冷僻作家,从来没被追捧,作品也就不够格谈什么稀缺。再说,抱希望又能如何?书都变成了钱纸。

"你搜一搜。"

我掏出手机,旧书网上输入这书名,一本都没搜着,又在作者名一栏键入"荒神",也毫无结果。

纪叔棠又说:"荒神……你不觉得有些熟悉?"

我脑袋里再搜索一遍:"……真不熟。"

"荒神,就是黄慎奎嘛!"纪叔棠说,"这三本书都是他写的。"

"他写的?"我捋了一下,纪叔棠此前可没跟我提这事。

"所以,三本书都是我印的。"

我也没听出两者有什么必然联系。

去黄慎奎墓地烧香烧纸,也烧一摞《碧血西风冷》,十余本。看着火头燃起,黑灰蜷曲、飞升,我又得来疑惑,他写了三本书,为何只将这一种悉数敲了纸钱?

再回老宅,已是傍晚时分。这地方鸟特别多,草稞子里蹿树上,复又一呼啦从树上蹿入石罅,声音敞亮,像随时提醒我们外来是客。堂弟把刀头片成大块白肉,再配几个小菜端过来。简单的酒菜,照样能勾起纪叔棠对往事的一番回忆。哪里还能找到这种天光倦怠的黄昏,这样随兴敞怀的乡间院落,以及我们几个侧耳倾听者呢?

纪叔棠自然是捡年轻时候说起。

他本来什么书都不爱看,当年读书的经历完全是自取其辱。进国营厂后印各种文件和内部刊物,当然也无兴趣。有一阵喜欢上了打牌，兜里也不是随时有钱，而别人也不愿陪他打素牌。为打发时间，厂里订的杂志翻一翻。那时候，文学杂志厂办订了几种，但厂里人多，个个爱看杂志，稍微好看的很难轮到他，到手也翻得稀烂。印象里头，《故事会》最合他胃口，但每月一期，只一晚就翻完。

后面去到长沙，在黑厂子里排印武侠小说，起初也只是干活，忽然有一本，排字时隐约感觉故事抓挠人。排版时一颗颗拣字凑成句，再连句成段，组段成篇……一时看不出完整意思；等着钉成册就抽一本带回宿舍看，这一下就陷了进去，才知道什么叫真正的好看，把以前爱看的《故事会》直接废了。

那套书叫《追魂千里仇》，署名"梁羽生"，后面才知这是金庸《飞狐外传》改了名字。把金庸的作品署梁羽生之名，是有个时间节点。金庸进入内地比梁羽生稍晚，有几年名头比不上一直在《羊城晚报》连载小说的梁羽生。所以，挂梁羽生卖金庸的骚操作，仅见于两三年内。再往后，金庸人气一发不可收拾地直线拉升，地下印刷厂见风使舵，梁羽生的各种作品又署名金庸。

这以后纪叔棠有了瘾头，迷上看武侠，先是将厂里印过的册子全看了。看得越多，瘾头越大，就跟喝酒似的。四海书店离厂子不远，他往里面钻，蹭着看，那时候屁股稳当，一坐整天，中午饭用不着吃，水也不喝，能翻完好几本。

四海书店里面，蹭看小说的多了，黄慎奎一般不管。纪叔棠着实蹭得太狠，工休全在那里。一日黄慎奎挨近了，憋不住跟他讲："老弟，你自己来我这里上班，一上一整天，我不开工资好像说不过去。"

纪叔棠尴尬一笑说："你是卖这个的，我是印这个的，算同行。"

黄慎奎"哦"了一声。那意思，口说无凭，何以见得？

纪叔棠说，虽然黑书上面标明的出版社不一样，但他能找出来，哪些是同一家印刷厂出货。

黄慎奎要他试试。纪叔棠当场开练，到书架前随手一抽，翻几页，然后码在桌面归类。虽然封面书脊印的出版社不一样，他能按排版版式将同一厂的货堆一摞。很快，桌面一排过去十几摞，高低错落。黄慎奎瞄一眼，心里有底，哪有半点差错？这一试好比地下党接上了头，两人恨不得双手紧握并低低叫一声，同志，同志！

那年头，人真就是干一行爱一行，纪叔棠若是在国营印刷厂，黄慎奎若是入职新华书店，两人阅读档次必会相应提高；但命运决定了他俩只能待在黑书一行，也就成天跟武侠打交道，以黑书会友。

再去四海书店，所有书都为纪叔棠敞架，还可带走。那时候人一摸书就入定,蹭着看快感倍翻,时间成了最难花完的东西。某天纪叔棠在书店又待到天擦黑,不好再坐,黄慎奎招呼他不急走,还在中间支起一张折叠桌。稍后又来几人,拎着卤肉花生,也拎着酒,还将成捆的书当成椅子,围着桌密密匝匝坐成一圈。这种场面,纪叔棠以前是熟悉的,来了省城很少撞见。黄慎奎留了身边一个位置给他,他便不客气,掏出烟先散一圈,算是入伙。黄慎奎逐一介绍:个矮的吴刚绰号地趟拳,嗓门大的龙五洋叫吼王龙,个头高瘦、脖子歪走路抢边的石季明叫单边拐……纪叔棠有一刹那的恍惚,扭头一看卷闸门已经拉下来,心还一紧,问你们这是什么帮?四海帮?众人乐不可支,说小兄弟你真能入戏。黄慎奎一看是他要的效果,这才一笑,说都是武侠看坏了脑袋,各自取一个绰号。要说武功,我是不太信的,以前海灯法师的事你们都知道,搞了半天全是骗人。武侠这事情,江湖的故事,看看就好了,不能当真的。他们聚一起,酒喝起来,聊的仍是武侠小说。原来,虽然武侠小说好看,但听黄慎奎讲述更是过瘾,有点像说书,但没那么多程式性的东西,更没太多修辞,黄慎奎嘴中道来都跟梗概一样紧凑,一晚上能讲好几本。黄慎奎的好记性,酒桌上开讲时淋漓展现出来,故事来龙去脉,人物各是哪一门派,男女关系有多复杂混乱,他嘴上一理都丝丝不乱。其他几人都说听黄慎奎讲故事,比看书省时省力，印象更深刻，所以慢慢成为习惯，隔三岔五聚到书店。

往后，纪叔棠去四海书店看书，直接等着晚上的聚会，孤零零一个人，又找回昔日的热闹劲。有时黄慎奎故作消停，脸上挤出疲态，说我讲这么多，你们也讲讲。别人一讲，黄慎奎却又抢话进场："你说的这本不行，我老早看过，故事根本没编圆溜，比如说……"只要他在，别人只有挨听。

黄慎奎讲过的书，纪叔棠挑一些依旧找来看，发现许多情节有出入，倒不是黄慎奎记不准确，而是人为做了改动，再一讲便比原作更抓挠听众。

这几人听了过瘾，也建议黄慎奎，武侠讲得这么溜熟，书上没编圆的还带自动修改……那还不如自己也写一写。

"一切皆有可能。"黄慎奎熟知武侠小说，对武侠作家也有了解，"你们以为这种小说是文化人写的？台湾写武侠的几百号人，十有七八，都是当年退守台湾的老兵，大老粗嘛，吃不饱饭靠写这个赚钱。"

晚上喝酒聊天时候随口一讲，谁都没当真。全国严打之后那年，有一晚照样聚在四海书店，除了纪叔棠别的几个都没来。黄慎奎刚喝两杯脸上就有酡颜，迅雷不及掩耳地喝出了状态。纪叔棠和黄慎奎相处了一阵，知他有事要讲。果然，稍后黄慎奎抽出一沓稿纸搁桌上，一拃厚。

"小纪，你不知道，原来武侠小说这东西，写起来比看着还爽，更容易成瘾！"

"这是……你写的武侠小说？第一部？"

"第一部。"

"第一部就成瘾？"

"妈的，挨都挨不得。"

稿纸上面盖一张牛皮纸，几颗颜体大字：披风过客。纪叔棠又问是给我看？黄慎奎头一点。纪叔棠故意往身边一塞，继续吃喝。黄慎奎表情讶异，似在说：我写出来了嘛，你怎么不马上看哩？

纪叔棠只好马上读，脸上慢慢挂起沉浸的表情，稍后说好。除了说好，又能怎样？事实上，纪叔棠心里确有震惊和意外，倒不是被黄慎奎的文笔所震撼，而是写武侠这件事本身。一直以来，纪叔棠都以为武侠小说是港台特产，那边的人负责写，我们只负责看。没想到身边一个老叔，不声不响，说干就干。再一想，又是不难理解：成天守着一家书店，既卖书也看书，耳濡目染，时日一长，看得太多，复杂的都变成简单，难免有写一写的想法。卖书、看书再到写书，差不多跟"久病成医"一个道理。

纪叔棠说到这，我也会心一笑，想起了当年猴子。他要写武侠，跟他瘸腿大伯开租书铺哪能脱得了干系？

天天去租书铺，不要说翻开看内容，书皮打打杀杀的画面也老在脑子里晃。他有这想法，跟我一讲，我俩也是说干就干，只是来得快去得快，弄几把就不玩了。

当天，纪叔棠摊开手稿看了十几页，好坏并不能马上分辨出来，顺着文字一行一行捋下去，倒也像这么回事。光说好，显然不够。黄慎奎还自一旁问他，看出来是谁的路数没？纪叔棠就蒙，一看段落没有金庸梁羽生那么紧，又没有古龙温瑞安这么松，就照行文不紧不松来猜，卧龙生应是最大概率。黄慎奎嘴一扁，说我这是照着还珠楼主去的，看不出来？

翻过年头，黄慎奎将《披风过客》写完，近五十万字，印成三大册不在话下。还珠楼主开宗立派，学他的人拿捏笔名都带"楼主"二字。黄慎奎给自己取了一个"秋湖楼主"，还解释：是要告诫自己，就算出名，大红大紫，也永远不忘从哪儿来。

黄慎奎提醒自己出名不忘本显然有些急，真要考虑的，是怎么先搞出名头。那是一九八五年，国内发表武侠小说的杂志为数不少，比如《今古传奇》《中华传奇》《新武林》，还有《章回小说》。手写稿金贵，那一份原稿怕投出去收不回，平日店里喝酒听讲故事的几位再次被聚拢，分下任务，各自抄写一些章节。那年月每个人除了拿工资没有挣外快这一说法，每天闲来无事，朋友开口说帮就帮，工具除开纸笔，还有复写纸。

纪叔棠负责抄十余章节，十来万字，铺了复写纸，写起来下力，出稿由浓到淡出三份，速度不快，不到一月也已弄好。黄慎奎汇总抄稿，装订成三套，一套存底，两套往杂志投寄，附上退稿邮资，以便稿子退回来接着投……那些著名作家自述成名经历，如何投稿如何坚持不懈都是重头戏，基本都是山穷水尽处，柳暗花明时……自带激励效应，黄慎奎也决定打持久战，还发愿，只要这部小说发表，请一帮抄稿的兄弟连嗨三天，管吃管喝，有点别的啥也行。当然，"有点别的啥"只是口诺，严打过去没几年，每个人心地尤其纯洁，只在武侠小说里小小放肆，暗自快慰。纪叔棠也看出来，黄慎奎不免抱有一些幽微希望：借助这部指日可待的杰作，摇身一变，成为作家。八十年代，作家头衔一挂，大多数人仍能高看你一眼。

半年过去，黄慎奎的表情渐渐板结，能想到的杂志都已造访，便又往各家出版社寄稿。

"我那个小说，跑下几轮长征了。"一天中午，黄慎奎跟纪叔棠说，"要不，先拿到你们那里印一印？"

"当真？"

"好歹文字变成铅字，要是能多卖一点，都是白捡的好事。"

"麻脸皮你也熟，他印你卖，你说话比我有分量。"

麻脸皮就是罗老板，津市人，卖牛杂粉起家，至于他怎么想到搞印刷，谁也不懂。大家叫他麻脸皮，叫快了就成麻皮。这人知道自己不讨人喜欢，说话从来瓮声瓮气。黄慎奎找他吃饭，他推托，把书稿要去看一整天，仍不应下吃饭，通过纪叔棠捎话：可以印，但书名实在不好，《披风过客》，都不能确定是武侠。就像刚放映的一部电影，《竹林隐士》，不少人当是武侠片，买票去看，却他妈的是讲国宝大熊猫，后悔买票之前不看一眼海报。

麻脸皮说"秋湖楼主"不好，还珠一脉的路数已经没有读者。黄慎奎又费劲巴力拿捏另一个笔名，凌经天，想印上去。罗老板很快回应："黄老板好歹是卖书人，心里要比别的作家多些斤两。这个笔名取得不错，一听就很武侠，但印在这本书上，就是把这名头废了，以后再也捡不起来。我看，就照通行的搞法，署名'金庸'，多卖一点数量是正经事。"

黄慎奎知道，并不是笔名"秋湖楼主"或"凌经天"取得好不好，麻脸皮根本不打算给他署名权。

"麻脸皮都不知道稿费是个什么东西，奎叔你也别指望，但你批发自己的书，他表态多给你五个点。"纪叔棠把收益摆明，又接着劝，"奎叔，麻脸皮不用你取的笔名，听着不适，但有他道理，毕竟他要考虑怎么往外头卖。你一出手，就挂上金庸名头，其实也算一种肯定。反正，在我们这里印，是权宜之计，我多印几份校样，不上钉不贴封皮，你当成稿子再往全国各地出版社寄，如果撞上出版，正儿八经把自己笔名署上去。"

黄慎奎毕竟没体验过作品印成书，迟疑一阵，到底把头一点。他根据书里两件兵器名称，将《披风过客》改为《铁杖流星》。他个人认销三千套，五个点搁一套书也就几角钱，三千套书麻脸皮让他一千多块，勉强能算他创作第一本武侠小说的收益……当然，要在销售中体现。

按四海书店的走货量，最畅销的品种也达不到这数。黄慎奎当然重点力推自己作品，本来黑书批出不退，为了多走货，《铁杖流星》可以退。书贩到他这拿货，《铁杖流星》比别的品种翻倍，问他为什么这一套可以退货，他自然编好别的理由，隐藏自己作者身份。书贩平常拿货的数量，都是长期摸索得来，这次看他情面翻倍拿货，后续退回的便多。黄慎奎还想找找意见反馈，为什么退货这么多。书贩就好笑，还能是什么原因？金庸几部代表作翻印过来，卖不了这个数，这一套不知是扒哪个无名小辈的作品，书名一看就不是金庸风格，故事讲得不好不赖，卖得好才怪。

三千套书，退回的有七百多套。纪叔棠建议，要不然换换皮，再往外面卖一卖？黄慎奎想一想说："已经换了书名、人名，再一换皮，还要再想书名，挂梁羽生还是古龙？"

"把书名、人名再换回去试试。"

黄慎奎当时有些动心，这七百多套换回《披风过客》，作者凌经天，再往外批一道，给自己正名，多少补些亏损……脑袋热了两三天，慢慢冷下来，那批书不再换皮出售，打捆扔进仓库。

头一本书弄出来，远不是预料中的结果，纪叔棠以为黄慎奎要歇歇，没想写武侠小说也跟赌博似的，这一把黄了，更指望下一把开胡。晚上黄慎奎在店里聚聊，把自己这意思一讲，还要一帮喝酒的朋友多提意见，集思广益。

酒多添几道，几个人也就有什么照着说。龙五洋说："奎叔，前面不好讲，既然你自己要征求意见，也就知无不言……武侠小说这东西，就是拿来好看，不是搞文学艺术。你前面一部，定位不准，又想好看，又想搞艺术，但事无两全，两头你只能吃一头，想要好看，就要一门心思冲着好看去。"

黄慎奎说："好看也不容易，谁不想写得好看，真正写得好看又有几个？"

纪叔棠又说："所以，更不要任何掩饰，标里笔直，不偏不倚地冲好看二字而去。好看的东西，都有点俗，像卧龙生是奇遇加艳遇，陈青云是嗜血暴力，定位精准，武侠小说也讲究百货中百客。我晚上睡不着，就看卧龙生，看李凉；我被人欺负，心里很不爽，就看陈青云,想杀谁杀谁,理由都不用交代,人死得比眨眼还快。"

当天黄慎奎从谏如流,或者自己大概也这么想,当即就定下,可以又黄又暴力,说这两方面结合得好的,有幻龙、江楚歌、陆机、易知微和高沧。反正,武侠小说门派林立,各有路数,不管往哪一路走,都有祖师爷可拜。要说对武侠的了解,黄慎奎才是师傅,哪门哪派都如数家珍。

"……路数虽然看得明白,有些却走不了。要我写写,暴力不是问题,以前天天听单田方可不是白听,哪一回书没有白刀子进红刀子出,杀人杀得漫天血光?我都怀疑自己专门冲着杀人,才迷上的单田方。"黄慎奎又说,"但这黄色段落,我就犯怵。不怕你们笑话,我一把年纪,结婚二十多年,跟老婆从来都是一个姿势,换一换人家就骂我流氓……哎,经验极度缺乏,这一块也写不开啊。"众人一齐喷笑,说这还不容易?别的不说,黄色这一块,大家都可以帮着写,动用经验,发挥想象,群策群力,把黄色写到金光闪闪为止。不妨把小说看成稍微复杂一些的机器,不是所有零件都在一个地方弄出来,要分工合作,分开制造,最后统一组装就好。

大伙来劲,黄慎奎兴致更高,说写武侠通常都这样,谁一旦成了名,后面都有一帮捉刀客帮着写,提高产量。大家说，你更厉害，刚一上手就拉起团队。黄慎奎说："怎么是拉起来的呢，不是你们每天陪我聊，聊得我憋不住才写了起来。我们本来就是一个团队好么？"

既然合了伙，往下怎么写商量着来，先要确定一个专抓眼球的书名。每个人都提方案，纪叔棠也不能缺席，刚好厂子里在印地摊杂志，据说篇名都请高手拿捏，个个醒目。他记得打头一篇叫《阴河里泅渡的女尸》，标题一排就想看。当天纪叔棠把这名字一讲，在座几人都觉有够狠，当成蓝本，照着它弄出武侠小说的书名。有人提议先把"泅渡"去掉，因为武侠里的人物都会轻功，都是水上漂，衣袂从不沾水，哪来的泅渡？这就只剩"阴河里的女尸"，接着改。石季明说他刚好在看田歌的《阴魔传》，于是，阴河变成阴魔，也确定下来。吴刚又说他看过一本叫《守墓人之浮尸秘令》，浮尸比女尸更好，不是女尸，大家一看字面就会往女尸那里想。龙五洋又说，柳残阴《雌枭雄霸》里面的反一号叫伏尸丐，伏尸听着比浮尸更狠。

黄慎奎这时把握方向："阴魔不错，伏尸也好，阴魔伏尸，还缺了点什么。现在，暴力有了，能不能添一个字，又黄又黑两齐全？"

"奎叔，你想好了，直接来吧。"纪叔棠还是对他更了解。

"后面加一个'洞'字……"

"《阴魔伏尸洞》,这个好!"

石季明偏要问:"这怎么就黄黑两齐全?"

众人一块喷笑,不答,石季明脸皮紧一会儿,自己闹明白了。他们这拨人可都是从领袖诗词里开启青春的萌动,最有名无非《七绝·为李进同志所摄庐山仙人洞照》后面那两句:天生一个仙人洞,无限风光在险峰。

再往下写,黄慎奎调低心智,放大感观,一味奔肤浅、好看而去,手上便有风,自己刮着跑。时不时点染色情,根本不用别人帮忙。作为一个正常男人,写到这部分就像甘蔗啃到甜处,怎么能拱手让人?不到半年,四十万字又码出来。

交到麻脸皮手里,小半天就看完。

"这个老黄一下子开窍了,眼睛真有点停不下来。前一锅半生不熟,这一锅明显见着火候。"他还感叹,"怪不得那么多人写武侠,看上去是写文章,摸着门路其实是过了嘴瘾还顺带赚钱。"

署名依旧是别人,黄慎奎已不纠结,并说挂陈青云吧,鬼派宗师,也有人叫他血派道宗。彼时,正好陈青云回乡认祖,不算热点新闻,但也有一定关注度。陈青云年轻时去了台湾当兵,数十年里和家人完全断了音讯。此时重返云南老家,访到亲人,亲戚朋友圈里看过他小说的还不少,没想这血派道宗竟是失散多年的血亲，血姥爷血舅舅血姨父……真够血的。那一阵，多家杂志报纸都蹭热点，给陈青云做访谈并予以刊载。谈到叶诚笃封他为鬼派第一人，嗜血嗜杀，陈青云颇多不满，那一阵频繁接访，也是想借访谈为自己正名。他自道，写鬼写怪喊打喊杀血流成河……那只是早期风格，后面随着阅历增长，内心渐至宏大和深沉，笔底有了宽容和悲悯，有自己对人世遭际不一样的思考。但在黄慎奎看来，陈青云就是早期那几部作品最好，人世遭际，心头确实萦绕一团愤恨，写得那叫痛快；后面成名成家，低首抬头见着都是笑脸人，没了怨怼，不再愤恨，反倒抛弃他最为独特的东西，作品变成标准件、大路货。要说宏大和深沉，他能跟金庸比？别提金庸，梁羽生挡前面都随手灭他好几遍。

《阴魔伏尸洞》很快印出来，罗老板同样不给样书，折扣多给八个点，并许诺：总销超过两万两千套，就给一笔稿费。销量的事，纪叔棠帮着监督印数，当时心里还嘀咕：怎么两万多两千哩？说个整数不好吗？事后发现，这正是麻脸皮的高明之处，前面印的《铁杖流星》，加上四海书店自销的三千套，这书销到两万一千三百多止步。要想超过两万二，黄慎奎要提出加印并包销；想拿稿费，就变成自己掏钱做量。

黄慎奎想得明白："破了两万，很不容易了，还加印个屁。"

他的第一部试笔，攒了心劲力有不逮；第二部目标明确，笔墨放开，专门冲着读者隐秘的阅读欲望上写，爽得地道，俗得彻底，自然上了销量。黄慎奎回头一想，这样的小说，只能是一次性的东西，看过就扔，写出来钱也没赚多少，想来想去，这又是何苦来哉？纪叔棠还安慰：你能这么明白地感受到无意义，我看就挺高级。无意义，必须先要想着有意义，而我们混吃赖睡，根本不敢去想这一层。黄慎奎只好苦笑，说你的安慰，怎么都像给我补一刀。

那以后黄慎奎白天守店，晚上喝酒，酒越喝越多，但不再爱扯武侠的情节。黄慎奎忽然爱讲生活里的事情，因为写过小说，表达也比以前通畅，能把往事讲得格外清晰。几个好友，都知道奎叔回忆往事，是要淡忘前面两次写作的失败。纪叔棠隐隐感觉到黄慎奎依然在写。就如他本人所说，这东西易成瘾，"碰都碰不得"。

又过两年，黄慎奎某次跟纪叔棠独处，突兀地有了感慨，说写作是要看状态，什么念头都放下来，一个字一个字停不住地码上去，才能出好东西。纪叔棠就着话题问："奎叔，仍然在写？事不过三，第三部应该是个大东西。"黄慎奎一笑，那表情，已经回答得很明确。

这样，一部《碧血西风冷》又摆到纪叔棠眼前。书名不花哨，往里一翻，语气变了平和，不是狠叨叨地直逼眼球；故事也放缓，娓娓道来，情节起伏没那么大，但因字词上下了工夫，一句一句都是慢工细活，读着熨帖，而且细节紧密联缀又各有轮廓，这本武侠能够翻开哪页看哪页。

小说围绕一个憨头憨脑的小子况名道的成长经历展开，一看有些金庸小说的意味，地点是在西域古度藩国，似乎对标武侠天花板《射雕英雄传》。但黄慎奎读得这么多，知道另辟蹊径。接下来仍是把还珠楼主的奇思妙想借过来，那可是他当年进入武侠的门径，亦可说他写武侠，这一块的阅读才是最可倚重的童子功，于是，这本书里，奇侠仙剑的飞天遁地可以有，五行三界，四海八荒，鱼龙漫衍幻化无定。憨小子拯救世界的路数，太过沉重，写着写着，黄慎奎刻画的人物便在郭靖和韦小宝之间往复跳跃，见到美女甚至妖姬，也不会轻易错过，却不似卧龙生写至滥情。黄慎奎显然费了不少心思，给每一段艳遇埋线伏笔，情理要安置稳妥，让这过程水到渠成，让身陷其中的人欲罢不能……

在纪叔棠说来，《碧血西风冷》就是不为人知的武侠杰作。他还排座次，读过的武侠中这一部可以进前七。我不知道为什么是前七，也许他确曾将看过的武侠小说排定座次，仿佛武侠小说成就的高低就等他一言九鼎地评定；也许，说这话时他突然想到前妻，那个年老色衰却依然有人跟他争抢的女人……人内心的瞬息万变，谁又说得清哩？

纪叔棠看过的武侠实在太多，记性又好，真能进入他个人阅读排行榜前七之位，也殊为不易，那要干败多少名家名作？他要说进前三，甚至天下第一，我只能认定他在浮夸。

一九九一年，这部大著终于定稿，那一众兄弟都说，这般质量，一定要上正规出版社弄出来。黄慎奎自己也是这意思。找关系把省文艺社的编辑邀来，玉楼东撮一顿，连鲍带翅，白酒不说大品牌也是高档包装，成箱地扛进去。吃开后，一帮兄弟都不闲，围着编辑纷纷夸赞这书，甚至抽取几个段落，当场阅读。几个兄弟皆是乡音难驯，但遮掩不住一腔真诚的喜爱，编辑听得动情，冲黄慎奎说一定加紧落实。

两月后出版社给消息，可正式出版，作者包销一千五百套，且要先款后印。《碧血西风冷》六十万字，印出来三十个印张，当时一个印张大约在五毛钱，批价七五折，算下来一千五百套两万左右，本不是问题，没想黄慎奎有了犹豫，久久没有给话过去。出版社反复催，意思是这机会难得，过了这个村没这个店。纪叔棠等人追着问，怎么回事？钱面上要是吃紧，大家凑一凑。反正这书好看，四海书店往外批发，大不了多给些折扣，一千五百套说不定一呼啦卖光。

稍后才知，黄慎奎已是肝癌晚期。这两年武侠小说在走下坡路，正版的武侠种类齐全，价格虽贵，印刷质量有保证，读者也日渐厌倦了黑书的粗糙，上新的货越来越走不动。黄慎奎账上是有五位数，碰到这样的病，有数的钱填不了没底的窟窿。

事有缓急，遇到这情况，几个好友凑起来的钱，只能先让黄慎奎治病。黄慎奎却没有收。他说："我分分钟会死，欠账丢给家里人，也不是个事。这样的话，我死起来都不痛快，又是何苦？"

众人筹钱帮他正规出版，也不现实，纪叔棠能做的，就是依旧由自己把书稿印成铅字，保证是厂里能达到的最好质量。那一年已经有电脑排版，据说随便怎么排，都甩开以往人工排版几条街。纪叔棠打算找电脑排《碧血西风冷》，印出来，肯定不输一般正版书。他还想到，如果成事，《碧血西风冷》绝对是第一本电脑排印的黑书。

罗老板知悉情况，把书稿一翻，表示可以印，并且无需作者包销册数。纪叔棠代黄慎奎提一个要求，这一次，能不能署上他自己的笔名？罗老板要做好事，也不能担风险，说不妨做两张同样的皮，署两个名字，一个是凌经天，一个仍然是金庸。现在销售越来越困难，"金庸"二字，是整个行当的最后一块遮羞布。罗老板还说，这书乍一看，情节虽不对板，那文字味道还真像金庸又出新作品。

四海书店这时已经关门，纪叔棠去黄慎奎家里，把事情给他讲。不管怎样，"凌经天"的名号多年前就已取好，现在终于变一回铅字，也算夙愿得偿。

黄慎奎却说："不叫凌经天……"

"那就叫本名？本名也好，坐不改名行不改姓。"

"这么多年都是未名写作，出书纯属自娱自乐，无声无息……再说我都到这时候了，哪用得着用自己名字。倒是另外想到一个名字。"

"刚想到的？"

"刚想到，跟自己现在的状态很贴切。就叫'荒神'吧，荒野的荒，神仙的神。"

纪叔棠咂摸一会儿："听起来像是慌神。好么？"

"就是冲这个意思，这是我现在全部的心情。"

"奎叔，你给我们的印象，一直都是从容不迫，从不慌张。"

黄慎奎牙缝里挤出一丝笑："是人哪能从不慌张，只是，着慌的时候，精神不能丢，这我自认为做得到。'慌'字不好用在笔名里，去掉竖心旁的荒，荒神。"

纪叔棠默念一遍。

黄慎奎一种躺姿摆到僵硬，费力侧一侧身。

宝藏

前一晚喝酒聊往事，我主要是听。酒是土茯苓酒，当地人的土茅台，喝着比水多有一丝一缕怪味，喝到一定时候也没个征兆，人说倒便倒，如同被人下迷药。一觉睡到次日醒来，脑袋依然肿胀如瓮。若这时听见鸡叫，脑子里活脱脱跳出来武侠小说里常见的一串字符：鸡鸣五鼓返魂香。

过了早上，状态稍好些，又记起纪叔棠一番说道，头脑一热，想看看《碧血西风冷》究竟怎么个好。从衣柜里找出一本，虽然拆了书脊敲成钱纸，但页码不乱；页码不乱，端在手里却没法看。铜钱凿敲出纹路，切掉部分纸，是一种镂空。许多字缺胳膊少腿，跳着读连蒙带猜，能串起完整的意思，难免让人不适。

小覃随身带着笔记本，我让他查旧书网，《碧血西风冷》一本都找不见，无论署名"荒神"或者"金庸"。

"……当然找不着，署名'金庸'的书皮还没开印，麻脸皮的厂子就被封了。"

"这个版本呢？"

"那年四月，这个版刚印几百套，一下线我打包拖到四海书店。黄慎奎当时在处理积压的书，准备关张，这书拿到手里，道一声谢。过不多久，黄慎奎把所有的书拖回这里，《碧血西风冷》竟然全都敲成纸钱，不知当时出了什么状况。"纪叔棠又说，"幸好，我那里还有两套，回去拿给你看。"

"当时除了你有黄慎奎有，这书没有往外批吗？怎么旧书网上一套都搜不着？"

"那一年专门整治小印刷厂。我刚把书带给黄慎奎，就碰上特别行动，工商和文管一块出动，厂子里所有的书一律封存，有准印证才能进去复查取件。我们印这么多年，麻脸皮都不知道准印证什么模样，要知道也先印它一堆嘛。所以，除了给黄慎奎的样子，其他一律留不住，都拖走化浆。"

"全没了？"我提醒他，"市面上一套都见不着，黄慎奎的又全都销毁，你手里两套，算是孤本。"

"孤本是孤本，我想到过……但这套书没有上任何目录，黄慎奎自己的目录也不收，他的三部作品都不收进目录。《披风过客》和《阴魔伏尸洞》好歹流到市面，其他目录中有收录，但《碧血西风冷》除了我们几个熟人，再没别人见过，听都没听说过。"

我当然明白，就算是孤本，没进任何目录，得不到承认，也就没有价格。"真有点可惜，黄慎奎不可能再活一次，把自己作品添加进去。要进目录，《碧血西风冷》的稀缺度，怕是跟《天蚕秘要》不相上下。"

"他要再活一次也不会添加。"

"……好吧。"

稍后，纪叔棠说："不知道他儿子有没有留，要是没有，我手里那两套应该给他送去，是个纪念。"

离开秋胡港之前，纪叔棠问我，老宅里那一堆书，算不算库存？我说倒是清一色版品，但这两种书卖价不高，量还不可控，进入不了囤货目录。纪叔棠要我帮帮忙，我头一点，提个醒说："那一堆《碧血西风冷》要是完好，价钱可以高一点。现在只有这两种，价格网上都查得到。"

"毕竟是黄慎奎写的书……给八百，开个张。挂卖时间长一点，亏是亏不了。"

"一千吧。"我不好扫他兴致。

纪叔棠打电话给黄慎奎儿子黄冼清，提起要拿走家中那两堆书，市价。黄冼清痛快答应。纪叔棠又问钱是不是给到他堂叔手里。黄冼清说你直接转到我卡上。纪叔棠又问他是否还留有完整的《碧血西风冷》，黄冼清说没有，他在长沙的家中没有任何一本武侠书。纪叔棠要他给个地址，说我手头两本给你寄过去，毕竟这是你父亲的作品。黄冼清当时"嗯"一声，事后只通过短信发来开户行卡号，没给邮寄地址。

离开秋湖港，车尾箱变得沉甸甸。那个疑惑，再次袭上心头：黄慎奎生前写三本书，都有存书，为何只把《碧血西风冷》敲了纸钱，其他两种碰都不碰？当然，我知道有些作家……也不说有些了，就说一位叫陈忠实的，他死后把最好的作品《白鹿原》当成枕头垫住后脑勺。黄慎奎敲纸钱的行为，是不是一个意思？即便如此，为何把所有《碧血西风冷》都敲纸钱，不留样本？这就没法类比于"枕头书"，简直就是"殉葬"嘛。

我也不好问纪叔棠，他和我同时看到那种书变成纸钱，脸上同时有了惊诧。

去到长沙，一切不再是纪叔棠记忆中的模样，他毕竟离开了十多年，这十多年的变化赶得上以前百年。没有导航，车开进市区一路打听，黄泥街已改成童装批市，以前的书市搬到定王台。纪叔棠把定王台上下几层转一圈，没找见一个熟人。我还提醒，当年一块在四海书店喝夜酒的那几个兄弟，要不要见见？纪叔棠说早就断了联系，再去打听也麻烦，再说……他们手头可没有书。我不得不见缝插针地夸：你倒是公私分明得很。

来之前，纪叔棠联系了以前一个厂里干活的机长黎叔。只要找到这一个，那些印刷工、学徒工，甚至相邻那些印刷厂的熟人，自会一个一个刨出来。

到地，再打电话联系黎叔，响两遍才有人接，是黎叔的老婆，说黎叔前天突然去世，追悼会是明上午八点。见老友变成奔丧，偏又赶得这么恰巧，纪叔棠一时怔忡。不说他，我分明也觉着不祥的兆头。

追悼会我和小覃用不着去，纪叔棠回来后说，葬礼上没发现别的工友，但他知道，黎叔家里还有不少黑书。"算是顺手挖一笔库存。"

次日一早，我们把车开进省电视机厂宿舍区。一番例行慰问过后，纪叔棠艰难地岔开话题，问黎叔的儿子："你爸前一阵有没有跟你说，留了一批旧书给我？"

黎叔的儿子名叫黎明，小时候发过脑膜炎，后遗症一直延续到现在以及可以预见的未来。我们进去以后，黎明脸上总有灿烂的笑，说爸爸床底下有一堆书，很好看，但没说过给谁，那就应该属于我难道不是吗？

"当然是你的，我们把书买下来怎样？"

黎明一激动鼻头喷响，他妈帮他攥几把鼻涕。黎明铿锵地说，要一百块！我们面面相觑，这孩子，对钱有概念么？

书从床铺底下掏出来，好几百本，看来当年黎叔下班顺手拿几册书也是习惯动作。书基本没被翻阅，但受潮变形，纸张发皱板结，而且大都是常见品种。这也是预料之中，他们那家厂出品的黑书量都不小。偶有缺本。纪叔棠以前来这筐过一回手哪能含糊。纪叔棠没和我商量，直接跟黎明说，一百块不够，这堆书给你一千块怎么样？黎明却说，怎么才一千？一本一百块，一起拿要五千。我们这才看出来，这家伙可不傻。黎叔的妻子腰身佝偻，纪叔棠和她商量一会儿，把价钱降到三千，她再跟儿子商量，黎明很快笑到蜷在地上。

三千，在我看来，摆明就是抚慰遗孀，但黎叔的死可跟我们没任何关系。纪叔棠扭头看我，语带央求，说就按这个价！

"纪哥，我叫你纪大叔也行……"我只能再次提醒，"我们是在替公司做事，找黑书挖库存，要挖好货有差价。我们不是来搞慈善的。慈善不是不好，但是我们不够资格！"

"我都开口了，那我自己掏？"

"你看着办！"我心里说，这一路库存，说是淘，却被你搞成追思旧友专题活动了。

"真有你的，我一个月几个工资你又不是不知道……你是好人，给两千吧。"

"我是好人，才会给一千。"我说，"你也可以当我是坏人,坏人也给一千,无所谓。"

"你看,好人坏人各给一千,正好两千。"

"七百块!"

"好吧,那就一千。"他还嘀咕,"怎么蹦出来这个数?八百不好听一点?"

纪叔棠回头又跟妇女商量,让她明白,三千是多给,现在领导不同意,只一千,但一千也是多给。妇女倒是明白,这堆破纸今生今世只遇到这一个买家,赶紧点头答应,接下我们就看她怎么糊弄黎明。

"给你。"妇女把一千块钱递到儿子手上,并说,"五千!"

黎明把钱一张一张抹出来摊地上,嘴里还叨念:"一百,四百,二百五,九百,十万,一千,七百……"

出门一走大半月过去,收效甚微,我感觉挖黑书库存真不如一人一把洛阳铲,晚上去到坟山乱挖一通来得妥当。我打算收工返回,但先要考虑怎么跟易总交代。

"……易总,你以前的经验,可能不适用于黑书。你想想,以前你淘老酒,淘连环画,这些本来就是好东西,有没有人淘,东西搁在一个地方,存在一处老仓库,别人也舍不得处理。但黑书就不一样,本来就是印制粗糙的东西,看武侠的年头一过,这哪还算得上是东西?说白了,我怀疑它连占仓库的资格都没有。"

"不行的话,就撤回来。"易总这一回倒是善解人意。

"……这一趟也不白走,至少我们摸清楚了:黑书这一块不容易撞库存,前面我们网上淘的货不是瞎费工夫……"

"我都说撤回来了,用不着解释,懂吗?"

我意识到话多了。

刚要挂,易总又问:"纪叔棠现在是什么态度?"

"他有点骑虎难下,不给公司做点贡献,都不好意思见人。我还要反过来宽他的心。"

"说重点。他还有什么打算?"

"说是还想再往福建走一走。福建沿海,当年是印黑书的主要地区,母本就是从那边来的,直接在沿海印刷,再卖到其他省份。"

"这我知道。他有明确的线索么?"

"二十年前的事,哪能明确?只听说当地不少印刷厂,为了隐蔽,当年确实挖地洞,把机器藏在地洞里面开工印刷。据说,凌霄县有一个印刷厂,因为塌方整体被埋。后面有人往下挖,几台机器搬了出来,别的东西没人挖……只是些印刷品,费力气挖出来还值不回工钱。"

"这可真叫挖宝……这个消息可信度有多少?"

"总比殷墟啊秦始皇地宫啊挨得近一点,不可能空穴来风。"

"塌方的地下印刷厂,确定埋得有黑书?"

"哪能确定?纪叔棠说眼下能确定的,是那家印刷厂当年印出的黑书,全都落海滨出版社的名号。"

"海滨社啊!"我这一说,易总自会有印象。

这家出版社虽然从未在工商部门登记注册,但在黑书玩家心目中却是神一般的存在,落款这个社的十几种黑书大都是缺本,或者纵是出货不少,现在价格都已不菲。黑书印制大都粗糙,"海滨出版社"几乎代表了黑书最高的印制水准。据说当地假烟泛滥,这个地下印刷厂一边印制黑书,一边还印制假烟的商标,或者话要反过来说,印假烟标顺带印黑书,所以,这家厂的设备和技术哪是大多数地下印刷厂可比?印制假烟标利润极高,为何这家厂还要印黑书?最靠谱的猜测,是这老板也跟黄慎奎一样,是铁杆武侠小说迷,好这一口。黄慎奎将喜好变成了写作,这老板文才不够或者时间不允许,便将喜好变成印制。事实也一再印证这种猜想:黑书的封面一般是扒港台原版书,重新制版。海滨出版社印制的几十种黑书,封面几乎都贴了钱找来画家搞原创作品,画风细腻,印制精美,还充满狂野的想象力。比如:把侠客画得异常苍老却又肌肉虬结,像披了肉铠甲,近乎奥特曼或者变形金刚;封面的古装美女有骑逆戟鲸的,有骑青铜鲷的,甚至有骑三斑海马的,还一手舞红绫一手操着AK47。其中有一种,封面是裸女洁白的腰背，翻到封底却是裸女正面敞开，书名偏就叫《风月宝鉴》，怕人看不出是武侠，一旁用了跟书名一样大小的字号标注：**台湾新潮艳情灵异武侠小说**。看得出，这印刷厂的老板任性而且有趣，且具有某种狂欢精神，既要赚钱，又把印制黑书当成肆意展示一己怪癖的舞台。他的怪癖成为黑书玩家的福音，"海滨出版社"几乎以一己之力抬升了黑书印制的整体水准。

此外，我对海滨出版社最深的印象，是署名"高沧"的黑书多半挂这个名号。

易总脑路清晰，问我："那么你说，高沧的书量都少，网上那么好卖，会不会和这个印刷厂塌在地底下有关？会不会……底下塌得有大量高沧的书？"

"这哪能说个准。"

"要是去以前塌陷的地方开挖，大概需要多少费用？"

"易总，我们是淘旧货，可不是考古挖掘。"我一时有些嗫嚅，"那地方已经塌了有二十多年，几乎就是个传说。"

"传说？你听过谢里曼的故事没有？"

易总愿意讲故事，我左右看看有没有小板凳。

"一个德国人，考古学家，但跟别的这样家那样家不一样。他自小听荷马史诗，别人告诉他是传说，他坚信荷马是最早的战地记者，史诗里头一切都是真的，史诗就是当时的新闻报道。别人看他坏了脑袋，他这人不是一般的死脑筋，还立志，长大以后要挖出特洛伊城。结果多年以后……你猜怎么样？"

"挖出来了呗。"我心说哪能呢，荷马史诗，即使抛去人神共居的情节，单说古远的年代特洛伊确有战事发生……在我看来，木马计只不过是一群傻×碰上超级大傻×，居然大获全胜，如果不是神话，那就只能是笑话。

"恭喜你答对了，加一百分！"易总朗声一笑，看样子以前他问人答错的居多。"……这个谢里曼，知道么，长大以后赚了钱，还能坚持理想，真就把特洛伊挖出来，办法并不高明，就是雇上很多人，划好一块地方，一人一把洛阳铲，汗滴禾下土地往下挖，还费时不多，竟然真把整整一座特洛伊城挖出来……挖出的死人，都能跟荷马史诗描述的场面挂上号。这荷马史诗，准确得如同纪录片！"

"天呐……这样的运气，我们也能碰上？"

"呃……不容易。容易的话所有人都不用干活，一人一把洛阳铲，挖出阴曹地府打劫阎王。"易总说，"你们撤回来先！"

五月初我们铩羽而归，纪叔棠神情里多了一份落寞，此后上班，不再去打卡机上抢头名。此后仍按原计划囤黑书，易总要求，囤足了量，一旦放货，博冠楼必须是行业内翘楚，黑书界最黑的那匹马。纪叔棠被我分派了任务，网上钓鱼，几十个品种的黑书分配给他淘。网上钓鱼算是最轻松的活，纪叔棠神情却每天疲沓，坐着实在难熬，经常溜出去，给年轻人买烧仙草或者奶茶。

七月份，天气很热，有一天他跟我说不想干了。

"薪水？"

"这我不太在乎，你知道。但来了以后，除了大幅度抬高公司职员平均年龄，我啥也贡献不了。"

"英雄无用武之地？"

"丁总，说这话就是骂人了。"

"那就有什么别的事，憋得你慌了神？"

"能有什么事？"

凭着对他的了解，问他是不是还想继续挖库存，赌一把大的。他目光刚接了充电器似的，猛然一闪。我便追问，海滨出版社？他像被我胳肢到痒穴，一串浑浊的笑憋不住排放出来。

"那可是个传说，真要操着洛阳铲去挖八十年代印的书？去之前先跟吉尼斯上海总部发个函，搂草打兔，顺便贡献一条人类傻×新纪录。"

"认识不算短，你这么看我。"

"老纪，一直以来，虽然有人看你是废柴一块，但好在有自知之明，这正是你回收利用的价值。但你今天的言行举止,我有必要重新评估。"我说,"要不,我再跟易总申请一下,我俩搭伴,去那边待个十天半月?挖着挖不着,同进同出。"

"我一个人去就好,犯不着都耗在里面。本钱越大亏得越狠嘛。要挖到了库存,我再回来见你们。"

"还想吃独食啊?"

"讲真,你真愿意跟我去?"纪叔棠这时非常直白地盯着我。

翻过年头,我们继续淘货囤货,黑书市场正被别的书商拉动,价格忽然蹿高,好几家网拍公司开始发帖征集黑书精品,转眼就有好几场专题拍卖陆续推出。我们淘货变得困难,出货已到时机,博冠楼必须出手,普通品种在网店上挂卖,缺本搞拍卖,保证本公司在黑书领域的影响力。

一种冷门收藏项目刚热起来,操作得当,很多藏家原本不玩,却被一股吸力拉过来,价格抬升越快,走货越容易,买涨不买跌的规律,在藏界更是立竿见影。我们先前囤了两年,有备而来,这时彰显实力,品相和缺本明显比其他网拍公司高一个层次。

那一阵,藏家直接跟我们联系也多,要求线下交易。我们某天还接到香港一家书店的商函,开列一些品种,出价不低。那份书目上包含高沧所有的作品,我一看，想起传说中高沧的书有香港老板敞开收购，看来不假。书目上也有《天蚕秘要》，旁边还注着"海滨出版社"，开价四万港元，当时港元硬过人民币，一比一点二左右。我记得纪叔棠说过，内地黑书《天蚕秘要》只有一个版本，虽然黄慎奎无法确定，不出意外只能是"横山文艺出版社"印行……到底哪一方搞岔了？

纪叔棠消失一年后再次出现，自然恰逢时机。他的柳微车里装有整整一车好品的黑书，他将车舱的门敞起，密密麻麻的书天头地角对外侧，看不见书名。我随手抽一本是《白骨红绫》，再抽一本又是《风月宝鉴》，品好，包上胶皮，光泽如瓷。再仔细一看，清一色"海滨出版社"出品，等同于一车黑书界的爱马仕。

看来，纪叔棠浪荡大半辈子，这一把赌下来有望咸鱼翻身，成为有钱人。"传说竟然是真的！"我只有感慨，看着纪叔棠，便是看到纪实版鬼吹灯，中国的谢里曼。他只是浅笑，说你们还是有眼光，黑书的价格说起来就起来。想要给他一口价格把这批货收购，初步估算也在几十万，不是我能拍板。便去向易总请示，他先是一喜，接着脸皮开始发皱，说公司现在正要拓展现当代书画的业务，钱有些吃紧。

"……也就一幅当代二三流作品的价格，但我们有这一笔，可以把黑书做到全国龙头老大。"

"啊？这样啊。"易总似乎后悔找错理由，只好说,"那你先和他商量一下,到底按什么价格,怎么收购,是否还有别的方式处理。"

我征询了纪叔棠的意见,估价的话以网拍最高价为参考,最终定一个折扣。纪叔棠却说不急,先拿去挂网或者拍卖,出手以后再算怎么分成。这当然没问题,那一头易总正中下怀。纪叔棠又跟我提出要求:"我能不能再回公司上班?一个人在外面漂着,总是不安稳。"我不好说他脑子进水,工资一领,以后分成他会主动让步,账面一算,指定自己花钱过一过上班瘾。

当然,我哪有资格说他。我甚至怀疑,天上掉馅饼专砸脑子进水的人。

日子又回到从前,我俩见天凑在一块喝起来,纪叔棠的酒瘾显然有所增加,都是这大半年时间练成的,不难看出来,一个人待的时间太久,酒精才是最忠实的伴侣。埋地底下的海滨出版社怎么被他挖了出来,酒一喝,哪有不说。

去年辞职后他直接去凌霄县,反复打听,逐渐缩小范围,海滨出版社塌陷于上岬石乡。他开车去上岬石乡,驻扎在镇街,半月时间每天请人宵夜喝酒,跟他们猜码,任他们吹牛,汇总大量信息,进一步确定位置。但这位置,是距海滩不远的一片洼地,二十来个足球场大小,荒草丛生。他说,他以前去过内蒙古乌市,个把月没见着草原,到福建沿海却撞个正着。当然,一南一北，草的长法明显有区别，这里不养牛羊，荒草茂盛得一团一团地上滚，间杂稀稀拉拉不知名的树木，是热带的景象，他头脑中蹭出一个词是"稀树草原"。车子开到一里之外，他扛着新买的镐头和铁锹来到洼地边缘，坐着抽烟，望向草海，一股无力感涌起。返城买了一台电除草机，随着嗡鸣，把草一片一片荡开，进入草海深处，身上绿一层，全是带腥味的草液。

"二十个足球场连一块，你怎么挖得过来？"

"找坑啊，发生过塌陷就有坑。"他又说，"坑倒是不少，随便一找十几处。我用了排除法，一步一步锁定。"

"怎么个排除法？"

"金属探测器。"

"书又不是金属。"

"既然整个仓库压在下面，肯定是有金属。最起码，那些书还是用书钉啊。"

他这么一说，我突然怀疑只有极简思维才能摆平最复杂的问题。

我又问："你一个人在野地住了几个月，怎么坚持下来？换我早疯掉了。"

他慢悠悠吸起烟来，说你不去哪里知道，野地里真是好睡。起初有几天不习惯，坚持十天半月以后，把自己当成一头野物，心里头天宽地阔了，傍晚时分，经常想扯起嗓子,对着冉冉升起的弦月嚎几声。有时候下洞挖进尺,爬出洞天已经黑掉,就在草丛当中割出一片空地喝酒,喝到一定量倒头便睡。野地的夜晚风声盛大,他睡得沉实,梦见许多美女,都像是被风从远古刮过来的,绫罗飘带,宽臀大乳……

我只能感叹:当野人你也这么上瘾。

他打点过的当地人姓林,一直悄悄地盯他进展情况。有一天,老林找过来说:"我们可以帮你挖啊,挖地你不行,我们专干这个,随便弄一天,顶你硬搞三四天。"

老林开价两万块,纪叔棠只问:"两万能不能保证挖出东西。"

"就看你要啥东西。有一说一,印刷厂的厂房塌方后挖出来了,机器抬走,离不远还有个仓库,据说就是些破书,不值得挖,一直埋着。"

"哦,破书。那就照仓库挖?"

"到底要挖出什么来?"

"这你别管,挖到仓库就行。"

纪叔棠知道,即使摆明说是来找书,掘地找书,这个老林打死都不会相信。又问挖到的把握有多大,老林摇摇头,说那可保不准,塌方的时候他去看过,大概知道位置,但毕竟一晃二十多年,记忆稍微恍惚,相去就有几十米远。

"那就先挖一万块钱的,我账上现在也只有这么多。"

老林找来自己的连襟,下到纪叔棠挖出的地洞,找准一个方位继续掘进。纪叔棠想添双人手,老林不给,说纪老板你找地方休息就好。挖了有十多天,照西南方向挖出四米多的直洞,又从洞底平挖或长或短的几个巷道,四处辐射,扫荡那一片区域,依然一无所获。

老林说:"纪哥,这一趟我指定亏了力气,万把块钱补不回来。找不着,没办法呀。"

"呃,知道的。"

纪叔棠独自留下来。他对老林不乏基本的信任,但也不是不防,知道他挖的方位没错,要的钱数没到位,目标就不会出现。往后他自己上阵,沿着挖好的数条巷道一点一点掘进。时间时慢时快、不慢不快地延展了数月,纪叔棠叫自己既不要抱有太多希望,也不能绝望,每天定量挖多少畚箕土才是重点。

老林说是不帮挖,却时不时跑来问问情况,表示一下关心。这使得纪叔棠进一步确定,要挖的库存离自己很近。

终有一天,老林又找过来跟他说:"纪老板,你真是一条狠人,不服不行。给我五千,保管找到仓库。"

"确定?"

"应该……确定!"

纪叔棠暗忖，此时打开宝藏只欠临门一脚，需要一个前锋拔腿怒射。自己再这么辛苦下去，搞不好只是守门员。但当时身上五千都不够，只有找人借。

这又接上我自己的记忆。他当时是跟我借钱，发来卡号。隔天到账，钱一付，老林独自干活，大概过了个把星期，一个下午爬上地面，走到纪叔棠跟前，表情怪异。他说："纪老板，挖是挖出来了……我可有言在先，里面就有一堆破书。"

纪叔棠眉头一皱，问书破成啥样了。

老林已经抽上来几本："好几层农膜捂起来，应该不怎么破。你自己看看！"

"呃，农膜……"这也是年代感十足的词，对应得上塌陷时间，纪叔棠平抑着情绪。老林带上来的几本崭新的非法印刷品，有色情的，有侦破的，当然也可能是色情加侦破，好歹已经见着几本"海滨出版社"字样。纪叔棠只得暗自祈求，底下还有老林尚未发现的区域，同样印着海滨出版社的名号，全都是武侠黑书。

鉴定

冷门收藏要炒热，基本操作是送正规拍卖公司上图录。上图录未必拍出东西，但此后相关的藏品像是小三上位，逆袭扶正，身份大不一样。此前多年里，鎏金铜佛、新善本、毛笔手札、钢笔校稿、老酒、黑胶，都走这样的渠道渐成受追捧的大众收藏项目。

我们整理出的黑书精品，一般都以"同一藏家提供"的名义，先后在纸研斋、墨笺楼、诚艺、汇信几家公司的旧书资料月拍、季拍专场目录里占据数个页码。这些藏品统统无底价开拍，现场还是找了人保底拍，只当是先把火点燃，之后怎么烧就看势头。纪叔棠新挖掘出这一批货，都是有复品，以"海滨出版社旧版武侠精品专辑"的形式组拍。海滨出版社纯属杜撰，但在黑书领域无人不知，《风月宝鉴》还两度登上图录的封面封底，标的底价虽只有两千五百元，却妥妥成为当期拍品的形象代言、颜值担当。据说拍卖结束后，印有黑书拍品的图册也比其他图册畅销。专辑一组七八种二十余册，这时势头已起，无须再去找人保底拍，每一次拍卖现场都能成为竞标热点。有这号召力，往后别的拍卖公司免除目录版面费，我们只要提供同一类拍品，直接上拍。二〇一二年上半年黑书热拍，价格进一步走高，博冠楼起到至关重要的作用。

同一时期，我们楼层的展厅也做相应调整，别的藏品展示规模收缩，大半个厅都用于陈列黑书。黑书的封皮怡红快绿，色彩斑斓，我感觉整个展厅循环播放的背景音乐换成重金属才相称。纪叔棠每天衣着笔挺，以鉴定师的身份给前来参观的顾客发名片，讲解这一项新兴的收藏。经我提醒，一套《碧血西风冷》也摆到当眼位置，黄铜价标显示12800，特别煞有介事。他起初每走到书前，看看标价忍不住要笑。我便把表情弄得严肃：万一卖出去了哩。

纪叔棠自是向藏家重点推介这套书，但藏家在各种目录上都查不到，哪肯轻易入手。经我劝说，这套书也曾以保底价的方式网拍，上拍好几回，保底价从六千改到三千，仍没有一次竞价，更不要说破底，书只能收回。此后，纪叔棠再不拿去拍，说这是作践了这本书。

有一天我突然想到：是金子总要发光，既然认定是一部武侠杰作，可不可能拿去重新发表？怀着不妨一试的心情，我俩将这书复印好几套，寄给各地出版社，并附纪叔棠精心写就的推介信。半年一晃过去，均无任何回音。这年头，正规出版社尚在印刷的老武侠，据说只有金庸、古龙，而排名第三的梁羽生，当年有多火，现在就有多凉。

有道是树大招风，以前在角落里摆一两个黑书专柜没人管，现在展厅一调整，把文化执法局的专干直接招惹过来。抵达现场，他们表情异常震惊：一个个灯光闪亮的展台和展柜里，赫然陈列着"层级最高"的非法出版物。当天，看见外面来人，纪叔棠挤到前面，试图据理力争，说这些书纵是出版社都查不着，但印出来二三十年时间，书籍变成了藏品，假的变成了旧的，网上可是敞着卖，还能上正规拍卖会，那也是审查过的啊……还问，这个是不是也过了追诉期限？

我稍后赶到，一把将纪叔棠拽开，面对专干们的黑脸，赔上更多笑脸。此后多番交涉，和对方混成熟人，黑书得以继续展示，数量要有控制（展柜个数减少，每个展柜体积增大），封面的出版社名必须遮挡。

按规定，纪叔棠先是用白纸遮挡，觉得不爽，便去网上截取一些图片，专把其中马赛克的部分抠出拼接成整版打印，再剪成细条儿用于遮挡各种出版社名。我嫌他脱裤子放屁，他说不能光遮挡，还要强调这是重点部位。

纪叔棠把黑书当事业搞，易总看在眼里，工资提得快，到二〇一二年夏天已经跟我差不多，但是公司经手他那一批黑书的利润对开。如果不拿这笔工资，他找别家出手，顶多支付出两成的费用。他自己想得开，说没有公司的关系和前期运作，怎么卖得上这么好的价格？百分之五十的利润也让他结结实实赚上了。其中，仅《白骨红绫》这一种，他从地底下挖出来两大包，四十八套，版品全新。起初他担心量一大会不会掉价，我便笑他，这叫量大？相对于全国的黑书玩家，照样是僧多粥少。再说，这批货是从地下挖出来的，要说贬值，难道有谁再挖出一个海滨出版社？后面挂卖，情况果然如我所说，两千五一套，平均两三天下一单。卖了两个月，后面有藏家把剩下的一枪打，批价一千六。光这一种，营业额差不多十万。

晚上，街边对着嘴吹二两五，我还不忘提醒："老纪，要想明白，公司跟单位不一样，有五险一金，但没有铁饭碗。你这一批货走空了以后，还能再淘下一处宝藏？"

纪叔棠冲我一笑："最近这段时间，已经是我这辈子最风光的时刻，手机时不时咯噔一响，看看短信又有一笔入账。而且，得你帮忙，我还成了个鉴定师，有文化的人，大公司里面上班。"事实如此，他以前紧巴惯了，难免被人说抠门，以前买奶茶烧仙草，年轻人接过去时道声谢，脑袋一扭再不搭他话。最近一阵，公司的年轻人主动找他说话，隔着老远打招呼，纷纷叫他纪老。他给小年轻发烟，心情一好就拆整条，随手散。虽然挖着了宝，其实他收入远未达到大中华、九五至尊，和天下随手散的级别，心情实在是到了。他稍后又说："我这一辈子已经够本了，挖出来一批好货，白捡一段神仙日子，过得像个人物。你想，要是去年抓瞎，去福建那一趟什么都没挖出来，又能怎样呢？以后的事，我还真懒得去想。"

他总有办法让我显得瞎操心。当然我也明白，作为朋友瞎操心总是强于真操心。

公司的年轻人都提醒纪叔棠换车，这样低调可泡不到妞。于是他手机下了APP开始关注车，眼都看得有些花。后面他不声不响入手一辆银灰色捷达，我还问他，是不是想去驾校当师傅。他说总比柳微好很多啊，我一不借债二不泡妞，这辆车完全够用。秋天他按部就班找了女友，一个带孩子的离异妇女，姓韦，四十多岁不高不矮，长相难抓特点，带着上街，一不留神就混淆于同龄妇女，消失不见。我们聚会，那妇女来过两回，不多说一句话，后面就见不着了。看得出，纪叔棠在韦城越过越安稳，脸上褶皱隐藏了更多笑意，喝酒也变得节制,以致我们怀疑他还想弄一个小把戏。

"折腾不起啦,"纪叔棠总是懒散地说,"老了不敢死,难受!"

黑书价格走到高位,我建议网拍,快速出手,纪叔棠却不着急。网拍的价格总要低于挂卖,他挂出一套再上一套,出货时间拉长,卖价有了保证。他对手里的货有信心,挖出不易,掉价更不易。但市场不可能关心你的货怎么得来,就像一块狗头金,刀口舔血抢来的和随手捡到的都卖一个价。那年冬天,黑书价格忽然崩盘,比如近全品的《白骨红绫》,一直标杆一般坚挺,这时跌至一千多。我们挂在网店,标1680。挂出半月,终于有人联系,开口还价拦腰就是一刀:880卖不卖?问他能不能加点。那人说,好的啊,888!

那天纪叔棠推门进来,两手握拳往我办公桌上一擂。我一看他脸有点歪,外面又正好有嚷嚷声音,我头皮一麻,以为是他和别的同事扯皮。虽然我很想问他多大啦,事实上我只问他怎么了。

"黑书价格再跌,也不是这个跌法,垮了一半不止,哪有大众收藏品像买股票一样?"他问我,"难道你没注意到么?"

我暗自松一口气,告诉他,市场就是瞬息万变,不要以为有什么宝货只涨不跌。有涨就有跌,这才叫铁律。

"上个月《白骨红绫》两千多随便卖,怎么转眼就千把块了？你说这有没有道理？"

"为什么涨上去你不奇怪，一往下跌就鬼喊鬼叫？"

"你不是说挖出的书再多，放全国市场，也是僧多粥少？"

"这话有没有错？"

"难道有谁跟我一样，又挖到一处埋在地下的印刷厂，也是海滨出版社？"

这话倒也是我说出去的。我问他："好吧，我要为这句话负多大责任？"

价格起落搁我这里早就不是个事，但这番跌价牵涉到纪叔棠手里存货，甚至关联到他唾手可得的幸福生活，哪能善罢甘休？他上网搜索，发现各网店挂卖的全品黑书一时爆增，包括由我们推出的海滨出版社专辑，前一阵在正规拍卖成交活跃，此时许多网店也成组售出，价格远低于任何一次成交价。很明显，这些货绝非我们送出去的拍品。某种程度上，纪叔棠的逻辑是说得通的，我们玩黑书这么些年，知道别的地方或许出得了单个品种，但出不了成组的全品海滨出版社专辑。这只能是我们博冠楼独步黑书界的尖货。

网店挂拍的货品都有照片，尤其价格不菲的旧书，往往多帧照片全方位展示品相。纪叔棠操起放大镜查看图片，以私人的名义购买其中几种黑书。只要发信息讲价，对方都留有余地，每套拿下来只在几百块钱。纪叔棠毕竟在印刷厂干了许多年头，对劣质印刷品有深厚且独到的理解，这批书买来，稍加鉴定对比便认定是仿制品，且是低仿，直接电脑扫描排印，纸张和原书也完全不一样。他反复强调，现在根本印不出当年劣质油墨随意晕染洇开的样貌，甚至也找不出当年印制黑书使用的那几种粗劣纸张。

纪叔棠扬着黑书和仿品，跟我讲了好一阵。等他歇下来，我说不如开个专题讲座，组织征集部一室所有的年轻人向他学习。他把头一点，然后又蒙了一会儿，使劲回忆自己本来是要说什么。专题讲座隔天就搞，纪叔棠当然毫无保留，事实上，他所有的鉴定技巧也是一听就懂。鉴定黑书真不是啥高深学问，就算鉴定出结果，如何维权，网站会对此做出怎样的惩罚？

纪叔棠当然不只嘴上说说，买来仿冒的黑书，真就联系网站客服投诉。对方只是回复，可以退货退款。

"这是卖假货！"纪叔棠跟对方强调，"就没有惩罚措施，任其泛滥？"

客服回复："先生你想获取怎样的赔偿？"

"什么叫获取？是我本应该得到。假一罚十，不是么？"

客服回复："这种印刷品没有相关的鉴定师。"

"怎么没有？我就是！"

客服仍是平静地回复："请问有无鉴定资质？请提

供相关证明材料。"

这下轮着纪叔棠抓瞎,脑袋稍微一拧,想起来鉴定师的身份当初是自己主动跟公司索要的。我们公司也没有相关资质,易总发话,算是内部认定,出了公司就空口无凭。

申诉维权没有满意答复,纪叔棠又来跟我讲起最近黑书假货泛滥的情况,并问我:"老丁,照这么说,黑书这玩意,买到假的就是假的,除了退货退款没别的处理?"

"黑书本来就是假书,拿黑书造假,基本上算是黑吃黑,人家还吃定了,找不到地方说理。"

"那我这鉴定师还有没有必要当?"纪叔棠跟我闹情绪。

我看着他脸上皱纹挤作一团,陡然深密,忍住没笑。"……老纪,我们干这一行,是干活,也是演戏,头衔在那里,就是自己披的一身戏服。既要认真,又不能太当真,既要入戏,又要随时记着是演戏。就像满大街散传单的小伙小妹,卖出产品就是经理,卖得好当上销冠那叫台柱,要是产品卖不出去,再怎么吆喝,只能是卖苦力。"

"这能一样么?"

"鉴定师你毕竟没有取得资格,但鉴定黑书你不是专家谁又是?所以,这一个身份,你没法证明是真的,别人也没法证明是假的。"我攥起拳头简短总结，"说到底，鉴定师可以当一当，但要摆正位置，不能一岔神就当自己是法官。"

"这鉴定师当得，感觉像是弼马温。"

"还是没摆正位置……不好这么比，弼马温都达不到。"

他睨我一眼，喷着鼻息笑了。我看出这事没完，他还要来劲，果然此后不久他跟卖假黑书的网店店主短兵相接，痛陈这些是假书，假得都让人难以承受。如果对方问他凭什么说是假的，他正好彰显专业素质，列出甲乙丙丁子丑寅卯，全方位吊打对方。但对方每一位店主都痛快说："先生，麻烦您进行退货申请，我这边给您货到退款。"纪叔棠不得不惊讶，现在卖假货都变得那么理直气壮，事后的处理又那么规范有序，若自己再想索取赔偿，反倒显得不懂规矩。

纪叔棠平时不惹事，但偶有认定要干的事，也拿得出王八咬麻绳的劲头。网店上，黑书仿品肆意销售，没人能管，此时纪叔棠竟怀有天将降大任于斯人也的心情，单枪匹马，偏要管一管。和那些店主难以沟通，纪叔棠将公司的网拍平台当成他发挥的舞台。公司网拍黑书已是品牌项目，定期举行，每周有专题，每月有精品，按季发布成交价前十的热帖。"……我需要在公司每一个拍卖网页发消息。"他这么对我说。每一拍品都有一个网页，往下拉，便是互动对话的界面，有些人不拍，也喜欢发表评论，这我们也必须欢迎，留言和评论的数量往往对应了拍品热度。纪叔棠的操作太简单，甚至不向我申请，自个也能网上发布，不但上博冠楼网拍页，蹿去别的公司网拍页发布，估计也没人能管。所以，我顺水推舟地把头一点。

此后他便在每一嘿书网拍页留言，内容如下：

> 各位嘿书界的藏友：随嘿书收藏热度持续走高，近半年来大量高端嘿书伪品、仿品出现，大多数藏家面临难以鉴别的困境，真伪难辨。嘿书收藏蒙受损害，交易也受其严重影响，许多品种价钱掉半，令人扼腕。又因当下嘿书尚未形成专业鉴定的资质，打击假冒伪劣成为嘿书界一道亟待解决的难题。但是，TMD难道我们对于制假售假束手无策了吗，TNND难道我们只能眼睁睁地看着假冒伪劣的嘿书充斥市场和网络而毫无作为吗？对此，作为嘿书收藏的领军人物，作为嘿书鉴定的权威公司，我们博冠楼有必要首先站出来，旗帜鲜明地对上述所有问题说："NO！"
>
> （各位藏友，打击假冒伪劣嘿书已经到了最危险的时候，为保障我们自己，此条信息欢迎持续疯狂转发）

博冠楼征集部一室电话：……
　　首席鉴定师纪叔棠先生联系方式：……

　　纪叔棠自作主张开展了免费鉴定的业务，承诺有求必应，为全国各地藏家保驾护航。我刚看见，易总的电话就打来："怎么回事，是你同意的吗？"

　　我分析易总语气，暂行沉默。

　　"别的先不说，你觉得他的表述怎么样？"

　　我承认，纪叔棠的行文是有些古怪，语气未免虚夸，仿佛假冒黑书的危害跟三聚氰胺奶一样严重。但是……

　　易总说："但什么是？"

　　我说："难得纪叔棠一头白发，还有这么多愤慨。现在，年轻人日子松快，就缺这种愤慨。"

　　"我也这么想嘛。那两个英语字母缩写，他妈的，他奶奶的，不知为何，我觉得蛮好。而且，把黑书转变成'嘿书'，难道不是一项生动的发明？我怀疑这个老纪还真能折腾成权威专家。"

　　"现在网上就看谁能折腾，老纪这么投入，成为权威总是好事，有利于公司。"我好歹松一口气。

　　这一段留言只能在公司的网拍页面发布，要是发到别家公司的页面，摆明就是质疑，是挑衅，是砸人家场子。说来也怪，留言持续发布一段时间，似乎博冠楼的黑书拍品更有保障，拍价相对前一段时间有看得见的回升。别的公司将这段文字主动转发到自家网拍页面，有些自定了鉴定专家，有些直接挂纪叔棠的名号，仿佛他已是黑书界的打假斗士。"事在人为"，这话是我说给他的，但他是以具体行动毫不含糊地向我诠释了这四个字的真谛。

这情形持续发酵了一段时间，纪叔棠作为黑书鉴定专家被更多人知晓。纸研斋和诚艺的旧书资料拍卖会，精品黑书成为保留品种，尚未有专场，但有专辑，那么专家在场便成为一种档次，他们把纪叔棠请了去。纪叔棠将自己狠狠修饬一番，还带上实物道具——几种黑书及其仿品，见缝插针地讲解黑书打假。

纪叔棠必然是所有专家里头最勤快，最好说话的，只要邀他，他一概答应，且不问酬劳，三两百不嫌弃，丰厚一点他便拱手作揖。因他好说话，随叫随到，接到的邀请竟日渐多起来，有的跟黑书没丝毫关系他也接。别人出个话题他就做功课，还打讲座提纲甚至写逐字稿，保证完成任务。一次苏垆区老年大学请他去，我那天没事当他跟班。到地后，他跟那帮老头老太太一讲两小时，全是围绕"读书破万卷，下笔如有神"展开，煽动老头老太太重拾纸笔，给中国文学增辉添彩，给夕阳红多抹几笔靓丽色彩。老头老太太偶尔昏沉地抬头看向讲台，有的拿起望远镜，有的拿起放大镜。

追毙

香港"俯瞰书店"万之锋电话打来，说找"古籍整理部"。博冠楼没这个部，电话转到我这。

那是二〇一三年初，征集部一室刚从五楼搬到二楼，征集方向已侧重于线装书。预展厅装潢一新，黑书又一次隐藏在角落，其实销售情况尚可，但易总前不久发话说这种东西悄悄地卖悄悄地赚，用不着敲锣打鼓。去年他就开始酝酿整个博冠楼升级换代，经营项目要酌情增减。展厅最显眼的位置很快让给线装书，易总认为线装书作为收藏品，自带血统纯正。易总在周一例会上讲：为什么线装书血统纯正？大家都知道，拍婚纱照总有一组旗袍古装，这时新郎一定捧起书，新娘做依偎状。这时要拿什么书？只有线装书才显得有文化，见档次；换成精装书，那叫查字典；换成平装书，新郎只能跟我一样，初中肄业……末了易总还留一道思考题：如果新郎手里换成一本黑书，又算怎么回事呢？

我哪能听不出来，黑书迟早被弃，接着不免想到纪叔棠。

接到万之锋的电话，我说我们公司不叫"古籍整理部"，但可以帮你找想要的书。

"我也不是来找古籍，是要找黑书。"

"歪打正着了，是我这里。"

"……最近你们那里流出的黑书很多，而且大都是全品相。高沧的作品也很多，有几笔是我找广东的朋友拍下来的，到手一看竟然是真货。"万之锋又问，库存的高沧作品还有没有量。我问他，需要什么样的量。他说那我就放心了，电话打得不算晚，量还在哩。我说，如果有求购书单，传真个书单，写上书名和数量，我们再盘库存不迟。

万之锋不急谈价，话锋一转："听说，你们有人去福建凌霄，去年用了大半年，从地底下挖出海滨出版社的库存？"

"有这样的说法？"

"最近你们出手的这些黑书，海滨出版社的品种齐全，质量这么稳定，一定是挖出大库存嘛。不是地下挖出来的，又有什么别的可能？"

"库存就一定是从地下挖出来的？"

"……崭新版品，而且书钉没锈，显然是真空状态保存。如果不是地下埋了许多年，凭内地二十年前的仓储水平……"

"难道黑书像钱一样，每本带有独立编号？"我意外这人如此地满有把握，逻辑又是如此牵强。我又说："你是想交流鉴定经验？我们公司是这方面的权威。"

"不是……听别人这么传，到底有没有这回事，我是很想知道。"此时他语气一变，力图铺排一种真切，"拜托了，丁先生，我是有很……正式的用途。"

"什么用途？"

"恕我现在不能说出来。"

"去地底下挖书，听起来可真有些玄乎，故事编得……可不是高沧的风格，可以划到天下霸唱的《鬼吹灯》系列。"我说，"我们经营藏品，要购买我帮你组织货源，要我讲故事，我没那能耐。"

万之锋沉默一会儿，说："书目已经备好，能否加个微信，我直接传给你，省事。"

稍后加微信，他头像是一幅远景照片，高楼上闪烁着霓虹店招牌，又用了四格漫话里的对话气泡将店招放大，才现出店名。俯瞰书店开设在铜锣湾一幢高楼迫近顶层的位置。后面去了香港，才知那里的书店一般都租不起低层店铺，"俯瞰"简直就是香港旧书店的一笔总体写照。

书目传过来，署名"高沧"的黑书，一般品种各要十套，两种稀缺货各二十套。《天蚕秘要》也开列其上，后附括号：**这个有么？全都要，价格可单谈，也可以由这边示以总报价。**这胃囊子可真不小，没人见过的缺本，他还想一锄头挖出一窝。我暗自一笑：即使第一缺被纪叔棠挖出一麻袋，卖给他也只能是其中一套。若说只有一套，他给一个价；若老实告诉他这书出了一麻袋，他给的指定还是那价。

除开《天蚕秘要》不说，书目中的大部分公司都有库存；纪叔棠的私人存货，差几样便可照单备齐。我私下认为，这事用不着公司经手，直接转告纪叔棠。下班后我俩街边老地方开喝，提到香港老板要成批购入高沧黑书。纪叔棠费些力气才卸掉玻瓶上的铁盖，汩汩地倒满两杯，问我是不是姓万的老板。我并不奇怪，纪叔棠发表打假申明时，把自己电话贴遍拍卖网页，万之锋哪会遗漏。

"电话早打给你了？你怎么说的？"

"我要他联系公司啊。"

"联系古籍整理部？"

"我只说博冠楼，报他接待台电话号，反正要转到你那里。"

"他联系你，你直接和他谈不就完事？"

"我是公司的人,哪能私下接单?万一是你们考验我怎么办?"

"就卖几本黑书,搞得跟入党似的……"我又问,"然后呢?"

"他问我知不知道,是谁去福建挖出海滨出版社的……"纪叔棠灌自己一口大的,缓了缓,"老丁,当时头皮就是一麻。我知道这人跟公司没关系,但他怎么知道这事?我在荒郊野地的时候,难道还有人躲背后调查我?"

"你怎么回话?"

"哪敢回话,就说不知道他在说什么嘛。现在组个老年团去港澳台,导游都要反复提醒,下车不能跟人随便搭话。"

"有觉悟,这个是不能乱讲。"我还顺势将大拇指一撩,凑近跟他说,"老纪,不该说的不说,但该挣的钱,你也不要犯傻……"

纪叔棠狐疑地看着我。

"老纪呀,你这人脑袋最抽风的地方,就是随便找一家公司就当是有了单位;从未进过体制,却又彻底把自己体制化了。你觉得现在什么是靠得住的?"

他有所警觉,马上表情又拨开云雾,比平时有了更多理解力,跟我说体制他知道的……那个《肖申克的救赎》,他也反复看过好几遍,隐隐约约感觉到所有人都在犯老布克一样的傻,所以杜弗仑才会每看一遍又多一点牛×。

我稍稍松口气,豆瓣排名第一的神作,自带科普,往后跟他讲这事可以少费些口舌。我还提醒:"易总有交代,公司可不养闲人,库存咱们接着挖。但你想想,地底下还能埋着几个海滨出版社呢?"

"再叫我去挖宝,先调一大队人马归我管,还要专业设备,风钻机、挖掘机、遁构机什么的,叫得上名字的搞一整套……总不能再去买炸药放岩炮吧?"

"租条巨轮去海里打捞沉船更靠得住,一不小心捡到一颗海洋之心,我俩后半辈子躺着吃躺着拉。"我找他搞一大口,咣唧带响。

这单生意被我截胡,并居间把持,纪叔棠不跟万之锋直接联系。他盘了盘手头余货,开列存货目录,和万之锋求购的书目有出入:有的品种有多,有的不够。我想不够的没必要再从公司库存里调,那叫自找麻烦,只须跟万之锋重新敲定书目。一不做二不休,整笔生意都把给纪叔棠做,反倒省心。

那一头,我跟万之锋谈。不光高沧作品,海滨出版社的另几个品种,我也劝他不妨入手一些。谁能保证那些署名阿猫阿狗的黑书,就跟这高沧没有关系?

万之锋倒也大气:"没关系,照丁总说的,只要是海滨出版社流出,每个单品都来几套。"

我回:"有的不是武侠,有悬疑、侦破,也有那年头经常有的……轻度色情。"我为自己临时生造出"轻度色情"暗自一乐。

万之锋又回:"都没问题!你把品种开列,把书封和版权页(如果有的话)拍照发给我。"不待我回复,他很快追加一条:"看样子,你们挖到'海滨出版社'库存,这事是有的。"

我说可以有。

他回:"这样好说,既然跟高沧有关,估计不难出手。"

我便问:"这么说来,高沧的作品似乎都有研究价值?"

万之锋回我:"这也可以有。"

我忍不住问:"高沧的书我也翻过,说实话,文笔和故事,用力往上拎也不过三流水平。"

好一会儿,万之锋才回:"醉翁之意不在酒。"

妈的,我心说,难道是在乎山水之间……乎?稍后一想,高沧这家伙写故事不行,本人倒像有故事,要不然这状况无法解释。当然,眼下我用不着深究,先把这笔买卖弄妥。

这次跟万之锋交易,纪叔棠出手一百多套,两百六十余册,价格也不赖,美元结算,去中行兑的人民币。钱存进卡里,微信有显示,纪叔棠硬是拉我喝酒,时不时掏出手机看看数目,喝完死活拽我捏个脚。妹子捏他脚,我亲眼看见他也捏人家屁股,捏得很不熟练,妹子都龇出了牙花。也不能全怪他,捏脚时,那屁股不主动凑过去,他怎么捏个正着?

我还嘱咐纪叔棠,去福建挖库存的事,以后不能轻易跟别人讲。纪叔棠条件反射地问,黑书也跟文物一样,只要埋到地底下,都是属于国家?有谁知道了会追责?我说这倒不至于,黑书也受不起这份抬举。只是,这里面似乎有非常隐秘的东西,这家厂,跟其他地下印刷厂肯定不太一样。随后又提醒他:既然不一样,你挖海滨出版社库存的时候,或许看到的一些细节是重要的……或许可以卖钱哩,要好好记起来。

纪叔棠摆出回忆的模样:"我一个人挖这么久,除了累就是累,比枯燥更枯燥,哪记得什么细节。"

"也就这么一说……这一回钱是赚到了,但高沧的书这么好卖,到底怎么回事还没搞清楚哩。"

"我赚钱,你一个劲操心,真是难为你了,以后请你多捏几次脚。"

"不是那意思,我就看不得你亏钱过一过上班瘾。一把年纪了,操心始终操不到点子上。哪家公司都靠不住,世界五百强也会裁员,你自己多赚一些,才是保障。"

"要说赚钱……你觉得地底下什么样的细节能卖

钱，我现编啊。反正海滨出版社现场的情况，我一个人说了算。"

我俩相视一笑。妹子一直捏我脚底，似乎真懂穴位，浑身不觉间有了热烫。我又想，故事看多了，有一天发现自己也陷入某个故事，这不正是平淡生活中的乐趣所在？此后，我也不免替他想，要编造怎样的情节才好换钱。但万之锋想得到的信息又是什么？

身在征集部，为练眼力，去各地博物馆观展，看现场拍卖预展和参加各种收藏品博览会都是必有的工作内容。往常，看精品古籍只有看拍卖预展，真正能开眼的，是一年一度香港国际古董书展。前面那届，易总问我要不要跟他去，我早就有这想法，临出发却因别的事耽搁。网上查阅，本年度的古董书展于七月香港书展期间举办。同一个帖子，下面还附有观展攻略：开展是二十二日下午三点；若有工作证，不妨赶早，直接观看来自世界各地的五十余家古旧书店如何在现场布展——便可以比大多数观众提前看到各店镇店之宝。财力允许，遇到心仪藏品，不妨先下手为强。书展一年一次，书店、书商都是业内翘楚，这抢尖货的时机尤其难得。

我想不到别的人，微信里联系了万之锋。他热情回应，说工作证多弄几个也无妨。我问要这么多证干嘛。万之锋说，机会难得，你们多来几位，我都负责接待。稍后又问，能不能把征集到高沧黑书的那位仁兄也一并请来？

显然，这家伙一直惦记得紧。但我顺他的意思，问纪叔棠要不要一块去香港，他痛快答应，并说女友一直在催，有机会去机场免税店给她扫一扫化妆品。我拿他没办法，他总有出乎意料的理由，只是友情提示，婚没结，不要太拿人家当一家人。他腼腆一下，告诉我，结了。我惊异：真的？把证书掏出来让我验一验！

书展前一天我们赶去，万之锋一定要来接机。见着本人，和我先前想象的不一样，经营旧书，却将暗绿西装像皮肤一样贴身穿起，从小洋装在身才出得了这效果。他脸皮远看发皱，靠近了只见着一片精心整饬稍显虚浮的白皙。出了机场，我们去一家茶餐厅吃的简餐，之后去了位于二十九楼的书店。这高度，在铜锣湾真谈不上俯瞰。不用说，房间里满满当当都是书，转身不易。我大多时候侧着身，随便瞥几眼，多是港版台版，通常用道林纸印刷，这种纸防潮性好，不起皱不泛黄不长斑，从切口难以分辨新旧程度。过道也见缝插针竖立几排书架，经过时瞟一眼，多是各种回忆录，似乎台版的居多。万之锋解释，台湾军政界人士回忆录也是书店重点的搜购项目，现已做到全港最齐全，不在于收藏升值，而在于供相关写作者查阅。这也是俯瞰书店服务于公益诉求的部分。再往里去，是这店子最大一间，中部一张红木工作台，堆叠着分门别类的书和画册，应是最近搜购得来。

纪叔棠抢先看见，自己售出的那批高沧武侠黑书，到这店就换了装，每一套都用 PVC 硬胶套封好。胶套贴书的大小，每套一款，像万之锋穿衣一样贴皮贴肉。胶套背部底侧贴有一张名片大小的橙色不干胶，上面注明书名作者版次印次品相。那些出自海滨出版社的书，还有注明："大陆早期盗版，作者、书名与原作核查无误。"不干胶左侧印有书店 Logo：一个古装老者埋头雕版。底角还有上门收书信息，联系电话。我不得不感慨，同样做旧书，人家只是多注重一些细节，某种专业态度就硬生生造就出来，我看着古怪地舒坦。还想着要不要把这些细节带回博冠楼，再一想那只能招同事怨恨，怪我找事，有朝一日自己开家旧书店，才好这样做。

纪叔棠抚弄着那些书，随口问："都没销出去？"

"基本都出手了，几个老客还没上门拿。"

"不走快递？"

"那些老客网上下的单，定期上门取走，也好来我这里叙一叙闲。"万之锋用背撇开我，盯着纪叔棠，猝然发问，"这批书，是纪兄去福建地底下找出来的吧？"

纪叔棠蒙了一会儿，再拿眼光找我，这就等于给了回答。稍后他不得不说："呃……你怎么看出来？"

"泥土的味道，福建沿海泥土的味道，有海腥味，我闻得见。"万之锋浅浅一笑，又直截了当地问，"那就对了。传说中那本《天蚕秘要》，老兄是不是找到了，目前还不肯示人？"

"哪有的事？"

"既然地底下找到，就不是孤本，应该有量吧？"万之锋说，"如果有量，上不了价，不如考虑一次性买断？"

我说："是不是打算一次性买断，然后让这书仍然成为孤本，掰开了一套一套出手？"

"就看有没有理想的买家，有没有这个必要。目前看来，能一口吃下，也就我这里还有可能。"

纪叔棠笑道："你这话说的，我没挖出《天蚕秘要》都有点对不起你了。"

"真的没有？"

"地底下的情况，怕是去过的人说了算吧？"

万之锋一直盯着纪叔棠，此话听着不像虚言。随后他又掏出手机，在照片夹里翻找一会儿，找出一帧截图："你看看这个。"

我俩脑袋同时凑过去。手机里是去年九月底博冠楼一场常规网拍的一个页面，下面有互动交流，我倒是颇有印象。买家"江湖接班人"发话询问：**这么多全品高沧都冒了出来，是否有《天蚕秘要》等着出手？跪乞**

回复！整组拍卖结束那晚是我在盯拍，看到这一条我尚懒得回复。稍后，又有买家"六一得一或得六"跟帖：《天蚕秘要》目前为止没有任何人流出任何图样。买家"十步杀"跟帖：那根本就是不存在。跟帖一时闹腾起来，不少买家留言，要求上《天蚕秘要》的书封图片以谢天下英雄。我忽有兴致，随手给了回复：我公司鉴定师亲眼见过《天蚕秘要》实体书。几个买家接着私信索要图片，询问详情和价格，显然都是骨灰级黑书藏家，就等着搜齐大全套独霸武林，都被这一套天缺挠得心痒难耐。把他们胃口吊起来，我再没发任何消息。这是我乐意干的事。

"……留言是我回复的。"

万之锋的目光弹回我脸上："你所说公司里的鉴定师，难道不是纪先生？"

我承认，不光我在的公司，目前为止我认识的黑书鉴定师也就身边这一位。当时发这条信息，却是本着不用负责的态度，只想让当时网上讨论的气氛更燃。

"丁总说话不至于这样随性吧？"

纪叔棠接话："事实如此，我没见过那一套《天蚕秘要》。我师父黄慎奎当年确实见过，把这书编入目录。除了他，谁也没见过。"

"竟是这样。那我可不可以联系一下黄慎奎先生，直接向他询问一些情况？"

"他……家师已出世多年。"

"抱歉,老先生走好!"万之锋双目紧闭双手合十,稍后眼一睁,"可不可以给我看看目录?"

纪叔棠目光再次找我。我便说:"黑书目录,可不会扫描成电子档,搁手机电脑里,见人就发;这有点像武林秘籍,《葵花宝典》或者《吸星大法》,晓得么,绝不能印刷出来人手一册……"

万之锋的目光一直撇开我,杵向纪叔棠:"我特别想知道,黄慎奎先生为什么将《天蚕秘要》列为第一缺本?"

纪叔棠将话问回来:"万总,你又怎么知道《天蚕秘要》是海滨出版社出版?"

"难道不是么?你们有目录,《天蚕秘要》到底是哪家出版社出版,难道没有记载?"

"非常奇怪,整本目录,两千七百多种书,只这一本没有注明出版社。黄慎奎手中没有原书,他不能确定。"

"原来是这样。两千多种黑书,都标有出版社,虽然这些出版社都是杜撰;唯有《天蚕秘要》,你的师父明明见过原书,却记不住出版社,难道你们不觉得,这情况不太正常?"

"……你到底想说什么?"

我和纪叔棠再次交换眼神。他说过,当年黄慎奎从业务员口音推断，那本《天蚕秘要》出自德山，不出意外只能是"横山文艺出版社"，断然不会是"海滨出版社"出品。此时，顺着万之锋的质疑，我头脑也泛起更多疑惑：既然列为第一缺，黄慎奎必然有深刻印象。那次下单后业务员为何失联？黄慎奎将《天蚕秘要》列为第一缺，偏又不在目录里标注出版社……显然不符常理。那么，会不会是一种选择性遗忘，或者黄慎奎另有用意？或者，将这书当成第一缺，列在目录最上面，为的引发某些人或特定某个人关注……比如眼前的万之锋？我的天，这么一想，《天蚕秘要》岂不是……接头暗号？黄慎奎与万之锋接头已不可能，那书中是否藏有我完全无法想象的机密？

越想越不对，小时候反特片看得多，最近谍战片也看了不少，似乎落下些后遗症……真是这样，他们何故把我和纪叔棠一对活宝牵扯进来，这不是给自己找麻烦？

想至此，我才松一口气，提醒自己节制想象，管控情绪。

万之锋又说："我可以肯定，《天蚕秘要》只能是海滨出版社出版，目录里没写出版社，正是因为海滨出版社印这本书时，忽然整体塌陷。黄慎奎显然感觉到，或者知道其中隐情，不想惹事……"

纪叔棠说："不想惹事，他就不会把这书名列出来。"

"纪先生也始终没说黄先生将这本定为第一缺的原因……对的,他没有告诉你们任何人,我相信。随着离世,黄先生将这秘密带进坟墓,给这书增添更多的神秘色彩。你不至于说,黄先生制订一份书目把哪一本列在第一位,是很随意的事情,对吧?"

纪叔棠顿住,我便插话:"高沧的书都是先在港岛出版再流入内地,那么它的初版应该找得着,里头有什么秘密,找原版看一看不是一样?"

万之锋眼神分明感谢我的配合,我不问,他也正要将话题引向这里。

"问题就在这里,这套书的初版本也没人见过……可以说,《天蚕秘要》从初版到现在,一直都是谜一样的存在。你们知道,这书初版是由大维出版社印行——那是一家小社,就在九龙码头围道,柯滨公寓五楼占据两间房。我小时候住的地方离那儿不远,吴朗维的小女儿吴文蓼跟我还是同桌,关系极好,周末去过大维出版社,家庭作坊式的,三五个人,实际是吴朗维一人苦撑局面。当然那件事以后我就再没见过文蓼……"

万之锋面带唏嘘,似乎要沉入彼时回忆。我头皮一抽,害怕被别人绑架了听。各自的回忆,几个人能够有效地渡让给别人呢?好在他脸皮不经意地一抽,回到正题,说《天蚕秘要》初版本为何没人见过。自一九六五年始,至一九七四年大维仓库失火止,近十年时间,高沧所有作品、十几部小说,只交予这家小社,所以高沧几乎也算大维出版社最后十年的一根顶梁柱。《天蚕秘要》刚印出来,还来不及发售,七月十四号晚上大维印刷厂房、仓库一块失火,印出的书悉数烧毁。

"……但这件事来得蹊跷,失火之前吴朗维就遭遇了什么麻烦,失踪几天,绑票又不像绑票。大维出版社濒临倒闭,绑匪把吴朗维绑了索赎金,有没有搞错?吴朗维现面后,很快就碰上仓库失火,再往全家移民去了澳洲,一连串的事情发生……所以,失火倒像个幌子,要掩盖别的事情。"

这倒不奇怪,电视里看得多,有什么坏事行将败露,编剧最省力气的做法就是放一把火;现实中也层出不穷,这几年中央调查组多批次深入,到处派遣,加大核查力度,地方上失火事件直线蹿升。

"吴朗维有话不说,许多事只能猜测,这一连串的意外,应是和高沧有关。知道为什么?"

我俩马上摆出愿闻其详的神情,万之锋又酝酿了一会儿情绪,又说这个高沧大有来头,他真实的身份……这时纪叔棠噗的一声,万之锋从情绪中拔出,诧异地看他。纪叔棠正端着茶杯,我来解释:"呛了一口。"作势给纪叔棠拍拍背,他作势咳几嗓。万之锋节奏打断,有些不爽,稍后把话续上:"高沧其人,原来是个特务。"我俩互觑一眼,互相抄作业似的,脸皮缓缓现出讶异。其实他越煞有介事,我俩越是忍俊不禁,所以注意力大都用于控制表情。

高沧的身份,我们已有了解,并不费事,偶然从网站一处武侠爱好者贴吧里找出来。一个冷帖,一两行字涉及高沧,说他原是解放初赴台的老兵,本姓黎,后供职于军情局。这身份网上都搜得到,万之锋此时未免浪费表情。得知高沧的身份,我俩并不奇怪,台湾武侠小说家大都是军人出身。当年那么多老兵赴台谋生,读书不多,可供选择的职业也不多,从军务警加入宪兵队是眼见得着的去处,无非混碗饭吃,有一部分也当上了特务。那年头,宝岛日子也不好过,这些军人大老粗吃不到一口饱饭,盘不起一家生计,猪八戒捏起绣花针,码字换钱。大师固然当不了,严肃文学完全摸不着方向,他们拾笔一写便是武侠,仿佛当兵的经历与武侠中的江湖颇多相似之处。而特务,想象中神秘分分,现实中无非也是人,不一定都有花不完的钱,所以手一紧也写武侠小说……一定要找出点意外,倒是高沧的文笔搁在一堆军人出身的武侠作家里也并不出挑。照以往一贯的理解,特务必然得有更高文化水准,部队里的天花板,军人中的高材生,现在看来也未必。

"高沧,本名黎本忠,军情局第四处驻港四组情报官。"万之锋提高了嗓门,"是个正牌特务,而且,是现在台湾有据可考唯一一个写武侠小说的特务。"

纪叔棠说:"有据可考,就是暴露了嘛,没暴露的指定还有不少。"

"那还用说,没暴露的怎么知道是特务?"

"你们这么理解当然没错。"

我忽有所悟:"万总是因为大维出版社当年印《天蚕秘要》遭到一串意外,这才类比推测,海滨出版社的塌陷也跟盗印《天蚕秘要》有关?是不是牵强了点?"

"哪是我能推想出来?"万之锋一窘,"这么说吧,一位长期追踪高沧和《天蚕秘要》的老先生,做出这些分析,我只是引述。许多年前,老先生着手搜罗高沧在内地的所有版本,到手的黑书,全部出自海滨出版社……所以老先生怀疑,大维出版社和海滨出版社一直存在某种合作关系。"

纪叔棠说:"时间点根本对不上噢。你先前说的,大维出版社一九七四年失火倒闭,我们内地印黑书,一九八零年才开始。现在查得出印刷日期的,最早是一九八一年大原出版社和山陕武侠研习社同时翻印的《书剑恩仇录》……而我师傅见到《天蚕秘要》是在一九八六年,距大维出版社初版整整一轮时间。"

"……香港和内地一直以来的联系,远比你们以为的复杂,甚至史无前例的那十年,再怎么混乱,两地往来的渠道都是畅通。这正是高层需要保留的一个窗口,一条通道。我后面才知,大维出版社为求生路,一直是多路来财,既经营印务,也是内地多家机构驻港的采买点。你们是八十年代以后才看武侠小说,但那些要员,你们的大领导,任何年代都可以同步看到港台武侠,有的看了上瘾,香港这边的采买点就会定期供应……哪个时候都会有特权。"

我说:"这我倒是在回忆录里看到过……大多数人在看《艳阳天》,少数人已经偷偷看上了《笑傲江湖》。"

"是的,所以我判断的情况,便是大维出版社当年为内地几家机构采买重要物资,也顺便给领导搜集一些港版书籍,而自家印行的武侠小说,当成伴手礼随手赠送。按说,《天蚕秘要》只能是那时候流到内地,幸好如此,否则的话这书已经彻底消失。这个海滨出版社,大有可能是某位官二代开办,或者与他不无关联。等到八〇年代,内地改革开放,港台武侠小说疯狂翻印谋利的时候,这些官员家中旧藏的武侠又成了新的资源,变成母本盗印黑书。只是,他哪里知道《天蚕秘要》有这么多邪性,不能碰,印别的书都还安稳甚至赚到了钱,最后一把栽在这本书上面。"

我又问:"印这本书的厂子要么失火,要么塌陷,你只消说《天蚕秘要》是本邪书,就把所有意外都解释了?总要有更容易让人信服的原因吧?"

"稍微有点脑子就知道,大维出版社失火是人为的,是为掩盖某些东西,那么海滨出版社的塌陷,也有可能是人为的,也是为了掩盖某些东西。都跟《天蚕秘要》有关,那么这本书里的内容可不一般……应该包含着极大的秘密,所以触碰它的出版社接连出事。"

"前后差了十二年……"

"那就只能是……追毙。海滨社的人极有可能不知道《天蚕秘要》隐藏的秘密,所以将之当成普通的武侠小说翻印,没想触碰了雷区,遭遇灭顶之灾。"

"追毙"本是电影业用语,指一部片子被二次禁映,放在这里似无不妥,我懂他的意思。但是……纪叔棠抢前面发问,什么秘密要保守这么长时间。

"对于秘密,尤其是军事机密,十二年真不算长。要知道,校级以上特工退役后,保密时限三十年起跳……"

"这么说,这本武侠小说能藏下军事秘密?"我大体听出来,新的质疑自动生成,"秘级越高,传输载体越是要隐蔽不察,谁会把秘密放在一本武侠小说里,一闹出动静就是水淹火烧,天塌地陷……这不是脱裤子放屁?"

纪叔棠也说:"诌也没诌圆。"

"诌圆?"万之锋眼底发蒙,没听过这词。

"听了半天,倒想起当年喝酒时候听奎叔编故事。"

万之锋这下反应过来:"这可绝不是编故事,我说过,那位老先生关注这事已经十多年,是研究高沧的头号专家,他从高沧其他作品里找出大量证据,但也有更多猜想有待证实……只差找到《天蚕秘要》让整条证据链闭环。说白了,只有找到《天蚕秘要》,才能知道里面到底有什么秘密。"

换了一道茶,万之锋想重拾话题,问纪叔棠在福建挖库存的一些细节。刚才万之锋对《天蚕秘要》一番追溯,不管信是不信,我俩都像是掉入坑里。此时我哪还敢轻易开口,纪叔棠也用不着提醒,他神情凝重,嘴唇一咬。时光轮回,我们这样年纪的人,小时候看露天电影,反特题材总是备受追捧,港台是一个特定的符号,万之锋这种油头粉面也是特定形象。本来以为情节都忘了,时机一到,又会如此清晰地浮现于脑海。那本就是我们最牢靠的童年记忆。

索 隐

香港国际古董书展由港岛几家旧书店发起,邀约全球旧书业同仁参与,历史不长,这年才到第七届。前几届在香港展览中心举办,这届移至体量稍小的伊利莎白体育馆。

万之锋一早带我俩赶赴伊馆,凭工作证入内。开幕时间推后至下午五点,整个白天用来布展。本以为赶早,没想到八点多入场室内已是人头攒动。书展前面冠有"国际"二字,展区只六百多平米,显得异常逼仄。万之锋说这有点像跑鬼市,懂行的人都赶早,能早尽量早,手快有手慢无。真到开幕,尖货已各有其主。

现场遍地是移动展柜,时近中午,展柜搭好开始上货,在我们漫无目的游荡时,场内开始掀起一阵阵热闹，便随其他观展者趋声而动，那是各家旧书店的尖货先后亮相，现场交易。书展事先已印制总图录，尖货大都上图，并给出估价。据说图录里不少货品早已交易，都没在书展上一露真容，算是店家违约，却没有相应的惩处。万之锋按图索骥，带我们看当届的几款重点藏品，人堆里挤了好半天，两次一睹真容，两次扑空。万之锋面有不悦，说他们每年向展会组委谏议，必须改进重点藏品提前交易的状况，可以私下买卖，但该藏品必须在展会现身，要不然总有挂羊头卖狗肉之嫌。

我并不想往人堆里挤，要不然，好不容易占了靠前位置却不竞价，便是讨人嫌。展品上架，如何陈列布置，各店都有心得，突出自家专长和侧重点，店主的珍藏也不会错过展示的时机。这些是我重点观瞻的内容，手机凑近，拍起来没了胶卷的束缚，好不痛快。纪叔棠本是被我忽悠过来，心思不在看展，进入展厅就一直进入不了情绪。转了一圈，他蹲在角落里那家"毅利书局"，便老僧入定，再不肯跟我俩移动。这家店几平方的展位，大都是六七十年代的武侠薄本，虽然只过去了数十年，却也古意斑驳，稍远一看，武侠薄本的封皮酷似网拍最为抢手的民国"新善本"。

那二十年，正是港台武侠最火热的时期，每部正在写的武侠小说，常被印成数册、数十册薄本，毅利书局的展柜里多是散本，也有全套展示，一摞一摞，像我们小学时交的作业簿。薄本才是武侠小说正宗的初版，每一册百余页，四五万字。电视剧兴盛之前，这薄本是主流的消遣，小说即写即印，作家大概每周出稿，印行一册，每天的码字量当在大几千。不难想象，当年的武侠小说家每周出书一册，这速度自带快感，一年半载下来，成果堆叠于桌面，厚厚一摞，那是眼见为实的收成。当年，好之者守紧印刷厂大门，等待最新一册出炉，先睹为快。据说，有个名为熊耀华的街头混混最迷司马翎，每天去真善美出版社门口，守着最新一册新鲜出炉的司马翎。他看多了手痒难耐，相信自己也能写，便不多想，这事情干了也就干了。执笔一写，故事从笔底汩汩地流溢出来，一看有些模样，想着要发表，这个街头混混给自己拿捏个笔名叫"古龙"。

纪叔棠并不蹭看，中午离馆时，我见他手里拎有一袋散册，接过来翻一翻，三四十种，全是大维出版社印行。作者都是冷门，有些此前几乎没听说，诸如枯桐拿督、厉摩畏、白展鹰、触须僧（拿捏笔名都特别旁门左道）。有四册散本，是高沧的《魔刀双艳》。万之锋先前给我俩介绍过，大维出版社基本算是私人作坊，资本不硬，规模也小，哪里要得到名家稿。矮个里拔高，高沧算得上大维后期一根台柱。高沧的小说太多奇遇，太多艳遇，男主角不光阅尽人间春色，有时也不避人鬼、人妖，甚至人兽之间的痴缠，名门正派哪能见容，将其划归"淫逸狭邪派"。在武侠全盛期,武侠作者一如小说中的情节,被人划归了门派。卧龙生首创江湖九大门派之说,后面台湾武侠研究者叶诚笃引用过来,给武侠作家也划归九大门派。九大门派之说,终归不能将所有武侠作者悉数归口,其中,"淫逸狭邪"虽为人不齿,但那年头,引车卖浆之流也看武侠小说,"淫逸狭邪"自有市场和需求。这一派算是房间里的大象,又哪能人为忽略视而不见,遂列为与九大名门正派对应的邪派之首。代表人物有江楚歌、易知微、严湛星、冷洲,这些家伙笔头血腥味极重,有道是"十行杀一人,十页灭一门;艳遇如吃饭,人鬼一块干"。

我问纪叔棠,要买就买成套的啊。纪叔棠说,也是奇怪,那个老板跟我说,大维出版社成套的还不容易搞到。他还问老板要了名片,说以后有货可以发目录。我问他真打算买?他说看价格。这堆散册每一册标价八十港币,不拆卖,讲价打折,一堆书也花掉他一千多。

"可都是白花花的银两啊!"我拿来随手翻翻,面捏痛惜状。

纪叔棠解释,这堆书有几本,内封新书目里找得着《天蚕秘要》。他翻找其中一册,枯桐拿督《璇门杀机》第三十七册,翻至封三,照例是本社新书预告。这一册预告的正是《天蚕秘要》即将发售,还刊有第一册封面,白皮,配有勾线白描图案:两个壮汉一上一下,下面的举火燎天式，上面的正自由落体，双手擎一柄宝剑直插对方天灵盖。从力学原理上讲，下面那货摆明在送死。画风仿王司马，或是直接盗用，无从查证。

我拍拍他肩，其实是想拍他脑袋，提醒说："一千多块钱，就为这一幅图？手机拍一下不就够了？"

"把这一堆书买下来，感觉离《天蚕秘要》又近了一步。"

"来劲了？你前面跟我不是这么讲，《天蚕秘要》冷摊里淘到算是运气，掏一笔钱竟买没有必要。"

"丁总，现在我靠黑书赚了些钱，对《天蚕秘要》就有那么点企图了。毕竟是第一缺本啊，冷摊哪碰得到，干这事心诚则灵才行。"

"第一缺本《天蚕秘要》又不是指大维出版社的版本，这还是你们编目录忽悠出来的。自己搞忘了？"

"大维出版社、海滨出版社两个版本都没有现世，如果一块找出来，双籍合璧，才算独霸武林。"纪叔棠忽然冲我捏了一把拳头。

晚上再去俯瞰书店，说是看各自在书展上的斩获，我和纪叔棠哪好展示，只能是看万之锋新入手的藏品。白天他一直淘，古旧书展正是他一年一度的盛大节日。万之锋此时换了对襟，不知哪时还换了发型，跟我俩介绍一些当天入手的初版本和老画册，还皱起眉头说今年尖货现面的不多，他隐隐感觉到古旧书展也在衰落。唏嘘一番，他又悄然转换话题。

"Ok，Ok!"这时万之锋有些卡顿，却不磕巴，手头的动作相应多起来，"两位朋友，我是说，呃……昨天我可能表达不准确，以致彼此似乎产生了某种……不必要的误会。请两位来，提到高沧武侠小说，还有塌陷的印刷厂，哪会有什么不能告人的目的？要知道哦，我只是个开书店的，并没有其他兼职。我们并不是你们想象的那样，同时拥有很多身份。香港的电影和我们的生活并不是一回事，电影看得越多，你们越会觉得这里到处都是神秘的人。怎么可能？其实，我和你们一样，升斗小民，赚钱养家……话不说明白，你们似乎都对我产生了些不必要的紧张情绪……"

我和纪叔棠同时赶紧地说，哪有，哪有？

"你们的意思我懂，说哪有，那就是有。"万之锋尴尬一笑，"这显然不利于我们往后的交流与合作。所以，我有必要向两位澄清一下，事实是……"

"呃，这么客气干嘛，有话直说的好，不算澄清。澄清倒像是我们冤枉了你。"

万之锋说没想到纪先生这么幽默，接下来他表示，为双方重新找回信任，他将率先表达诚意，知无不言，言无不尽。

我们抖擞了一下，静待他言无不尽。

"昨天我所说的老先生，叫徐瀚默，而这高沧的身份，最初是被徐瀚默披露出来，这才引发关注。鄙人绝没有不可告人的身份，一直以来我都是为徐老干活，除了经营这家小店，还要算他的……私人助理。"说到这，万之锋拿出一本早已备好的剪报册，准确翻到其中一页。《军警宪特，齐聚江湖》是一篇副刊文章的标题，作者徐瀚默。文章出自某个报章专栏，题花落在左上角，内有手写综艺圆繁体"述异斋兑梦录"字样，时代感扑面而至。

"徐瀚默也是个作家啊。"纪叔棠再次确认。

"准确地说，是一位掌故作家，专为报纸副刊补版填空。"

"董桥那种？"我问。

"是啊，写掌故也算一个行当，报业最兴盛那几十年，全港靠这为生的好几十人，现在能记住的也只这董桥。"万之锋面露不屑，"他也就是善于自我炒作而已，那些破烂文章，都包装得跟西洋古董书似的，专赚陆客钞票。"

"看来，徐瀚默影响力着实不小，写几则掌故轶事，就把这么冷门的高沧炒到爆热？"

"副刊专栏文章只是引子，真正让高沧引人关注的，是徐瀚默后续在《大哉》里发表的一系列文章，从他小说中破解台当局一系列重要军情，引起武侠研究者、爱好者对于高沧的关注……"

"果然是军情，"此处我一耳朵便听出不对劲，"破解重要军情，提供给武侠研究者？军情又不是武林秘籍、黑书缺本，卖的不是地方吧？"

"Ok，Ok，你的纠正是对的。破解的军情其实是多年以前、过期的情报，并不是当下仍然有效的情报……"

纪叔棠说："那就不能叫破解，应该叫……对应。"

我又补充："我看可以叫考证。"

"对的对的，我懂你们意思，确实是事后的考证。我们胆敢破解保密期里的军事情报，那还得了，不要命了？徐老先生也没能力破解，他发表文章，引发的只是特定人群对高沧武侠小说中某些特质的关注。"

"那么说，高沧武侠小说里藏的有情报，当年没发现，很多年以后徐先生看出来了？"

"确实如此，高沧武侠小说里的情节和当年的某些军情存在一一对应关系，而且不是个例，每一本书都能找出来，所以也并非孤证。"万之锋说，"当年，徐瀚默对高沧的一系列披露，引发一阵'寻找高沧'热潮。高沧的旧作被搜寻、抢购，价格陡涨，甚至，也有几家书店搜购大陆出版的高沧武侠小说，运回港岛出售，都有不错的销路。现在，这股风潮早已经过去，但高沧的作品整体价格仍要远高于其他作者的，正是当年那股热潮的余温……"

纪叔棠着实来了兴趣："万总你说说，武侠小说怎么能把军情隐藏进去？"

"说来话长，两位有必要看看当年发徐瀚默文章的原刊物。"万之锋起身去找。说到那，便把相关书籍资料找出来示人，似乎是一贯作派。

纪叔棠冲我龇牙一乐，似有暗示。我一看微信，多了一条信息。后面才知，纪叔棠白天淘薄册，便和毅利社的吕先生加了微信，刚才万之锋提到徐瀚默，他手头不闲，发信息询问吕先生是否知道这人。吕先生倒也热情，马上检索出一则旧报纸上的巴掌文章，拍下来，发图片给纪叔棠。

……随港岛报业之发展，掌故作家成为一时之需。本来此行当讲究钩沉考据，深耕细作，叵奈报业副刊填空补版需量猛增，不少闲汉混水摸鱼，入此行当，态度本不严谨，码字只为搵食饩粥，讲求手快，哪还有底线可讲，导致掌故文章写作水准暴跌。更有甚者，操持掌故也如编撰小说，无中生有，天马行空；既是编撰，罔顾事实，这类文章往往更懂得把握、迎合较低层次读者之口胃，按需量产，立等可取。不良报刊明知事实不符，为增进销量亦照发不误，诚为报业之耻。这类作家或曰写手，港岛各大严肃从业的报刊列有黑名单，其作品一概不予发表，以此划清界限，不相为伍。这一类掌故作家，被冠以"邪派"之名，当时喧嚣且有较大影响的是顾辄言、黄予侔、徐瀚默、郓宣楚……

我一看，哪还不明白，一句话总结：徐瀚默披露高沧，原本就是物以类聚，邪派盯上了邪派。

这时万之锋抱出一摞老杂志，每一册都有胶套封裹，摆在桌面，一拃厚。

"《大哉》？"看着杂志名称，我似乎有些印象。

"对的，白天在神州书店的展位上就有，你可能看到过。不光《大哉》，神州书店将店刊列为特色，基本搜全，这些店刊也有不少藏家。"万之锋说，"当然，我这里也有。以前，这种店刊都是赠品，我去逛书店，随手拿。"

白天我确乎看到那个展位有不少十六开杂志，一律白皮作封，简单配图，当期要目印上封面。这些杂志大都以"大"字打头：《大人》《大声》《大东》《大间》……白皮大都发黄变暗，少说几十个年头。现在，经万之锋介绍，才知这叫店刊。书店店刊最早见于东亚书店，一九六七年即创办《大东》，之后又有福歇书店的《大声》，之间书店的《大间》……大字打头，白皮当封，此后成了店刊的体式循例。当年，港岛资金相对雄厚的书店纷纷办刊，成为一时风尚，有能力办刊的书店，在行业鄙视链中力争上游，顾盼自雄，睥睨众生。

店刊刊载通常是书评书话、掌故轶事，偶尔发表小说散文，篇幅都极短，间插书店的广告，图文并茂，招徕买家。因这种店刊印制精美，印量不多，近几年得到藏家追捧，搜集成套、品相上成的价格高到离谱。买涨不买跌，越贵越有人下单索购。

当年书店办店刊，只是一股风尚，前后延续二十年左右，大都不定期发刊，刊期过百者寥寥可数。这一摞全套《大哉》，统共七十余期，应算寿数而终。我问能不能打开了看，万之锋说可以的。递来两双白手套，丝质的。

"书一贵就不能随便摸了，损品，折价。"纪叔棠将两枚手指探进手套，仿佛有点烫。

万之锋说："两位勿嫌麻烦。书价贵一点，翻书讲究一点，只为该看的人看到。"

他接着介绍，《大哉》是经纬书店于一九七八年创办，更早些时候，这家店办过一份极有名的杂志，便是位列港岛武侠专刊"四君子"之一的《武侠魂》。在武侠小说的极盛之年，港岛武侠专刊为数众多。这些专刊一般由专营武侠小说的出版社印行，是为抢夺名家重头稿件，也定期举办有奖征文比赛，要将武侠新锐收割于萌芽，壮大本社作者阵容。《武侠魂》按月出刊，抢稿能力非同一般，但经纬书店本身不做出版，只与多家出版社长期合作，得来的稿件先发表再出版。

大维出版社便是经纬书店合作伙伴之一。其他大社眼中的残次品等外货，诸如枯桐拿督、厉摩畏之流，即使在"淫逸狭邪派"排名都不靠前的角色，大维亦不嫌弃，悉数入囊，印行成册，有些微利润，甚至账面不亏，合作就能一直持续。所以，当时出版同仁还赠大维一绰号："鬼社"。高沧的文笔纵不入法眼，但"淫逸狭邪派"的水平没有最差只有更差，大维出版社还能靠他勉强撑一席台面。高沧文字虽不入流，但特色鲜明，极致重口，很快聚得一票人气，有固定的读者群。随着人气积累，《武侠魂》杂志放低身段，一度有意征用高沧新稿，先行发表。如能上《武侠魂》，某种程度上也是给高沧抬高身价，但大维出版社并不配合，不肯给稿。《武侠魂》发表"淫逸狭邪派"小说，通常进行一定修改和删减，"狭邪"还好担待，"淫逸"实在有违公序良俗，举世皆不见容。当时大维出版社回复：高沧稿件不给发表，是他本人意愿。高沧自道：言辞语句纵是粗糙，人物情节纵是鄙俗，终归是自己心血骨肉，不须他人置喙，哪还能动起手脚，随意增删？这也是一番态度：你瞧我不入眼，我谢你不叨烦。

当然，徐瀚默事后追溯，这又成为他自证逻辑的重要依据：小说都写到淫逸狭邪的分上，无非求财，吃相实在难说雅观；同类刊物中《武侠魂》销量排前，稿酬优渥，专业编辑对原文稍事改动，必然是润色添彩。高沧固执地拒绝，毫无道理，或者另有隐衷。

万之锋熟门熟路，从厚厚一摞《大哉》中挑出数期，剥开胶皮掏出瓤子供我们阅读内文。那几期都是在八十年代最初的几年出刊，每一期都载有徐瀚默"深度解析"高沧小说的文章。杂志不厚，每册六十余页，用纸不比书籍，是新闻纸，发黄发脆，字迹排得密密麻麻。那时候，阅读仍讲求实惠，同样的篇幅挤匝尽量多的文字与内容，排稀疏了读者当你是缺斤少两。现在我和纪叔棠看着吃力，只能先读一读标题。标题固定格式，一正一副，分成两行。这号专栏作家，倒是挺讲究形制的统一，说来也算那个年代的标题党：

笙箫夹鼓 藏机隐锋——略论高沧《神魃剑魃》第七章与一九六九年"神武"行动之关联；

横云断岭 要义幽陈——略论高沧《魔刀双艳》第九、十一章与一九七〇年"闽粤走廊"空投计划之关联；

草蛇灰线 苔痕履迹——略论高沧《白骨红绫》第二十七章与一九七一年"巨噬"军情搜集工程之关联；

图穷匕见 底里昭彰——略论高沧《白骨红绫》第四十五章与一九七二年"焕光"军演内情之关联；

……

这一组文章七八篇,大多篇幅万字以上,两三年内发表于双月出刊的《大哉》,都是当期打头文章。如若掐去副标题,给人感觉像是武侠小说回目,或者更像是关于写作技法的系列讲义。

我翻阅其中一册,《大哉》一九八三年第五卷。《白骨红绫》第四十五章标题为"风云色变鬼母显神功,仲秋遣怀佳人嗟蹇运"——徐瀚默的文章指出,标题里的"仲秋"即是对应当年"焕光"军演的时间。但"焕光军演"历来固定在仲秋时分,稍有常识者皆知,哪用得着在这里强挖字眼对应?往下便有发挥,这一章自七十六页起始,计有十五六页。徐瀚默在七十九页第二段首行找出"九",又在八十四页第六段第四行找出"二",最后在九十一页第七段第三行找出"三"。那一年的焕光军演自然是九月二十三日开幕,徐瀚默于军演十年后开写这篇文章,时间点上哪能出错?往下,徐的文章又从这一章的字里行间挖掘出那一年焕光军演的规模、课目设置、地情设置、参演兵种兵力、对抗层级、合成度等项目的具体指标,当然无一不与当年军演的实情严丝合缝地对应上。但小说的这一章节共计八九千字,若干大小细节错落其中,为什么是八十一页第二段对应课目设置,而八十九页最末一行包藏了军演规模的信息?

徐瀚默没在自己文章里给出其必然性、规律性和关联理由，比如任何几千字的文章，大都能找出九、二、三等常用字，但如何证明它们之间有机的联系？（说实话，眼下不少谍战剧编剧的思维方式简直与这徐瀚默如出一辙。）

幸好，刚才微信里的图片让我知道徐瀚默是怎样的人物，此时虽是一头雾水，却不至于惶惑。想一想，忍不住给纪叔棠发一条信息：这不就是当年索隐派嘛，想在《红楼梦》里看出什么，肯定就有什么。

纪叔棠的兴奋点显然跟我不往一处去，他跟万之锋说："这么看来，高沧，或者说黎本忠，还是一个被策反的特务？当年，就是这些文章让高沧重新火了起来？"

"事实如此。'寻找高沧'那一阵我还年轻，已经在书店里工作，算是见证过书价的暴涨，像一个小小的神话。虽然大多数书友和藏家并不做研究，但当年就以拥有几套高沧的武侠小说为一时之荣耀。"万之锋又说，搜寻《天蚕秘要》算得是徐瀚默的一道心结。以上看到的七八篇文章，当年引发巨大反响，但徐老本人一直拒绝结集出版，就因搜寻不着《天蚕秘要》，文集尚欠一篇"压轴文章"。

"……按说两位到来，徐老是想亲自面见相询，只因年纪太大，不好随意走动。"万之锋说到这，还给我俩展示一段视频。视频里老者灰白长发，随身体轻微抖动凌乱披拂；额头尖削，又是分外突出；脸纹密如素描皴线；眼睛深凹，眼眶一圈猩红，中间却似起了白翳。我第一印象确实是——武侠里的邪派高手。因不能面见，老者向我俩致歉，并强调这《天蚕秘要》对他这一生至关重要……说的倒是普通话，夹带的稍许乡音应属北方，我分辨不出具体方位。

老者现面，话也已讲开，彼此不用藏着掖着。纪叔棠又问："《天蚕秘要》虽然还没有找见任何一本，徐老一直苦苦搜寻，对里面隐藏的重大军情机密，肯定是有大概的判断？"

"确实，徐老多年查访，自会形成判断。"万之锋泡好新的一壶茶给我们换上。接下又说，黎本忠写作《天蚕秘要》时，已遭顶头上司、军情局驻港四组组长凌煌等人怀疑，并且被秘密调查。黎本忠应是临时更换了书名，因为此书名与他前面所有作品起名方式不同（徐瀚默已有专文详细论证）。据此又进一步认为："天蚕"极可能是黎本忠被策反后新的代号，书名为《天蚕秘要》，几乎就是最后赌一把，等着将最核心机密传递出去。

"最核心的机密，看来徐老心目中也有准确范围。"纪叔棠一时来劲，脸上浮现一丝坏笑，凭我对他的了解，这款表情绝不常用。又说："在你们看来，《天蚕秘要》跟一九七四年大维出版社失火有关，也跟一九八六年海滨出版社塌陷有关……那么，又有什么样的军情，需要十几年时间一直严密保守，可以不惜一切代价？"

"照这么说，去年老兄在地底下确实找到了《天蚕秘要》？"纪叔棠的坏笑却给万之锋以误解，此时惊喜可装不出来，接后他又瞥我一眼，恍然大悟似的，"怪不得，丁先生也早有说过：这事可以有！"

纪叔棠一下套，他就往坑里跳。纪叔棠根本没打算说出，黑书《天蚕秘要》其实是另一家地下印刷厂印制，同样找不到任何一本。他不须征询我的意见，我自然给予配合，万之锋这一顿不着边际的言之凿凿，唤起我俩自动结成攻守同盟。

纪叔棠说："你先讲，徐老对其中隐含的军情有怎样的猜测？"

万之锋并不意外地沉默一会儿，然后开腔："刘少祥的案子，想必两位都有耳闻。"

刘少祥案倒不是什么秘密，坊间多有流传，也有电视节目编排。刘少祥案是涉台最大的一宗策反案，他一人曾在两岸同时拥有少将身份达七八年之久，一度被军情局认定为"镇局之宝"。但是，军情局对刘少祥过度榨取，加之台岛某高层领导言行不慎，公开讲话时竟然透露"大陆飞弹是空包弹，弹头部分装载的是精准测试系统"。本想显示情报精度，却让国安机构精准锁定怀疑范围，抓捕军内被策反的数位间谍，包括空军某基地参谋长叶之楠。叶之楠受审不久，便将刘少祥牵扯出来。

我说："刘少祥的案子当然知道的，但这跟黎本忠扯得上什么关系？刘少祥是一九九几年才被策反，黎本忠一九七几年就发案了。"

"所以，令人不可思议之处就是这里。"万之锋清了清嗓音，"冰冻三尺非一日之寒，大牌的特务都不是一夜之间培养出的。刘少祥这样的镇局之宝，要策反过来，军情局也是下足血本，很早就精心策划，形成一条策反链条，由小到大，逐级策动……"

经他一提，我看过的一些细节倒也重新浮现脑际，电视节目编排，哪会遗漏这些抓人的细节？具体说，一九七四年军情局控制了偷渡入港却无力生存的曾某，为其抚养子女，襄助一笔钱财让他独自秘密返回大陆。改革开放初期，曾某依赖手头的资金从商，九十年代初期已是大老板，有能力接触各阶层人士。一九八五年，曾某策反了总后某部大校肇某，多年以后，正是倚靠这个肇某，将刘少祥罗织入网。策反整个过程，有如多米诺骨牌依序倒伏。

"一九七四年、一九八五年……这时间点倒掐得挺准。"我把头一点，又说，"一九七几年，军情局控制这个逃港的曾某，只能是当成闲棋冷子，哪可能隔空打物，直指二十年后的目的？既然是闲棋冷子，又怎么能算最核心机密，需要黎本忠舍下性命放出消息？"

纪叔棠"噢"的一声，接我话说："照这么看，《天蚕秘要》哪是隐藏的有情报，根本就是另一本诺查·丹玛斯的大预言嘛。"

"两位尽可以质疑我，但不能质疑徐先生！"万之锋脸上浮现尴尬，又迅速敛紧，"你们并不了解徐先生，他有怎样的能耐，也不是我这笨嘴笨舌描述得了万一。对外他抛出刘少祥，心里揣着的未必就是刘少祥，到他这层面，谁又能轻易透底？但他多年来深耕细作，对高沧的研究已引起巨大反响。高沧的小说看似粗糙，每部都有隐藏信息，到今天仍未现世的《天蚕秘要》必然承载极大的秘密，都是毋庸置疑。"

考 据

　　小说中虚构的情节，往往隐藏作者个人自传，或者自身的经历有意无意间杂其里，流布其间。即使写武侠小说，也是这道理。

　　那次赴港返回之前，万之锋将徐瀚默的文章全部影印，另加一摞关于港台武侠的研究专著赠给我俩。纪叔棠行李箱有限的空间要备着给老婆（女友？）淘货，这些赠品由我装进行李箱带回。过了半月，纪叔棠忽起兴趣，问我那些资料要不要用。他倒是想搞一搞研究，我把所有资料和专著都给他。他这回还真下力气翻阅，并从徐瀚默文章的字里行间一点一点挑剔出有关黎本忠或高沧的信息，最终，涓滴汇流，大体拼凑出这人数十年的轨迹。了解这个人之后，他再重读高沧那几部小说。

等到见面喝酒，纪叔棠告诉我，对高沧有了全新了解，重读跟原先阅读效果便截然不同，随处会有冷不丁的发现，随时得来焕然一新的感受。

不管纪叔棠研究出什么结果，他现在说话的语调跟先前的确不一样，倒是有搞学问的架势。

这些最新研究结果出炉，纪叔棠当然是现卖给我，喝酒时我把他一夸，后面简直有义务听下去。此外，关于高沧，他还能去哪里寻找别的听众？当然，我也不能卖乖，相关的话题，我也乐意听。一边听一边看纪叔棠舒展的脸纹，便又觉得，他便是福楼拜笔下的布瓦尔或佩库歇，年纪一大把，能随时燃起骨子里的热情，碰到一件事尚有兴趣，就像是邂逅了终生志业。

高沧本名黎本忠，广东雷州人，民国二十三年生。十六岁时，逢广东战役溃败的32军266师过境雷州，他被强征入伍——也就是被抓了壮丁。此后，枪还没摸着，黎本忠便随266师退守海南岛。参军时间不长，几乎没上过战场，退守与溃逃成为他那一段时间最主要的经历。别人被抓壮丁是去打仗，他被抓了以后跟着部队一起逃，一直溃逃，想必这大头兵当的，起始之时黎本忠便有满腹冤屈，估计也与他日后孤僻性情的生成密不可分。转眼到一九五〇年的海南岛战役，他所在266师第三旅一俟战事打响，马上溃散，各旅搜罗残部登上快艇，从榆林港径直驶向台湾……

聊完这一段落，纪叔棠会有述评：当兵当得像黎本忠这么窝囊，也是少见。

我不这么看，虽然一败再败，战斗中一直保全性命，说来也是运气。

黎本忠所在旅团残部抵台，登岛之前，忽被岸上官兵荷枪实弹管控。薛旅长怕有误会，朝上面喊话，说是自己人，还说解放军再狂，万不能单艇只舰过来攻打台湾嘛。对方却说不是误会，而是遵上峰指示，只允许薛旅长单独上岸接受问询。午夜过后，薛旅长返舰，面色颓丧，传达最新谕令。稍后，八百余人悉数解除武装，交出武器，各自抱头鱼贯出仓，在"自己人"的枪口下逐一登岛。事后才知，这是蒋总裁"全军党化"的具体操作。此后，266师削除番号，原部队解散拆零，并入老蒋的嫡系部队。

表面上，旁系转入嫡系，野儿子得到正名，但对于黎本忠以及同舰战友而言，没被解放军俘虏，却被自己人缴械，心头淤积的王八气一直消散不开。纪叔棠说，高沧的第一部小说名，就叫《弃岛登岸》，这古怪的名字，岂能不是心情写照？当然，这本书没有翻成黑书，在香港搜购价格不低，没有必要。纪叔棠单说手头那几套高沧小说，至少翻出两三处，可以对应黎本忠当年弃械登岛的心情。《魔刀双艳》里，写到武林人士联合起来，摆开全歼地蝎堡的架势。地蝎堡三堂主许焕天受命，率自己部众出堡御敌，自是寡不敌众，再想退回堡中，情形又突然不对。在他出堡之后，堡内哗变，妖妇李雪珠伙同奸夫鸩杀堡主。许焕天无奈，只能在堡楼之下歃血为誓，效忠新主。但李雪珠疑虑未除，命许焕天及余部"自断右手筋，解衣除靴，体无寸布，胯不裹羞，裸身入堡"。许焕天独自裸身也就罢了，他携妻女出堡对敌，这要求无疑把人逼上绝路，遂咬了牙冲堡上怒骂："生而为人，哪能伺妖，今日赴死，死后冤魂聚气，重塑形体，才好裸身来见，到时候休怪我抏你骚穴败血枯朽如槁，骚体精竭委顿如泥……"

聊到这儿的时候，我俩在街边喝酒。纪叔棠把那书摊于桌面，指尖圈定相应的段落示意我看，还说："你看，不难看出来，黎本忠缴械登岸的时候，死的心都有。隔了多少年，小说里忍不住又回到当时场景，写到骂人的话，情绪显然就有些失控，借着小说自己要发泄，简直把人往死里咒。你看这句：骚穴……"

我忙将他袖口一扯："老纪，你可不能这样。喝酒时候还摊开一本书，邻桌还当我俩是文化人，但我俩看的这都他妈的什么淫言秽语。"

纪叔棠一笑，又掏出《神魈剑魃》的下册，里面有多道折页，顺手翻开一道，又说你来看嘛，这段描写也是……我把书本合上不让他翻，也不忘提个醒："老纪，研究就研究，适可而止，量力而为。现在，我看你眼里也飙起邪火,可不要成为另一个徐瀚默。"

他嗤地一笑:"我是有自知之明,就算想要走火入魔,无奈智商余额不足。"他响榧子一撮又要了啤酒,我仍要竖起耳朵往下听。

海南岛溃逃而来的粤系士兵大都通水性,不少被征召,进入刚成立的水爆队,黎本忠也在其中。他自小海边长大,上岸是人,入水是蛙,裸潜三分钟不是问题。五一年,美国加大对台湾军方的资助,促其完善军种配置。当年就选调数批士兵,赴美参加两栖兵种训练,这些人返台后组建蛙人部队。选调时有比武会,黎本忠各单科成绩靠前,进入初选名单,决选时被刷下来。这么多年时乖运蹇,事事不顺,而且低头缴械之人,再遇任何不公待遇,他都顺然承受,一笑了之。

纪叔棠照样也在小说里找到相关的情节,来佐证黎本忠当时的心情……他正把螺蛳一颗颗嘬出哨音,又有感叹:"小说里挖掘作者身世,好比螺蛳里面放罂粟壳,同样过瘾。"

听着纪叔棠讲述,我更笃定:小说这东西正因为虚构,所以怎么引申、对应都谈不上正确错谬,只在于眼界高低,见识深浅。学识能耐或说忽悠水平达到一程度,认为一本小说里应该有的东西,必定会有。

水爆队是战斗在水上开展时,集合较少人力携炸药穿插渗透,潜行攻击(偷袭)敌方舰艇。说是新兵种,稍一追溯却也古老。黎本忠的小说经常化用《水浒传》情节,自然懂得征方腊那一段,梁山好汉就组织了水爆队,潜水砸船,屡屡得手,但征方腊时梁山水军统几个回合几乎悉数殒命,一手好牌攒到最后被人直接掼了王炸似的。黎本忠在水爆队那几年,战斗动员倒是隔三岔五地搞,让人随时有送死的冲动,但战斗一直没有打起来。解放军没能像收复海南岛一样一举收复台湾;而在台湾,"反攻大陆"的叫嚣,分明败军言勇,谁又信以为真。

水爆队既然组建,势必要弄些响动,找一找存在感。仗没法打起来,队员小股出动,时不时趁夜色昏黑潜泳登陆,在闽粤一带偏僻海岸插上青天白日旗。这达不到任何战略目的,顶多算是放狠话:我想来就来,要走便走,你能把我怎么样。水爆队内部没把这当回事,无非天黑上岸插旗,敌人都没撞上面,谈何英雄?但官方关注,报章大力宣扬,水爆队一组俞鲁光得以成为名噪一时的插旗英雄,台岛民众也确实为之振奋。一九五八年,俞鲁光当了多年英雄,再走上街头竟无人认得,自我感觉人气暴跌,退役前,还想摸黑再插它几面旗。最后一把往往撞邪(没撞邪可能也不是最后一把),那次,俞鲁光带几人在金门大磴岛插旗,被几个女民兵发现并用迫击炮炸死。双方遭遇是深夜,俞鲁光等人配备卡宾枪、夜视仪,倚仗着礁石形成的死角,对付几个女民兵,那还不是日常的射击训练?没想女民兵玩得转吊射,摸黑凭着经验和手感,抛物线专往犄角旮旯里划拉。这位国军战斗英雄至死也不相信:这里女民兵精通高等数学。

一九五三年夏,黎本忠所在的四组全体参与"侧翼穿插"行动。相对于闽粤沿海,海岸线往南往北延伸都被军方划定为侧翼。那次行动,他与战友在防城犁头嘴登陆,行动名目是探查这一带海防,身上也带有青天白日旗。插旗已然成为水爆队保留节目,上岸不插它几面旗,归队不好跟人打招呼。

没承想,人民群众早已筑起铜墙铁壁,布下天罗地网。相对于闽粤前线,侧翼群众抓敌特更是争先恐后,那情形好比大灾年抢救济粮,手快有手慢无。头几个蛙人落网,西省各地民兵纷纷赶来驰援,拉网查搜,地皮逐寸筐上一遍还不够,恨不能掘地三尺。只要有蛙人出没的区域,漫山遍野都是民兵,还有队伍不停汇入,又是会师又是联欢,战歌唱响红旗招展,天擦黑燃起一堆堆烟焰张天的篝火……哪还像是对敌作战,简直是巨型的仪式现场,亟需搞到几头活物献祭。

几天时间,登陆的蛙人连插旗的地方都找不到一处,很快损失大半。此时要撤,并不容易,黎本忠在浅海泡了两天,躲避沿海民兵永无休止的搜捕,最后借了浮板在海面上漂,休克中被自己人捞起,捡下一条命。

这次经历在黎本忠记忆里也是极为深刻，小说里哪能没有？纪叔棠讲到此处，随手一翻《白骨红绫》，找出相关段落：主人公蓝月樵力战群魔，昏迷坠海又被魔界驱动战鱼攻击，身上的肉被一幅一幅撕下，甚至还把"最当紧的那块肉，居中撕下半截"。蓝月樵巨疼醒来，这半截肉不偏不倚，专找命根，虽不致死，以后怎么去做男人？否极泰来，蓝月樵幸得南海仙姬出手施救，在其昏迷之时，将其断处轻轻噙至嘴中，"舌濡唇湿"，竟有"续断生肌"之神效。可想而知，此后蓝月樵不但恢复了做男人的乐趣，而且连本带利，功力陡增，"遇神杀神，遇妖降妖，金身不破，三界通吃"。

高沧小说里类似情节随处可见，看时不觉，嘴上一讲多少是有尴尬。我也忽然想起，读中学时，我专门挑金庸古龙真本去看，有些个身体正自抻开的同学却专挑伪作，或者专挑李凉、松柏生这等文字拙劣的冷僻作者。回头一想，并非这些同学口味低级，更大的可能，是我自己发育迟缓。这么一想，就更明白武侠小说何以成为一时之需。VHS盒带与武侠小说并存多年，VCD、DVD兴起以后，前面的那些"淫逸狭邪派"老师描述再下功夫，在动态的视频面前也只能黯然离场。诲淫诲盗的事业，也要与时俱进。

现在，纪叔棠还反复翻看高沧小说，只在于考据情节和作者本人之间的对应关系。学问大的考据《红楼梦》，那叫红学；他量力而为专门研究高沧，真就叫什么人玩什么鸟。虽然我明确表示对纪叔棠的这些学术发现并不感兴趣，但他神经大条，又患上选择性遗忘，一次次把话头往那边引。有时候，我发现也需要这样的朋友，不在于他研究什么，而是他的神经大条的模样能够一次次唤醒自己对生活的感知能力。

研究到《白骨红绫》里"续断生肌"这一段，纪叔棠这样跟我说："你说，黎本忠这人虽然小说里面黄得很，但凡出挑点的男主一个都不放过，或者，女的也不放过男主……会不会是出于某种补偿心理？黎本忠一辈子没讨老婆哦，即使写小说赚到钱，也不去搞那些花花事情，死宅在家。要是身体没问题，试问哪一个男的能够这样？"

"你怎么知道他一辈子没讨老婆？一九七四年黎本忠被调查以后，徐瀚默就查不到他的消息了。"

"……一九七四年，他都四十了，那时四十来岁就算老汉。以前在香港有钱有闲都没找女人，经历一堆事情，心灰意懒，哪还会娶妻？"

"你又怎么知道他在香港没找女人？"

纪叔棠来劲了，翻出那一堆复印资料，在徐瀚默的字里行间找足了证据。

"性取向的问题？"我印象里，港台男同特别多，可能是他们有良好的出柜环境。

"黎本忠要是个同志，徐瀚默不可能一点不知，也不会不提。"纪叔棠又说，"那么，这一段会不会包含非常重要的信息？那次侧翼穿插行动，撤退时海水里泡了两天，会不会把人那东西泡得不行了？"

"海水就相当于卤水，不但泡不坏，还能一定程度地杀菌防腐保鲜吧？"

"杀菌防腐没问题，盐卤怎么保鲜？我研究这么久，只有黎本忠那东西泡坏了，所有的情况才能解释得通。"

"那你是先认定他给泡坏了是吧？好吧，你沿这思路去看，越看越能看出来，高沧小说之所以神秘，是因为作者不但是个特务，还是个太监。"

"妈的，军情局的前身不就是东厂西厂？"

我懒得和他纠缠这些无法论证的东西，只是问："你研究这么长时间，搞不搞得清高沧下落？他是不是还活着？"

"他应该还没死。我感觉这不声响的家伙肯定活着，闷声最发财，闷声最保命……"

"别感觉，有没有线索？"

"最近反复看，黎本忠的下落暂时没找到线索，但我真的越来越了解这个人，研究高沧小说的肯定不多，我也能算得上半个专家了。我甚至对徐瀚默也有那么点理解了，他能从小说里挖出别人都看不到的东西，有了这么多发现，不写成文章憋成内伤，写成了文章却老是结不了尾，急得能吐半碗血。"

"你应该去大学当教授，把研究的成果写出来，再申请一笔经费，编成书印三五千册，请这个雅正那个惠存。"

既然我语带讥诮，换以往纪叔棠不免回嘴，这时他只叹一口气，怪自己文化水平太低，要不然真想动笔写点什么。和书打交道一辈子，靠书吃饭，但没写下一两本书，终归是个遗憾。

"那也换一换人写，写金庸古龙的传记，再不行写卧龙生，写黄易，指定能卖上千把册。写高沧给谁看？"我又说，"当然，《高沧传》印出来，徐瀚默说不定会要一本，看完只想咬你一口。这么冷僻的门道，竟然有人抢饭碗。"

"不是写传记，用不着这么长，短一点的，够发表就行。"

"这样的文章写出来，你要往哪里投稿？"

纪叔棠眼皮一翻，说递给万之锋，看香港那边有没有地方发表。香港不是还有一帮人在搜寻高沧的小说么？

"店刊都停刊了，"我不得不瞪他一眼，"都是发徐瀚默那种文章搞垮的。"

纪叔棠那一阵心不在焉，看书也和以往不一样，动起笔来，不停地记录。有的是摘抄，有的显然是临时冒出来的想法，语言表达不了，他还画图，字写得只是一般，那笔画简伧的图案倒像是练过大篆。一个人对自己突然而至的想法加以搜集，那确实离写文章不远了。他动笔的念头冒出一次我便打击一次，仍阻拦不住他对高沧进一步的"研究"。

话说黎本忠在水爆队混得半死不活，一九五八年调入军情局四处港岛四站，靠的薛旅长的关系。当年在水爆队当蛙人，主要训练项目是"渗透"和"对抗"，都属保密作战。退役后，蛙人转投情报部门较之其他军种自带更多便利。军情局也乐意对口接收蛙人，知道水爆队"货源"质量相对稳定。经过十三周的情报训练，蛙人转为正牌特务，事实证明成效显著，不少成为局中骨干，只是个个皮肤黝黑发亮，不太掩得住身份，日后劳保里多了一项增白霜，要求每天全身涂抹。

黎本忠离开水爆队，一拨战友相互邀约投报军情局，从直属员做起，按部就班混到情报官，但调派港岛名额非常有限，不是一般特务混得着的。当时，港岛是大陆跟台湾之间的唯一联系通道，也是整个亚洲信息要塞，情报交易的中心地带。军情局将其视为战略要地，由四处专管在港一切活动。当时四处在港岛统共设有六个行动站，百多号人。进到军情局成为特务，大都想往香港调，别的不说，薪水基数立涨百分之五十，福利待遇另说，妥妥的肥缺。局里老人都要排队等号，到号再抽签；新人若无强硬背景，想都不要想。

黎本忠本人倒没这个打算。他在外颠沛这么些年，倒霉的事全都撞个正着，好运气只是一种传说。

一九四九年，近三百万人逃台，一时宝岛乱糟糟，各城市人满为患，这时想混个安稳，有无人脉至为重要。266师薛旅长搭帮表姐夫关系，调入司法行政部调查局行动科。当年他带一船兄弟逃台，登岛前被集体缴械，一直是心头隐痛。日后，薛骞仁在自传里写有"每念及此汗未尝不发背沾衣"的字句，登岛时那种痛苦，是要跟司马迁诉莫大于宫刑作比。收入重又稳定下来，稍微料理一下家小，薛旅长这人指缝宽，不留财，时时顾念同来那一帮兄弟，每月固定在梅芳园订包厢聚旧部，无事喝酒，有事开口，并订立"能帮就帮，敢做善成"八字作为一帮兄弟行事准则。艰难时世，及时雨似的人物总能以最快速度博取口碑，不但同旅部兄弟，266师兄弟，很快粤系部队的人都找着门路，要混入梅芳园例聚，只为给薛旅长敬一杯酒。这酒可也不白喝，平时要有行动，局里人手不够薛旅长只要吆喝一声，266师部众云集而来，粤系兄弟闻风支援，日后黑帮片也演不出当时那排场。上面指派薛旅长办理的事项，基本是牛刀杀鸡，哪能不迎刃而解。这一来，薛旅长很快留给上司雷厉风行、敢打硬仗的印象，官途重又顺坦，一九五七年擢升至副局。

纪叔棠有一次也要开启这话题，说高沧每一部小说里面都有一个薛骞仁……我懒得听他分析，只说，薛骞仁这样的人难道还少？特别是在部队里，军事管理是明面的一套，江湖义气才是暗里的运作法则。

某次梅芳园例聚，战友把闷声不响的黎本忠拽去。这是他第二次参聚，上一次战友提醒要跟薛旅长多敬酒，懂得说官面话，给人留个印象，日后才有关照。黎本忠不是这性格，第二次去，薛旅长完全没印象，走到他跟前，说这位兄弟眼生啊。他只得再次介绍自己，战友在一旁说半年前他来过的。薛旅长夸张地把脑门子一啪，说看我这记性！又主动询问黎本忠情况，得知他已经二十六（虚岁），尚未婚娶。看他一表人材，又在军情局工作，问他怎么就把自己憋成王老六。黎本忠哪好找别的理由，只说自己薪俸微薄，尚无娶妻生子的念头。

薛旅长说："等不得，还要靠你们为我 266 师添丁续火，壮大力量。我们当年被人欺负，现在生孩子还不发发狠，难道下一辈还要挨欺负？"

军情局前身是军统，而调查局正是从中统演变而来。虽然当年军统中统矛盾重重，明争暗斗，随当局退守台岛后不免患难相恤，矛盾自动缓解，业务时有往来。得知黎本忠在军情局，薛旅长托了关系，将他调去港岛。

再有例聚，黎本忠就非去不可，薛旅长这个人情可能改变他命运。

"机灵着点，那边油水厚，你安顿好赶紧找一个，下次抱一个带把的货来见我。"薛旅长又说，"这是命令！"

调入港岛，对黎本忠显见的改变，并非个人命运，而在于接触了武侠小说。

新派武侠写作发轫于一九五二年梁羽生的《龙虎斗京华》，此时已有十余年发展，港岛台湾各自催生一大批武侠作家，彼此写作旨趣大同小异，但阅读环境互有割裂，台湾人多看台版武侠，港岛租书铺里多是港版。台岛一帮武侠作家，因为出身多自军警宪，时势所迫码字换钱，骨子里仍讲忠孝节义那一套，写"铁血江湖"个个在行，写兄弟情谊也常有荡气回肠的笔致，唯淫逸之风极少在笔头漫衍。港岛作家谁又逃得开商风熏染，开笔专事满足读者口味，好读成瘾才是王道，淫逸狎邪总有市场。

在港岛四组，黎本忠身份是情报官。在他看来，四组无非一个单位，一正两副三位站长，这是领导；数位情报官，互为同事；外围二十余位直属员，则由情报官对应联络，基本上不用见面。单位说来有些特殊，日常运作却是按部就班。平日，黎本忠工作虽谈不上积极，也算忠于职守。单位里面,他既不邀功请赏,也不争权夺利,看不出半点往上爬的心思。再说,情报部门"中校扛到死",要往上爬,这里真不是好去处。他的性情,无求于人,也无碍于人,用现在话说便是妥妥的佛系。当这成为同事间的共识,若有谁揪着他找茬使绊,摆明是欺负老实人。总体来说,黎本忠在单位经营出不错的人设,日子还算好过。

下班也不应酬,他租住温思劳街的公寓,离九龙公殓房不远,一股沾了尸气自带凉意的僻静,他却十分受用。下班回家,独自消磨每一个夜晚,黎本忠不免看起小说。那年月街头巷里尽是租书铺,各种题材都有,武侠小说当仁不让一家独大,占据书铺大部分书架,不看都不太可能。

之前在台湾,黎本忠也触碰过武侠小说,稍尝辄止。调来港岛后,确系金庸大侠的作品令他得来快感,从此沦陷,哪天不看浑身不自在。如此几年过去,经典作品看得过瘾,慢慢地,狭邪淫逸也开始沾染,情知并不高级,但又骗不了自己,有这需求。再说人的胃口原本复杂,高级低档仿佛是不同的养分,一并吸取。

某夜他手痒难耐,忽然摸起纸笔开写武侠。人物和故事,都是记忆中读过那些小说的排列组合。只消摸通一些程式,武侠的故事简直可以无穷无尽编排。倘若当初黎本忠没有调去港岛,留在台湾,依他性情,夜来无事，独自一人，大概率仍会按捺不住动笔写作，不定是写武侠，即使写武侠也不定是日后这风格。一个逐年老去的光棍，每晚青灯独对，看港式武侠忽然开窍，懂得武侠单腿走路那还不够，情色博取眼球更为牢靠。一旦开笔，淫秽之气铺满文字，应是自身极为有效的发泄；发泄之余还能换取稿酬，增添收入，何乐不为？拿捏一个笔名，捱过最初的艰难，很快有了经验，再写便能俘获读者，随作品一部部推出逐渐聚敛起人气……这时，港台武侠小说全盛期正好到来。

自后，"黎本忠"与"高沧"合体，以天色黑白为界，反复切换。起初几年试笔，必然经历一次次退稿，他不在乎，接着往下写便是。一九六五年他的第一本小说《弃岛登岸》得以在大维出版社出版，书名还套不准武侠调性，读者仅看题目不知里面装的啥货，一看封面画应该是武侠，书名一搭不伦不类，上市果然没有响动，大维出版社铁定也赔了钱。之后吴朗维去信鼓励，要他只管往下写，发狠地写，大维出版社仍然看好，仍会出版，彼此的情谊也自此开始。直至一九六七年，大维出版社出版高沧第三部小说《血剑心诀》，终于闹出小小响动，有读者守着大维出版社，等待高沧最新章节出炉。这一部算高沧"成名作"应不为过，此后便有了稿约。干这一行，得到稿约，才算一脚踏入门槛。此后不但是杂志，也有别的出版社邀高沧加盟。一般情况下，写作稍有冒头，大维出版社这号小作坊就留人不住。毕竟，水往低处流人往高处走，行行道道，总有殊途同归的法则。这时，黎本忠行伍出身自带的江湖义气展现出来，数次拒绝实力更强的出版社的邀约，以后作品悉数交由大维出版社付梓。哪曾想，日后这也成为他的一大疑点。

其人其貌，资料里也有数帧照片展示，二十三岁特科刚毕业时的证照，还见着劲瘦清癯的面庞，三十以后他就已团脸多肉，明显是长期伏案写作缺少锻炼所导致。两个时期照片一比对，好比面坯和发酵后的面团。这副中年大叔形象，若是混迹于街头巷里，轻易消失不见。或者，隐身人群反倒是一个特务最大的乐趣……不消说，纪叔棠又在字里行间梳理出不少例证。身为特务的黎本忠，变成神秘写手高沧，进一步隐入人群深处，自带难与人言的快慰，笔头都有流露。

纪叔棠爬梳、拼凑出黎本忠或者高沧的人生履痕，止于一九七四年大维出版社事发。黎本忠在大维出版社出书，若放平常人身上，不过是生计事，稻粱谋，碍于黎本忠特殊而隐秘的身份，他与大维出版社之间的关系也变得吊诡。必有别的人对此作另类解读，就像徐瀚默和纪叔棠解读高沧小说，要什么就会从文本中找出什么。徐瀚默只知黎本忠遭受内部调查，具体情况，也只有内部人知晓。

大维出版社及社长吴朗维本人，自然逃不脱这一轮调查，只是身在港岛，四组也无执法权力，若有行动，须绕开法律条文暗里行事。动静稍大一点，警署那边须有交代。多年以后，读到林孝存（即四组组长凌煌）自传校样的影印本之前，纪叔棠手头所有资料写到这一段都变得语焉不详，难免产生歧义。

事发当时，徐瀚默听闻的情况是，码头围道中段数栋房舍起火，殃及大维仓库一并被烧，刚印好的《天蚕秘要》片纸无存。也因这场突发的火情，大维出版社不久以后关张倒闭。后来，徐瀚默又从知情人陶式高（即厉摩畏）处了解到，当年码头围道那场大火只在左近烧起，及时得到控制，并未殃及大维出版社及仓库。事后，吴朗维本人对外发布失火消息，并宣告《天蚕秘要》的发售取消。因大维出版社影响本就不大，固定读者数量不多，此事算是冷处理过去。

当时，四组的人虽然铆上吴朗维，把人叫去问话，并未对他拘禁。此次事件发生，黎本忠从此销声匿迹，吴朗维应是没遭受太多麻烦，不久后移民。据说移民的计划吴朗维早已有之，这次变故顶多将计划提前。此前多年，大维出版社经营一直举步维艰，吴朗维也曾一度联系同业，意欲将出版社及印刷厂整体低转，此后真正接盘者，正是经纬书店。大维出版社尚有不少库存，包括高沧的小说，转让后资产清单中一一查得见。

徐瀚默的文章中写得明白，吴朗维此后移居澳洲，虽未循例在报纸民生版面刊载启事，却也置了酒筵以告别亲友，不能算悄然离去。大维旗下一干"淫逸狭邪派"写手倒是重情重义，酒筵当天悉数到场，送别吴朗维一家。彼此之间还有些版税债务，吴朗维举杯承诺，人走账不空，日后逐笔清结本息；而诸人纷纷回应，主动减免，场面一时竟有几分动情。这帮写手，笔底下淫声浪语，鬼怪肆掠，文艺圈里本是上不得台面，日常生活之中毕竟都是人。

徐瀚默曾通过陶式高联系上吴朗维，询问一九七四年事件详情，对方未给任何回复。

这以后，徐瀚默如何想到把高沧的小说和台湾军情局的军情相关联，也只他本人清楚。事实上，他当年开始发表有关高沧的文章，起初只引起经纬书店的重视，约他放开笔墨和胆量，继续深挖高沧小说的隐情，并在《大哉》上连续发表。据说，当年《大哉》读者群也是对徐瀚默的文章大为排斥，不明白如此牵强的"发现"、如此荒诞不经的"研究"，为何屡屡占据头条位置。

这一点，纪叔棠也没搞明白。资料显示《大哉》的读者群文化层次不低，直接发声要徐瀚默滚蛋。《大哉》对此的处理，是把读者来信照登，同时，徐瀚默的文章继续刊用，"以彰本刊持事体之公允，听人言之兼明"。此后，高沧竟然渐渐闹大影响，还有了所谓"寻找高沧"的行动。

"……他们是店刊，免费赠送，所以对读者的情绪把控，和一般公开发售赚钱的刊物不同。"我试着分析，"虽然大多数读者反对，但他们敌不过认可徐瀚默的少数人，这少数人往往更坚定，可以对抗大多数人的反对。"

"怎么看出来更坚定？"纪叔棠炫惑地看我，似乎还怀疑我跟徐瀚默一样装神弄鬼。

我便接着分析："徐瀚默的文章，好比现在短信诈骗，依赖的原理叫'弱智筛查'……你能明白？"

"丁总科普科普，顺便筛查一下我呗。"

"你一看诈骗短信，直接删掉，心里还说，这么弱智的信息怎么骗得着人？骗子哪会是弱智，信息故意弱智化，其实是一种精准锁定：正常人想删就删，因为骗子本来就要将你过滤掉的；若还有人态度认真地回复，摆出想交流的态度，那便是目标人群，是万里挑一的傻×，不骗他还能骗谁？"我稍一停顿，纪叔棠显然听了进去，安静地等我往下说。一刹间，我却怀疑自己是不是另一个徐瀚默。"……力的作用永远是相互的，有人排斥，一定有人认可，排斥的人多，认可的少数人往往更坚定，这样一来就闹起动静——类似于马太效应，高沧成为反复传递的信息，影响力就在传递过程中不断增值。"

"这么一说,经纬书店故意制造出这么个噱头,就为了把库存销出去。"

"要不销出去,经纬接手大维的那批库存,就只能化浆了。"

"徐瀚默不像是骗人,他自己信!"

"他当然信,写了许多年默默无闻,还混成掌故作家里的邪派,忽然有一天闹出影响来,本人再不信,就是将自己这一辈子彻底否定。而且,就因为太信,所以他还得来自省精神,高沧的研究文章写出这么多篇,他仍然认为,自己远没有写出代表性的、最具有影响力的那一篇。"

"妈的……"纪叔棠脸上有了止不住的兴奋,"老丁,我俩联手,把高沧和徐瀚默放到一块研究,有意思啊,一堆一堆发现。"

"研究这个有什么意思?一堆一堆大便吧?"我乜斜他一眼,又说,"但往下还可以玩……我敢说,只要你找出横山文艺出版社的那本《天蚕秘要》,甚至随便找一本书,贴上《天蚕秘要》的封皮,徐瀚默都能从中分析出意想不到的内容。"

"这不是骗人么?"

"不要有心理负担,就当是好玩,要不要试试?"

座次

按易总一直以来的规划,博冠楼要在韦城率先搞起收藏品的现场拍,否则韦城所有的现场拍只与地块、楼房、大宗货物和司法处置相关联。网拍生意纵是能赚一些,不搞现场拍,易总就感觉不上档次。易总最初跟我谈起这想法,我尽忠职守地提醒他:档次之于韦城可是一种奇葩的物件。这里满街晃的业务员脚上蹬皮鞋,有钱的肥佬可不管四季更替,永恒地趿拉一双人字拖。易总眼皮一翻,说我就是要把人字拖拍得比皮鞋还贵。

博冠楼首季现场拍终于成事,内容是"书画文玩、名人墨迹、古籍碑帖、大众收藏类图书、影像资料"。首季连拍四五场,易总指示文案的写法,先在目标人群中搞一搞普及,让他们意识到,现场拍是一种时尚的生活方式，就像韦城有了机场，有了动车，有了高铁，现在又在挖地铁，这些都是现代城市生活的标配，缺一不可。

筹办时候去联系拍卖师，要价都不低，还嫌我们拍的东西太多（每一个专场都有几百件），费嗓子；平均起拍价也在他们职业生涯中创下新低，精神有损颜面有失……易总可不将就，不就是喊个价砸个锤，谁不会？

拍卖开始以后易总自己挑人，手指戳谁谁上去当拍卖师，每一个专场都拆分若干单元，轮番上马，仿佛拍卖师也是一种耗材。

纪叔棠在上面拍，我聆听易总的现场评价：……呃，那头银发着实增色不少……声音拖得有些戏剧腔，却又不地道……落拍不果断，老是盼有人再出高价。这可不是拍卖的吆喝，仍是在练地摊！

我插言："易总，要不要上去砸几锤？"

"丢！"

第一场拍，纪叔棠的老婆小韦也到现场。我以为是来分享纪叔棠的高光时刻，没想纪叔棠给小韦布置了任务，她眼睛瞅看着一张纸，时不时举拍，举完往纸上画一杠。成功就是捡漏，不然也是起托，帮我们凑份人气。那几场拍小韦都参加，有纪叔棠背后谋划，不免捡得几件好东西。这时我怀疑，纪叔棠又在网上开了店，来这参拍，两口子里应外合是为囤货。

他俩刚认识时,他带小韦来跟我们见过几面,后面就没见过了。转眼又是几年过去,我对小韦形貌几乎毫无印象,首场拍我看着她跟在纪叔棠身后,当时还没反应过来。纪叔棠叫她跟我打招呼,然后小韦入场找座。

"你家小韦,看上去比上次多了一些,呃,风韵。"我说,"刚才一眼看去,还以为你换了个。"

"我哪有能耐换人,她不换我就不错了。"

"看着真对不上号,以前只见过一个面,完全记丢了。现在这个还有些眼馋……你可以侮辱我智商,不能侮辱我眼力。"

"我们搞收藏嘛,管他什么货,盘两年还不盘出一层包浆?"纪叔棠自是有些得意。

"我还以为你上次香港淘来的增白霜还没用完,没想到是包浆。"

几场现场拍结束,不出所料,成交算不上活跃,总归是给韦城开创了新风尚。此后委托拍卖的人明显多起来,尤其大学老教授们的家属,知道我们是全方位吊打敲小鼓收废品的小三轮。那些老人家一辈子积攒的一屋废纸,没准能挑出几款高价拍品,甚至雪藏已久从未被认可的学术成果通过激烈的竞拍得以横空出世,重见天日……待提到交保证金、图录费和佣金,家属大都有些畏葸。韦城这地方,菜场里买菜还须用分币找零,现场拍卖似乎有些超前。易总说不用急,我把现场拍卖当成养小三，贴钱都乐意养，有这态度，才能成事。

转眼年底年初，农历春节来得早，纪叔棠带小韦回湖南老家，走亲访友，展示包浆。

相对以前那么多年，这次有了衣锦还乡的架势，我以为纪叔棠会有一阵天天喝醉。某个中午他打来电话，口齿清晰，问我知道他这几天在干啥。我说爱说不说。他前天独自去了德山，这两天辗转城内城外，顺藤摸瓜走访十余人，终于把那本《天蚕秘要》怎么回事搞了清楚。

"……奎叔当年见过的那本《天蚕秘要》，书上印的确实是'横山文艺出版社'，德山那厂出的货。"

我不得不夸他，大过年不享受衣锦还乡，竟有雅兴去调查黑书。

"我猜得没错，那本当然是换皮书，而且是换神仙皮，油印喷彩。这么一来，以前搞不懂的地方就好解释了。"

跟他相处这么久，我当然知道何谓"神仙皮"，这比一般的换皮书又多了些操作步骤。换皮书大都一种书芯两张皮，神仙皮则是同一书芯可贴多种书皮，换皮换到任性妄为。神仙皮印出来，并不急着往书芯上贴，先弄几本样本外出推销；返回后，书皮和书芯按单粘贴，真正做到按需定制。换皮是为多销，更要考虑成本，那时制一个四色印刷版成本至少几十块，跟制版工一月工资差不多，印不上几千份并不划算。所谓神仙皮，每一种书皮印量都小，为节约成本，经常是在彩色卡纸上搞油印。

我老早见过几种书芯铅印封面却是油印的黑书，看似有些不搭调，还以为是介于黑书和武侠地摊薄本中间的过渡品种，黑书中的劣质品。所谓百货中百客，各自心中爱，这几年在博冠楼，发现也有藏家专淘"神仙皮"，淘同一种书不同版本，越齐越好，看上去规格统一、自成系列。黑书印制大都拙劣，神仙皮看似还多了一层呆滞，藏家看中的，这封面较多纯手工的成分。

扯到神仙皮，纪叔棠又来兴致："我到这边刚挖得一批库存货，油印的神仙皮，品相好得令人发指。要不然，我们搞一场神仙皮拍卖专场，又在韦城领他娘的一次风气之先。"

关于油印，我的印象仍是墨迹难干，手一摸总会掉色，像读小学时，每次答完试卷沾来满手黑，回家皮子搓疼了都洗不干净。"风气之先，也不是领盒饭一样说领就领了……"我摆事实提醒他，"那只能说明黑书这一行当，黑中有黑，伪中有伪，完全探不着底线。再说油印册子作为藏品，特别小众，精品又极罕见。我印象中，油印册子价格能过万的，只有八十年代几个朦胧诗人早期自印的诗集，还得保证品相，带上签名。"

"能赚钱就行。"

"别说把神仙皮炒热,就算普及这个名词,谁又有这工夫。"我也不好太打击他情绪,接下问他《天蚕秘要》到底有没有存世。

电话那头,他的声音不紧不慢。"……找到当年那家厂里一个制版师傅,姓汤,正好,这事情是他经手,还有些印象。那一阵,他们厂确实从福建沿海私船进母本,有一回弄来一包大维社的薄本武侠,全都翻印黑书,算是独家货。当然,这里面并没有那本《天蚕秘要》,但别的薄册,封二封三封四都印广告,预告新的小说即将出版。他们做神仙皮,要杜撰各种书名。对于写小说的人,编几个名字不费事,张嘴就来,拍拍脑袋就有;对于我们工人特别伤脑筋,于是翻一翻书里的广告,照着扒最省工夫。"

"……正好有一本预告了《天蚕秘要》。"

"当然,可能就是上次我淘到的《璇门杀机》,可能是别的书。这名字他们看到了扒下来,反正,哪会是自己想出来?这么巧碰巧?汤师傅还说,有一回,两三套书芯做了几十张神仙皮,扒了薄册上面几十个书名。当时贴皮的三套书芯,汤师傅还有印象,应该是云中岳和卧龙生的,具体哪一部没法记起了。"

"不但物尽其用,还要吸干榨尽。"我又说,"看来,他们也没得到大维出版社原版的《天蚕秘要》。我还想,大维出版社的原版到底有没有流出?香港都找不到一本原作,万之锋这么多年都扑空,怎么冷不丁出现在德山?"

"那业务员肯定是新手,黑书和神仙皮混作一堆,敢去四海书店搞业务,换皮的《天蚕秘要》就在里头。"

"以黄慎奎的经验,怎么没发现是神仙皮?"

"按说不应该……所以我专门问了汤师傅。那几年他们做神仙皮太多,慢慢地不好销了。他们厂老板姓常,还嘱咐,神仙皮也要多下些功夫,改进一下工艺,将质量提上去,让人一眼看毛糙了分辨不出来……都是为了多卖几本。"

神仙皮每一种印得不多,为减成本,通常用白描勾线,单色印刷。要改进工艺,汤师傅他们也想招,怎么以最低成本把这神仙皮尽量弄得色彩斑驳。找来找去,最简单的办法莫过于手动喷彩。封面白描勾线,线条之间是一块一块空白区域;用报纸铰出空白处——吻合的图形,覆盖相应的区域;再用毛刷或者是旧牙刷蘸了颜料,往丝网上擦,颜料便斑斑点点涂在没被覆盖的区域,可轻可重,可浓可淡……这一说我哪不明白,以前读小学,手工作业就有这一课,算是丝网印刷的低配版本。一种神仙皮顶多印几百张,喷涂颜色只要多找人力,基本没有技术含量。汤师傅也说,当时为了赶工,家里的小孩都叫来打下手,搞喷彩。那时小孩都缺少玩具,干这活就如同游戏,小孩一旦摸熟了,欢喜得不想睡觉。

倚赖这最简单的喷彩，油印封面便有斑驳颜色，带点套色版画味道；而神仙皮大都单色油印，乍一眼看去便有了区分。当天那新手业务员来推销，黄慎奎正守着一车货往店里卸，一手拿着货物清单，另一手虚空地一招，要那业务员掏出样品逐一展示，两不耽误。说不定，这业务员伺机而动，专逮黄慎奎忙不过来的时候搞推销。业务员把包中的样书展示一下，黄慎奎稍微瞟两眼，便吩咐他把书名先抄上一遍。抄了满满一页，黄慎奎拿过去快速浏览一遍，凭着心情在后面标注十套、二十套。

黄慎奎意外被这神仙皮打了眼，事后厂家先反应过来，哪还敢把四海书店要的书送过去？

"既是换皮书，黄慎奎也并没有入手，为什么目录列为第一缺？"这疑问在我头脑中进一步扩大。

"你也是死脑筋，不搞清楚睡不好？"此时纪叔棠只得承认，"他们抄好目录，确定缺本排序的时候，我回了趟老家……应该是大姑家小儿子结婚，我必须回去帮忙……"

"当时你不在，另外那几个，也没问黄慎奎一句为什么？"

"本来不是个问题，他们也跟我一样懒得问为什么。跟你讲起这事，只有你打破砂锅璺到底。"

想想也是，生活中哪来的那么多为什么？我又说："当然，我不相信那时候奎叔就知道高沧的底细，但事实上，《天蚕秘要》确实是一种巧合，而且万之锋现在也找了过来……换是以前，这件事可以上纲上线了啊。"

"奎叔就是一个批书的，顶多写写小说，可没有别的身份，而且去世了这么多年……"纪叔棠在电话那头呸一口气，幽微的声音清晰传来，"这样吧，我看还能不能联系上吴刚、龙五洋还有石季明，问问他们谁搞得清你要的为什么。"

他这一说，显然是怪我生事。"问不着算了，你费老大工夫，终于跟几十年前的老兄弟联系上，一张口只是问这破事，他们搞不好当你脑袋有病。"

"确实也有病……你多提几嘴，现在我也满脑子想着为什么，不彻底搞清楚，自己也不安神。既然都来德山了，再去一趟长沙也是顺路。"

我不忘提醒他："换皮的《天蚕秘要》黄慎奎手头虽然没有，同样的书是不是卖出一些，你既然在德山，不妨打听。既然汤师傅记得住这书，不如就向他打听，顺藤摸瓜找一找，或许能找出一套两套。"

"现在已经知道是贴皮书，找出来又有什么用？"

"贴不贴皮，这都是第一缺本，玩家都眼巴巴地等着要。既然是缺本，也不是拿来看的，内容并不重要，贵就贵在那张书皮。"

"问明白是赝品，就觉得没劲了。"

"老纪，你脑子进水了？黑书摸这么多年，本来全都是赝品，哪时候变成过真品？"我继续敲打，"你知我知，别人不知，再说徐瀚默还在等菜下锅，这本书找到卖给万之锋，你也算是做件好事。"

"虽然贴了皮，原小说是哪一本，原作者是谁，小说男主角是谁，出自哪门哪派……现在网络那么神通，书一翻开，上网一搜，肯定搜得到原书。别人不知道，徐瀚默敢花大价钱，肯定要搞得一清二楚。"

"照我看，徐瀚默现在肯定躺床上，两脚抽风，氧气袋一撤就不晓人事，哪还有精力将这破事搞得一清二楚？这书找出来，他勉强看到封面上有'天蚕秘要'四个字，也就了一桩夙愿。这书找得这么辛苦，现在终于有线索，不找一找你自己心里过得去？"

电话那头纪叔棠愣一会儿，许是想明白了，便说："噢，找找！"

次日忙活一天，找书当然毫无结果……别说几十年前印量稀少的神仙皮，现在隔夜的露水情人都没地方找。三天后，纪叔棠从长沙打来电话，说寻找当年四海书店几个老兄弟，比想象中曲折一点，得来结果是：石季明倒是见着了本人；龙五洋似乎发了点财，所以跟旧友都断绝了联系；还有一个吴刚，早几年车祸死了。几十年过去，访旧遇鬼也不算意外。见着石季明，他拽纪叔棠去家中吃饭，聊一聊当年事情。

书目是黄慎奎自己想到要编，而排缺本座次给书目增加"可读性"是纪叔棠的想法。这些细节，我俩喝那么多顿夜酒，他自然讲过。黄慎奎病后清理了书店，准备关张，那一柜书账翻出来。他忽然想到，经营黑书这么多年，四海书店走货应是同行里头罕有的齐全，把这书账稍稍整理，就是一份目录。既然有这想法，纪叔棠等人严重支持。纪叔棠说："把目录编出来，我找麻脸皮印出来，奎叔你又多了一本著作。"

书店关张后，大部分东西都处理掉，书账带回家。黄慎奎感慨："现在我没这么多力气抄一遍了。"众人都说，这好办啊，工作分摊一下，每个人干一点，再一汇总，快得很。说干就干，平时喝酒聊天的几个人，遇事也见急，书账一分摊，逐条筛查，不一样的书和版本都开列，整理成书目，抄一份拿给黄慎奎看。

黄慎奎摸着厚厚一本，依然感慨："我这十来年，干的活全在这里。自己看看就好，用不着印，谁会买这个？"纪叔棠也知道，前面自己失言，麻脸皮才不会印这目录。半月的整理，黄慎奎随手翻翻就完事，打不起精神。当时也是为活跃气氛，纪叔棠提议："这书目编好不算完事，要排一排座次。"吴刚就问，怎么个排法。石季明说看哪本写得最好。众人就喷笑，说只能是奎叔，奎叔看武侠最多。

黄慎奎说："我自己心里还是有斤两，少来这一套。再说，武无第二，文无第一，别说我，哪本武侠写得最好，没有哪个家伙有资格评定。"

纪叔棠又说："奎叔脑子里找一找，哪一本是最稀罕的品种，排到书目最前头，也算有了武林盟主。"

黄慎奎一笑："这也定不下来，黑书翻一遍就可以扔的东西，哪有什么稀不稀罕？"

又有谁说："黑书横竖被翻了十来年，以后少不了会被记住，也说不定有人会收藏。就像小人书，以前翻一翻就过去，现在不照样有人花大价钱买么？"

黄慎奎说："那也是，一代人总有一代人的玩物。"

这一拨人都是看《水浒传》长大，天罡地煞，头条好汉……排座次的事情，总能引发莫名的快感。照纪叔棠所说，座次排定要按稀罕程度。换是现在，有了网络，有旧书网站，把书名搜一搜，按销量，按售价，很快锁定最稀罕的品种。但那时没有足够资料，更没有参考数据，给黑书排座次全凭印象。说话当天也不急着排好座次，诸人回家以后，各自脑袋里面搜索，提名……

纪叔棠找到石季明，聊起这些旧事，那几天各自提名的黑书，是由石季明汇总，抄了一份。而且他有记日记的习惯，喜欢事无巨细尽量多写，喜欢看着日记本尽快堆叠得老高。他把当年日记扒出来，汇总的名单也抄了一份在上面。纪叔棠拍了照片发给我看。

《断魂沼》，金庸，北疆文艺出版社，1988年5月

《中华群雄》，梁羽生，芙蓉出版社，1986年11月

《毒谷惊魂》（白头翁版），金庸，港台书刊出版社，1985年4月

《飞狐惊雷》，金庸，兴华出版社，1989年6月

《武林奇冤》，金庸，海滨出版社，1988年2月

《八变神剑》，金庸，内蒙群艺出版社，出版时间不详

《虎胆》，金庸，广东前海出版社，1985年6月

《白骨寒剑》，金庸，东江文艺书社，1988年5月

《四海同心盟》，梁羽生，春秋出版社，出版时间不详

《霜林孤雁》，金庸，广西青年出版社，出版时间不详

《迷仙秘窟》，金庸，侠义奇情创作社，

1980 年

《海底奇侠》（蓝皮版），金庸，岛屿出版社，出版时间不详

……

纪叔棠回老家，另几人再去黄慎奎家中敲定缺本的排序。黄慎奎这时看书目倒是认真，所开列的每一本，他都有印象，正好秀一秀记忆力。他用语言描述封面什么底色，什么花纹，甚至能说出主要情节，以及主要人物名字。看到最后，黄慎奎忽又生出疑问：为什么备选只有金庸梁羽生？他印象里，冷僻作者的印量通常更少。众人就说，黑书原本就是金庸的天下，梁羽生的地盘，别的都是配菜冷盘，选的时候当然只在两人名下扒拉书名。

"先前说的，不是要挑选稀罕度么。"黄慎奎说，"我们看武侠小说，里面一万次地写锄强扶弱，现在你们只在金庸梁羽生中间挑，那不就是仗势欺人？"

排个序，他还把武侠精神供出来。见奎叔表情当真，大家当然要说，奎叔想挑哪个是哪个。

"那不就成了我独断专权？"

黄慎奎躺在床上缓慢地斟酌，时不时因为病痛还哼哼。三人当中龙五洋字写得最好，就守在一旁，黄慎奎想到哪本就记下名字。他家中自然还有大量黑书，石季

明和吴刚就在其中翻找，遇到冷僻的名字抽出来，让黄慎奎再过一眼。《天蚕秘要》当然不可能被抽取出来，他俩还在书堆当中忙活，龙五洋突然发话，第一缺奎叔定下来了，往下排序用不着这么费力。便是《天蚕秘要》，他们都没见过。没见过，黄慎奎定为第一缺，当然没毛病。为什么？一是没看过的肯定稀缺，二是黄慎奎说了算。

纪叔棠既然问题，石季明努力回忆。当时电视机开着的，地市电视台正重播武侠片《天蚕变》。那是七十年代老剧，仍在重播。屏幕上，丽的剧自带暗沉且压抑的视效，画面时而虚焦时而泛起颗粒时而直接卡死，满满的年代感，还附赠以便秘感。黄慎奎说还是第一次看这剧，剧情慢腾腾地铺展，一开始有些便秘感，慢慢看进去了。一俟看进去，多少还能缓解疼痛。这剧六十集，每天五集连播，能够陪他十来天。石季明怀疑，奎叔每天耳濡目染，即便临时起意也应是受这剧名影响，定下《天蚕秘要》为黑书首缺。

"绕了半天，就这么……临时起意了？"我当然心有不甘。

"如果不是，那就只有问龙五洋到底为什么，但我几十年没见到他。"

纪叔棠返回韦城，见面时，我俩照旧找地方喝一顿夜酒。我看得出他憋着事，等着说，把酒喝快一点，他很快眯起眼睛，说这龙五洋竟被他活生生找出来。

"《天蚕秘要》也搞清楚了？"

"慢慢说，不急。"他脸上隐约藏有坏笑。

龙五洋倒不是故意去找就能找着。纪叔棠离开省城回了趟家，当然要带老婆四处逛逛。周边县份温泉较多，他老婆小韦感觉蛮新鲜。韦城天热，四季无冬，根本用不着开发温泉，她也没在大冬天泡过温泉。那次他开车带老婆，晚上赶到郦城的垭口温泉，入住温泉大酒店，再换泳装去巨大的温泉池，意外见着有个人像极了龙五洋，年纪一大把，竟搂着个小美女。虽然多年不见相貌有变，但这男人搂抱美女的馋相，让他进一步确认这只能是龙五洋。一时兴奋，他走过去打招呼，对方一脸蒙，拽着小美女往僻静处闪避。这又轮着纪叔棠自己发蒙，认错了人说明白就是，何必像遇见鬼似的？害得他去换衣间仔细照了照镜子。次日一早，在温泉大酒店的餐厅，他找个地方用餐，龙五洋自己找了过来，跟他道歉。"……纪哥，昨天也不是躲你。你也看见了，我带着个妹子恰好不是老婆，所以看见熟脸习惯性地心虚，习惯性地假装不认识。没想到啊，这么犄角旮旯的地方还撞见熟人。过后反应过来，才想到是你，急得到处去找，好多年没见着纪哥了呀……"龙五洋一脸嘻笑，把自助餐装得满满当当请纪叔棠一定多攥几筷头。

纪叔棠颇感陌生，也懒得叙旧，直接问事。龙五洋说这事真还就他知道，记得清晰。当天排个序，找出第一缺，他做记录，是抽了一沓信笺纸，从第二行开始抄，抄了大半页，二十几个名字，都遭黄慎奎否决。奎叔认真得很，这也不行那也不对，明明是想找乐子，倒像给他添堵。龙五洋不免心急，要早点了结这事。这时他忽然发现，空出来的第一行，隐隐约约现出字的痕迹……显然，这是写上一页留下来的，当然，上一页早已被撕掉。他两眼调焦，定睛一看，就看到《天蚕秘要》。他把这几个字重新填上，拿给黄慎奎，问他有没有看过这本书。奎叔头一点，说有的。他又问是不是稀缺的书。奎叔这时又疼了起来，咬着牙把头一点。龙五洋便说："呃，这是天意！"

此时在路边小馆里，纪叔棠一边跟我讲，一边把龙五洋故弄玄虚的样子做了还原。

"这就定下第一缺了？"虽然这说法比看《天蚕变》临时起意来得靠谱，但我仍然难免失重。

"听不出来么，上面被撕走的一页，恰好是当年那个德山业务员抄写的目录，而第一行，恰好就是《天蚕秘要》……这可是很多恰好凑起来的。"

"都不留天头地角，直接从第一行抄起，确实是个新手……问来问去，还不是临时起意？"

"事实如此，虽然我也算讨好型人格，确实找不出你要的那些隐秘故事。"纪叔棠把刚才隐藏的笑都敞开了，"我也彻底放下心来。奎叔就是一个书商，守着店面过日子，干不出任何值得你用想象力发挥的事情。"

心

病

新一期现场拍卖做了黑书专题，效果不是很好。韦城本地玩这个的微乎其微，这个项目只能上网面对全国市场。但参拍的人里头，我找见一张熟面孔，是以前的同事柯姐。她举牌应了几个品种，不算稀缺，价也不高，一举就得拍。

我过去跟她打招呼，没到跟前，她眼一斜目光抹过来，手指顺势一撩并说小丁我正好找你。仍是我记忆中的模样。

柯姐本名柯燃冰，曾是《韦城日报》首席记者，现在应是进入报社领导阶层。她写深度报道在业内极受推崇，多篇上了新闻系《高级新闻业务》教材的荐读，还卖出过影视改编权，简直给同业开掘出一条金光大道。《瀍江晨报》创刊之时,她也转过去——元老总比首席更具吸引力。当时我是很想跟她后面干,学学她看事看物的眼光,以及将纷乱的思考精准转化为词句的秘技。她在《瀍江晨报》干不多久,察觉到这边虽然新家新业,内部已然派系林立,认定不是久留之地,及时回到日报当首席。她一走,深度报道这一块难以在晨报立足,我的离开就成了步她后尘之举……这么一说,我跟她的关系似乎又更紧密一些,天知道哩。

韦城黑书藏家很少,更别说女性藏家,此前我从未见过哪个女人爱这玩意。当年也是这样,男生看武侠,女生偏就只看琼瑶,井水不犯河水,甚至让我一度怀疑,男女是两种动物,而许多小说本身贴有性别标签。

此时,柯姐出现在拍卖会并出手拍下黑书,我相信里面必有原因。她从不会没头没脑去干一件事。

"不止这些,我家里有不少。"柯姐说,"我想把这种书搜齐。"

"有两千七百多种。"

"大概是这个数,我知道……"

"我们这里有一个专家,他手头比较齐,你可以找他帮忙,能省不少事情。"

"专家?黑书专家?怎么评的?"

"倒不是评出来,这种专家哪来的职称?他二十多年前就在印刷厂里印这种书,入行太久,把黑书都摸上一遍，不是专家也成了专家。"

"二十多年前……那他肯定认识一些人，"柯姐眼仁子有一刹的放亮，"就是那种当年的文艺青年，跟着潮流也写起武侠小说，但又没能混出来，最后写的书都挂上金庸古龙的名字……我是说，那些影子写手。"

这是拍卖间歇，柯姐往我肩上来一下，示意找个安静的角落。她接着说，所谓"影子写手"，是她首创的命名，用来指称当年大陆一批写武侠小说，却没能署上自己大名的地下作者。她查过资料，七十年代末港台武侠小说开始传入内地，八十年代官方管控旧武侠（公案小说），严格限制新武侠品种和印量，一九八六年还有文件禁绝一切新武侠。当时，大陆尚未加入版权公约，盗版尤其猖獗，大量未能正规过审出版的港台武侠，只能以黑书印行，只要印出来，总有人抢着看。不想当将军的士兵不是好兵，武侠看得连篇累牍，不少好事者终有一天摸起纸笔开写武侠。写成后，自然只有很少一些作品得到出版，若能产生一些影响，就如同奇迹：聂云岚、残墨、冯家文、戊戟、沧浪客……

当年看武侠的不计其数，催生了写武侠的遍地开花，可说每个县份都不乏其人。甚至，不少现今成名的作家当年都写过武侠，拿捏一个笔名出版，现今的读者全然不知道而已。他们编故事的能力是靠武侠小说练就，回头成名成家，严肃文学刊物上发表文章，便不肯承认师承。骨子里还是认定，写武侠属旁门左道。当年可没有电脑，一部文稿逐字写成，堆起来动辄一拃厚，不能正规出版，力气也不能白费。不少作者往往退而求其次，只要钢笔字变成铅字，文稿变成书本即可，往往还托关系，把书稿送去地下印刷厂排版印刷。地下印刷厂哪有版税稿费之说，但行内照样存在竞争，也需要拿到独家稿，便将这种文稿按黑书体式排印，署名只能是港台名家"最新力作"。原作者劳而无获也无名，极少数日后成为作家，大多数消失于时间深处。

"柯姐对这些人有兴趣，又要做深度？"

"你觉得这选题怎么样？"

面对柯姐发问，我秒回实习生状态，想要好好揣摩……这时脑袋里蹭出一个模糊的形象，不偏不倚，只能是黄慎奎。这图像清晰地仿若看见：他在桌前爬着格子，偶尔停下来，抽根烟，脸上堆叠了无限虚茫。写作多年，他仍不能确定写的这些玩意有什么用，想要不写，才发现这事跟抽烟一样有了瘾头。

我说："柯姐，看来不光写一写文章，你还想让这一帮隐身人重新浮出水面。"

"这个说法我给九十分，很接近了。"她说，"我自己的说法更直接：要让一帮赝品恢复真身。"

柯姐也是在与这个选题接碰撞的过程中，阴差阳错藏起了黑书。不但藏，她是真看，研究似的看那些排版乌七八糟的字句。已有好些年头，柯姐看得太多，竟能从用词、行文和习惯性表达等方面，分辨出大陆作者和港台作者之间必然的、微小的区别。通过大量阅读，她得以圈定一些黑书必然出自大陆作者之手，又将其细为分为创作、改写、续写、和引申几种门类。前几种一听就懂，我问她何谓引申，她便说有一类小说，是从港台名家的作品里切出一部分，旁逸斜出，添枝加叶，使其独立成株，就像《水浒传》的一些章节孕育出《金瓶梅》。柯姐能够依据文字分门别类，但想找到原作者何其不易，他们大都没在书页里留下任何痕迹。

"……我试图在字里行间找出他们留下的个人信息，就像当年制作御瓷的工匠，冒着掉脑袋的风险，也要将自己名字写在极不起眼的细部……这么研究很累，那一阵我都不断地看心理医生。"

当时她这么跟我说，我难以理解她的投入。此后不久，我从报社旧同事嘴里挖出消息：柯姐之所以对这感兴趣，是因为前几年找的一个男友，当年也是影子写手，他俩恋爱一阵，那人突然消失。柯姐平时的人设是霸气御姐，但搞起爱情也跟搞工作一样投入，留职停薪去寻找失踪男友。她是一叶障目，别人谁又看不出来她男友一定还有旧情未了？我这才反应过来，柯姐寻找影子写手流布在字里行间的信息，何尝不是寻找那个消失的男友。这次惨痛失恋，让柯姐陷入一种偏执，具体症状，便是从寻找一个影子写手演变为寻找所有的影子选手。一想至此，我并不奇怪，并有感佩：人们总想在同样的书里得到跟别人都不一样的发现，一旦过度，可能就出现柯姐式的强迫症，可谁又能精准把握这个度呢？柯姐能成为业内一根标杆，似乎在于她总能将生活里的挫折充满想象力地、不可思议地转化为工作动力。

当天拍卖会结束，我带柯姐去楼下找座，她在我对面抽起柔和七星。听她讲话，我莫名地像当年做实习生一样来劲，确实想和她一起干些什么，或者为她干些什么。

柯姐联系不上当年地下写手，正好用得着纪叔棠，我电话叫他下来一块坐坐。果然，纪叔棠的好奇心使他又一次浑身来劲。柯姐辨识出的那些出自大陆影子写手的作品，纪叔棠说，可以根据上面杜撰的出版社，查找出真实的出处，圈起一个地域，再进一步打听。通过当年印书的人，找到写书的人。

隔几天，柯姐给我发来短信：谢谢你，老纪正是我要找的那个人。那一刹那我奇怪地联想：老纪是不是也写过武侠小说？也是个影子写手？再一想，我看过他写的东西，平铺直叙还行，一旦想沾染点文采，形容词副词就堆叠，是大忌；句式稍微复杂一点，语病紧跟而来，每一句都皱皱巴巴。让他写书，除了纸笔少不了买只熨斗，写一句熨一句。

同样在那次现场拍卖，一位顾客专盯港台旧版武侠。有几套伟青首版的白皮梁羽生，他摆出势在必得的模样。其实那几套品相一般，现场有几个拍客一时发泼地参拍，最终价格被那人抬得老高。

拍品交接由我负责，这就跟那人加了微信，隔几天问他，是不是想弄伟青版白皮的大全套？大全套三十来种，统共两百来册，一排半个书架就占满，出来气势雄伟，书房有这么一套，镇宅、传家都有了着落。这也是许多藏家的目标，一开始，每种数册，千把块至数千；但有十来个缺品，单价都在万元以上，一种一种地拍，价格昂贵不说，品相也难以统一。散品聚成大套，起初不觉察，完事后一看品相参差不齐，某些藏家强迫症发作，又花更多的钱逐个换品。

收藏成瘾以后，有的是办法折腾自己，或者，这便叫乐在其中。

一聊，那人显然是新手，最近对港台旧版武侠，尤其是薄本武侠情有独钟，还专程跑去香港和台北搜购，伟青白皮是他的搜寻重点，只是去了港台也收获甚微。我告诉他，有一个地方有大全套，品相全宇宙最好，价格低乎想象。他哪肯信我。我把俯瞰书店地址发给那人，让他自己去找，回头也把那人名字发给万之锋。

大概半月后，万之锋给我电话表示感谢，说现在陆客在楼下商场大肆扫货，没想到也扫到自己的书店，标价十七万，稍一侃价，十四万八千成交，那个爽快劲啊。他还说要把店里重点书目开列清单发给我。

又过几天，万之锋在微信里转我一笔款，我不敢客套，怕他耿直地收回去。

下午时候没找见纪叔棠，发信息邀他一块吃饭。他回：柯总跟我在一起，能不能一块？我回：正好一块。

柯姐寻找以往的影子写手，纪叔棠算是得力助手，据说已经通过以前地下印刷厂，以及四海书店的关系，顺藤摸瓜，找出几位这一号的人物。这些人，自己差不多忘了这一茬，没想又被记者关注、采访。照片拍下来，杂志上一登，一个个兴奋得有如一脚踩着了文学史。还真别说，这些人往往摸爬滚打半辈子，稍一整饬，照片上了杂志，大都脸纹虬结如青铜器，比杂志平时登载的那些脑满肠肥的作家更像作家。

我赶去，他俩已在一块聊事。不用说，纪叔棠早已把黄慎奎的经历做了详细介绍。可惜人已不在，否则黄慎奎必是柯姐重点关注对象。黄慎奎版的黑书目录，柯姐也拿到一份复印件。纪叔棠有心，故意找一本翻得稀烂的，复印件上褶皱的纹理都赫然在目，年代感十足。

晚上一块吃饭，柯姐跟我俩提一个想法："这本目录里提到的每一本黑书，都配上封面图，正经出版出来？"

"这能有多少销量？玩黑书的，毕竟只这么点人手,目录都有了,网上一搜都有书,用得着买封面图片?"我不免质疑。

"这你就不懂了,黑书的封面本身就有独特美感,看实物粗糙,印在铜版纸上那份粗糙会独有韵味,作为画册也是有观赏性,要让那些不玩黑书的也掏钱买。我看,用黄慎奎的名头。《黄慎奎武侠黑书全目录》……黄慎奎是谁,不重要,随着流传会越来越重要。像街边的诊所,要是叫成东正街诊所,西关街诊所,那就很大流了,但是要叫成黄慎奎诊所、纪叔棠诊所,抬眼一看别人就以为有名医坐诊。"柯姐越说越来劲,"说不定,把这书弄出来,世界级我们不去妄想,但会是国内第一本关于非法出版物的详细图录。"

我暗想,容易来劲的人,可能是很容易看到这世界满是空白,有待填补。柯姐还等我俩的意见,纪叔棠抬起眼睛瞪我。我便说:"这个想法不错,书印出来,纪叔棠会裁十本八本,敲成纸钱烧给黄慎奎。"

纪叔棠说:"你是不懂,铜版纸哦,烧不燃。"

柯姐问:"敲纸钱?怎么回事?"

纪叔棠扑哧了一声:"两千七百多种黑书,目录收全,每种书都有封面图,厚厚的一大本哟。但有一些缺本目前还找不着,封面什么模样没人见过。这份目录,资深藏家基本都有,如果要出图录,至少,他们等着看的肯定是《天蚕秘要》的封面。第一缺,图录里却给不出来，怎么交代？"

我一听，倒也是，像一部电影的男一号只在对话中出现，从未现身，专业人士可能暗呼牛×，一般观众都是要踩着椅子骂娘的。便又想起一事，问纪叔棠："万之锋也一直问我，你手上有没有那一本。他一定没少联系你。"

"跟他讲了好几次了，这个真没有。"

"看得出来，他是跟你死磕上了。你越是拒绝，人家就越当你手里有货，等着抬价。"

"他出得起价钱，但我没法卖给他不存在的东西。"

我提醒："哪有不存在，只是眼下还没找着。"

"万之锋？"柯姐把话插进来。

"打过交道？"

"俯瞰书店的万总，几年前见过。那家店是老作家徐瀚默搞出来的。万之锋辞了渣打银行的 Account Manager，把书店继承下去，要不然那家店早就应该关张。我对这个印象很深，守一间书店不容易……和他约了访谈，我当时在做独立书店守护者系列言谈，独立书店的故事一直有稳定的读者群。当时约好，后面几个月他一直空不出时间接访。跟经纬书店汪城朗聊的时候，他告诉我，那一阵徐瀚默痛风下不了床。万之锋雇了个护工，仍不放心，每天书店家里两头跑，书店门口落锁，挂一张启事。他就算侍候在身边，也未必起多大作用，图个安心。据说倒是徐瀚默发急，一家书店经营许多年，可不能经常闭门，以后断了人气再难找补，一定要他回去守门。"柯姐掸开一截悬半空老不肯掉的烟灰，一如往常，说完一件事再来些感悟，"独立书店访谈，我一口气做了两年，感受得到，这些人做书店久了，身上大都有一股旧时候的气息，跟大多数人不一样。一个行当，只要能够把人变得不一样，赚不赚钱都断不了香火。"

万之锋和徐瀚默的关系，毅利的吕经理也跟纪叔棠讲过。万之锋的父亲万力文本是报社编辑，先是跟徐瀚默工作上有往来，渐至私交甚笃。万力文离异后独自带孩子过活，总有时间错不开，便叫万之锋去徐叔叔家里小住。一九七二年万力文车祸去世，徐瀚默便把万之锋领回家里。起初老婆也能担待，时间一长，徐家本有两个孩子，慢慢对万之锋有所怠慢，家里家外分别对待。徐瀚默起早贪黑看店写字，老婆一人带三个小孩。晚上回家，徐瀚默见万之锋身上时有不明清淤，起先忍着不吭声，这事多一再发生，他哪能看得下去，和老婆起了争执，夫妻关系恶化竟导致离异。此后，徐瀚默亲生的两个小孩随了前妻，徐瀚默独自守着书店惨淡经营，还要靠写掌故填版面讨生活。八十年代，有一阵得到《大哉》约稿，是他收入相对稳定的一段时期。

当时听说这情况，我和纪叔棠都不免感慨，说这为人和为文总有这样的区别，"人如其文""字如其人"本就胡扯。要说为文，徐瀚默归入邪派，但说为人，倒也算得有情有义。

"……刚才你说有香港人一直要找《天蚕秘要》，没想到是万之锋，那只能是为徐瀚默找这缺本。"柯姐的眼神从纪叔棠脸上抽出来，又扔向我，"徐瀚默当年扒高沧写文章，也只是赚钱养家。都是码字赚钱的人，我能体会，写事实相对容易，像徐瀚默这种虚构偏要当成事实，不断地自圆其说，其实非常损神。首先，他自己要完全融入角色，深信不疑，才能一笔一笔往下写。硬是从高沧每本小说里扒出几条军事机密，一次一次无中生有，时间一长他能不走火入魔？"

这观点，我当然同意："徐老要找《天蚕秘要》，说是心愿，其实就是一块心病。而万之锋找《天蚕秘要》，无非是给养父治疗心病。现在徐瀚默已经病得不行，一本书把到他手上，他哪能仔细阅读？只要瞥一眼封面，看到《天蚕秘要》四个字，心里就多一份安稳。"

柯姐进一步总结："既然徐瀚默是有心病，那万之锋找书，无非就是找药。"

纪叔棠问："柯姐的意思是？"

我适时旧话重提："这本书没人见过，万之锋总以为老纪从地底下挖出来了。那么有还是没有，只能老纪说了算。老纪你说是不是？"

"你的意思是我们也搞一搞换皮书？这哪能哩！"

"老纪啊，钱赚到手，顺带还做好事，帮人治疗心病，怎么能拒绝？你那脑筋，要转得过来。"

"呃，这可以是我的一个题材，带人跟拍这个过程。这本书到徐瀚默手里，他有怎样的表情。"柯姐说话时眼睑上翻，天花板高远，吊灯低垂，恐怕她头脑里已经生成徐瀚默弥留之际的面容。

纪叔棠默了一会儿，又说："虽然万之锋有这需要，但皮面的工作总要牢实一点。随便拿本小说，包一张皮变成《天蚕秘要》，徐瀚默容易唬住，但万之锋只要上网搜一搜，立马查得到原书，这岂不是尴尬了？不是不帮忙，但要给万之锋一个面子，他愿意假戏真做，我们也不能露出马脚。"

"那就找一本网上搜不到的书。"

"现在哪还有网上搜不到的……那不就是缺本，天缺么？"

"都什么年代了，动动脑筋，总会有办法。"这时我脑子咯噔一响，浮现出一套书的书皮。

若不摆明说，纪叔棠不可能跟我一个思路。他嘴角挂起一丝意味不明的笑："老丁，总不能，我俩专门伪造出一本书，甚至你我分分工，没日没夜赶着写出来……再找老式的铅字排版，印刷。当年专供毛主席批阅的大字本，每种还印五十套；我们花这么大功夫，就印它两三套，或者印一套，再糊上《天蚕秘要》的封面，拿去打发万之锋？好事要做，不能把自己赔进去。"

"……你不是有黄慎奎的《碧血西风冷》么？这书现在除了你手头两套，再也找不出第三套。"

"怎么可能？这是黄慎奎最好的作品，武侠杰作呀！怎么能变成了别人写的？"纪叔棠脸上酡色转瞬像是翻出了血污，"高沧写得有这么好么？从来只有以次充好，有谁会拿着好货去冒充烂货？"

烂尾

柯姐的性格我大体了解，一件事做下来，如同将一棵树苗栽植成活，再随时日蔓延，上面肯定枝枝权权铺展开去。

当年影子写手一个个被发掘，重新出土，召唤前台，柯姐又约《西南文化周刊》做一系列的访谈，将这群人各自与写作相关的际遇作一番详细生动的展示。每一位写作者，必然有过成名之想，有自己的拼搏与幻灭，最后只在心头攒聚爱与哀愁，未曾登场已然谢幕。一篇访谈浓缩各自一生，细节处满满都是干货。最煽情的，是柯姐发动人手大面积搜索，竟找出这一类作品当年的读者，搜集他们相关的回忆，挑出其中只言片语，以对话气泡的形式配发在访谈文章的天头地角，引发一场集体性的怀旧。某些影子写手现出真身，才发现自己的作品，当年也曾打动过无穷远方素未谋面的读者；编撰的那些故事，纵是不入大雅之堂，也曾装扮了某些县城或是乡镇少年寒伧的梦境。当年读者，有些现已成为网络写手，从事各类型写作，但讲故事那份底子，是从海量的武侠小说里扒取而来。

按说，一类人的命运，和所有人的命运一样，乍一眼自带精彩独异，总体观瞻只能归入平淡无奇。系列访谈头几期并不难出彩，但往下接续难免后继乏力，观众注意力早已游离别处。柯姐同时也懂得，从传播学角度说，现在想闹些许影响，必须一条胡同走到黑，所以访谈的反响不管是好是坏，一定坚持，一路做下去，到底要达到什么效果不得而知，但停下来就会消失一干二净，仿佛什么也没发生。柯姐跟我讲过：现在的日子，闹腾得可怕，同时也安静得可怕，两只耳朵张开，你不知道闹腾和安静哪一个才是幻听。

终于，通过柯姐游说，韦城电视台开始跟进：在电视访谈节目里搞一期专辑，让影子写手和读者见面，畅谈当年地不分南北人不分老幼，各自一册武侠小说在手的盛景。那年头，说来也是怪事，所有人都知道金庸梁羽生哪写得了这么多作品，偏又只认这几个名字，像是几口黑箱，各种流派各路妖孽尽可以往箱里搁，大家需要的只是黑箱有掏不完的东西。

既是伪金庸伪梁羽生伪古龙，大都质量粗劣，但仍有一部分作品气质不俗，印成黑书，依然让人直呼过瘾，也曾受过读者追捧，只是读者不知追捧的到底是谁。现在，在柯姐持续的努力下，人们得以认识一个一个完全陌生的名字：耿多义、冯克异、江敬、汪申、吕叔来、刘毕一、何惠闻……

直到他们拿出当年以港台名家名号出版的书籍，台下观众（当然不乏专业观众）时而摆出恢复记忆状，抢话筒发言，有的确是临场发挥，有的显然脚本背个烂熟。有的说：这本书，我趴被窝里打电筒一页一页翻完呵，视力都那么搞坏的；有的说：我上课时用桌板上的细缝看完，一行一行移动，搞校对一样；还有的说：这套书当年没看完就被老师缴了，押金取不回半个月没早饭。现在你能签名再送我一套？

表面上，作者和读者相见，仿佛套用中央台《艺术人生》的搞法：多年后，老艺术家重返舞台中央，再次享受拥趸们的鲜花和掌声，彼此在回忆中渐渐进入角色，给个人记忆增添一份鲜活，给老艺术家追授一段高光时刻。韦城电视台的这期访谈，观众若有心往下看，分明是往《艺术人生》里添加《找到你》的滋味：那些一直被追捧却默默无闻的作者，终于现身，见面一聊，从交流阅读渐至互诉过往，作者读者说不清这些年来谁比谁更艰难，有些不自觉便有了拥抱，把泪水流淌到一块。这种"高光"和"治愈"杂然交陈的效果，显然精准收割了中老年观众群体。事后数据显示：该期访谈在奄奄一息的韦城电视台近两年所有访谈类节目收视排行中跻身前八。

柯姐见好不收手，再往后，给这些恢复真身的作者出版署有真实姓名或者本人专属笔名的作品，便成顺理成章的事情。

那天下雨，我接了消息，和纪叔棠开车赶去柯姐的工作室开会。到地方后，围着大会议桌已有一圈人。墙上滚动屏显示"影子写手作品正名出版工作第一次碰头会"字样。

会议还没开始，柯姐过来，大拇指反向朝滚动屏一戳，问这意思表达得是否磕巴？我说："前面听你聊过，知道是什么意思。"柯姐朝我肩头一拍，给我俩指派座位。参会有她工作室三位助理，明智汇成文化公司的老总和工作人员，韦城文化出版社数位编辑，以及博冠楼拍卖公司"武侠小说出版史研究专家"——也就是鄙人跟纪叔棠。

柯姐准备好发言稿，照念两段后把稿子一摞："都自己人，不说没用的。我干事风格就是绝不浪费时间，每次工作会都要有相关成果。今天先把这套丛书的名字敲定下来。"

明智汇成提交的丛书名是"武侠地下作者精品汇

成"。柯姐提出"捉刀客武侠名著丛书"。轮到出版社编辑,他们说今天主要是来学习。柯姐嘴一撇,话筒摆到我俩面前。纪叔棠平静地看着我,我坚决地把话筒推过去。纪叔棠今天这一身梳妆打扮,显然是给讲话稿搞的配套。

"后面是精品汇成,或者名著丛书,我这文化层次判断不了。至于地下作者或是捉刀客,我感觉都各有千秋,呃,同时也想到一个差不多的意思:幽灵派。"

"幽灵派。"柯姐问,"怎么想到这个名字?"

"台湾武侠小说研究第一人叶诚笃,把武侠作者分成十个派别,这么多年得到推广,所以我首先想到,内地的影子写手或者地下作者,不妨看成武侠写作江湖的一个门派。幽灵比较好理解:既知道他们存在,但睁着眼又看不见。他们身在十大派系以外,却又不能视而不见。"

"意思倒是贴近,仍有些旧,不抢眼。"柯姐咂摸一番,说门啊派啊尽量避免,写武侠和武侠里的人物情节还是有区别,要不然就跟八十年代的理解一样,以为金庸能跟李连杰过几招。

接下又有人提出"归来者",搭帮电影《归来》刚上映,不妨蹭一下热度。柯姐一口否决,她说这一蹭,还以为全是一帮劳改释放犯写的。这时柯姐目光朝我瞥来,我这会儿工夫已经想出来一个,就叫"看不见的人"。显然，我是受纪叔棠启发，又联系上从前看过的一本外国小说。

隔一天，丛书名称确定下来，就叫"看不见的人武侠名著丛书"。柯姐觉得这个名字能抓眼球。媒体上发消息，"看不见的人"，读者好歹要搞一搞清楚，到底是怎样的人，怎么就看不见？往里一看，原来是当年写武侠的未名作者，称他们为"看不见的人"倒没毛病。不管有无兴趣，多少留下印象。

"眼下马上着手第一辑，十种书。"柯姐打电话过来，"邀请你还有老纪都来当编委，有意见？"

我说当然没意见，然后问她编委具体有哪些工作。

编委从已知影子写手的作品里筛选第一辑的书目。有作品虽是挂别人名字，当年曾走正规出版社出版印刷，现在算再版，文稿质量相对齐整，成为丛书首选。如若当年印成黑书，要花不少力气重新编校，甚至较大幅度修改，编委这时自然切换为编辑。

电话是午后打来，柯姐必然也通知了纪叔棠。我心里掐着时间，果不然，稍后纪叔棠跑到我里，拉我晚上一块喝酒。我故意问他，喝什么喝，啥个由头？他奇怪地看我，说当编委了，这么大的事，难道不要喝一喝？我说你当了我也当了，那么应该谁请谁？他龇牙一笑，说当然是我请你。

我理解他的心情，当上编委，还没有入账，他自己先往外掏，晚上也会是一大桌。相对于鉴定师的身份或者黑书专家的名号，丛书编委显得如此名正言顺，还把名字印在书里，让纪叔棠确信自己脱胎换骨变成文化人。

隔一会儿，他就发来短信，晚聚订在望州西巷好运港。虽没去过，看这店名必是吃海鲜。我又回他信息：蚝啊贝啊螺啊多来点没事，虾啊蟹啊鲍啊忍着点，点菜一时爽，酒醒悔断肠。

转圈喝酒时候，他拽我到一边："既然我们当了编委，可以决定出什么书，那么黄慎奎……"

"应该没有问题，要说影子写手，奎叔那才叫做根正苗红。"我并不意外。

"他的书，由我来编就好，这个你没意见？"

我扑哧一声，提醒他："编委一大堆，酒一喝，这话说得像是我俩在拍板。"

"评入选书目时候，我俩总能发一发言，这个你比我能说。"

"你放心，《碧血西风冷》我又不是没看过。那套书，搁在所有的候选书目里头，都是顶好的，肯定没问题。"

那年外出挖库存，回到韦城我就问纪叔棠要《碧血西风冷》。他借我上册、中册，我虽没看出纪叔棠口中武侠名著的气象，但书一翻开仍有一股拉扯力，拽着我很快看完。问他要下册,他说那几天整理屋子,下册一下子找不见。我说你不是有两套么,都找不见?他说书是搁一起,要不见两本都找不见。

当时他没给我,事后我也没催他。虽然前面两册看着不错,一时还想往下追着看,但现在好书实在太多,任何一本没读完,搁几天就摆冷,不再叨念。

我备着也去桌上转一圈,来的每个同事都碰一碰。纪叔棠又拽我一把,显然当紧的话还没讲。我盯着他。他右手拽着酒杯,左手五指叉开,又将拇指和小指屈成环状。

"怎么了?"

"黄慎奎统共写了三种小说。"

"……你是想全都放进丛书出版?"

"难道不可以?"

"没谁说不行,你心情我也理解,但我们毕竟是编委,要对这套书负责。举贤可以不避亲,但总不能胡子眉毛一把抓,放进篮子里都是菜。"编委头衔一挂,我一开口也有点语重心长。

"怎么就不负责了?"此时纪叔棠表情很负责。

"你自己说过,那三部书里头,《碧血西风冷》明显高出一档。"

"其实……《阴魔伏尸洞》你是没耐心往里看。奎叔当时是照轻松路数写出来,没有写《碧血西风冷》

时那股野心，但现在再一看，更接近网络小说，说不定最适合年轻人的口味。《碧血西风冷》一字一句，太用力，现在读起来还有点老气、沉闷。"

"你口口声声跟我说，这是一部武侠杰作，现在舌头一抽，怎么就太用力、老气、沉闷了？"

《阴魔伏尸洞》我之前也翻了几页，照陈青云路数去，还只算低配版，硬着头皮没法再多看一页，只想扔地上。此时，我哪能不明白纪叔棠那点小心思？以《碧血西风冷》的质量，重新出版问题并不大；《阴魔伏尸洞》差一大截，但也想脱手，所以纪叔棠变身超市的码货员，快到期的货品往前排码放。

"《阴魔伏尸洞》，你再仔细看一看。"

我劝他换个思路："现在看武侠小说的本来不多，我们这套书弄出来，像是在冷巷子里摆水果摊，又大又靓的果一定摆上皮头，不这样搞，或许一个果子都卖不动。《碧血西风冷》弄出来先，读者一看，能把黄慎奎名字记住，往下趁热再推《阴魔伏尸洞》，还能保证一定销量……说不定，到时候《铁杖流星》也可以蹭一蹭热度，这套丛书顺理成章夹带了黄慎奎作品全集，那才是最好的结果。现在还真急不得……"嘴上这样说，我心知并不现实，如果我是主编，黄慎奎能进入这套丛书，只能是《碧血西风冷》。纪叔棠自己搞完一杯酒，默不作声。我接着劝："你要想好，要是《阴魔伏尸洞》先弄出来，把奎叔名头砸了，《碧血西风冷》就彻底凉凉。"

在博冠楼，纪叔棠听我安排工作，但在编委会我俩平齐。他的权力意识此时异常清晰，不再跟我多说，转天将《铁杖流星》和《阴魔伏尸洞》一块提交柯姐。

又过几天，柯姐打我电话，要我谈一谈对黄慎奎作品的看法。我摆明说："你们应该先看看黄慎奎的《碧血西风冷》。"

几天后柯姐单独把我叫到她工作室，见面没废话，直接问："碧血看了没有？"

"啥？"

"难道我们在聊《碧血剑》？"

"呃，看了。"我记忆里翻找当时的读感，部分细节仍然鲜活。

"真看了？"柯姐眼神杵了过来。

"难道还能……"我觉她神情不对，做出认真回忆状，"就看了上册和中册。"

"没看完你说好？"

"前面两册，已经非常出彩，我等着看完，纪叔棠找不着下册。"

"找不着？呃。你应该把这书看完。"柯姐推给我一沓复印本。复印纸把原小说撑厚一倍。

我带回去把下册一翻，便知下册不会是找不着，纪叔棠跟我耍了一番心眼。

下册和上中册明显不是一个人写的，甚至也不是两个人。上中册文字相对老到，叙述腔调也沉着稳定，情节流畅贯通。黄慎奎笔下，况名道、罗沙源几个人物形象渐次饱满，性格各自分明。一到下册，从二十七回到四十回终章，讲述忽然变得急促紊乱。更有甚者，中间的几回，况名道和二号人物罗沙源的身份、形象竟然频繁对调，混作一谈；最后几回，两人才被捋顺，像是魂魄游离已久又各附其体。我不难分辨，下册至少是三个人合写。这就跟编电视剧一样，事先商量出一个梗概，分段包干同时开工，磕磕绊绊糊弄成书，事后竟然没人统稿。

行文这么七拼八凑，印制这么仓促，又是为何？我脑袋里面扒拉一下原因，摆得上台面的只有一个：当时黄慎奎快不行了。

本来，他们平日一块喝酒聊武侠的几个兄弟，见黄慎奎因病实在无法治写，所剩时日已不多，出于好心或者义气，硬着头皮便一块上。几个人群胆群威，同心戮力，就跟打群架似的，把《碧血西风冷》往下拉扯得有头有尾，不求曲终奏雅，总要见着曲终人散。他们各自都读了不少武侠，学历纵是不高，小学中学也学过语文、写过作文，在一股江湖义气加持下，那一阵时日里，每个人头悬梁锥刺股，一枚一枚不听使唤的字眼强自摁在纸面,一个个情节费劲巴力连缀好,极短时间内凑够一本书。内部经络血脉是否畅通,哪还顾得上。

书从装订台上弄下来,墨气还酽,纪叔棠拖几捆送到黄慎奎家中,好歹算是了却他一桩心愿。

续写小说这事,我猜十有八九是纪叔棠撺掇起来,不知算不算好心办坏事。黄慎奎写武侠小说,平时找几个朋友试读,吃饭喝酒时一块㗒一㗒武侠情节,也是一种乐子;黄慎奎得了病,几个朋友代笔,简直义不容辞。但到这最后一部小说,黄慎奎暗自认真起来,不免寄予过多期待。书印出来,黄慎奎悉数运回秋湖港,病体稍有安宁,再一翻看,就觉不对,自己的作品往下怎么续成这般模样?这可是他心血之作,狗尾续貂使他心情一时冰凉,无处诉说,便把所有的《碧血西风冷》都裁为纸页,敲成钱纸……这对他所剩无多的体力,是有多大消耗?

又想:前一阵,纪叔棠不断跟我夸这书有多好,是否因为他本人的参与而掺杂过多主观的意愿?

我打电话给柯姐。她的看法跟我一样,单论上中两册,质量在目前待选的书目中肯定出挑,甚至可列入前三,但下册必须大改,或者重写。我说肯定需要重写。稍有写作经历的都能知道,整个下册紊乱到这程度,与其大改,不如重写。

"那么,小丁……这事由你来做,没问题?"柯姐用一种尽量轻描淡写的语气。

"……纪叔棠那边你说了没有？如果没说，我改他也改，撞一块总是不好。"

"纪叔棠我另有工作任务给他。他手脚慢，有好一阵弄这事。"

"他是不耽误，但《碧血西风冷》整个下册都要重写。柯姐，你知道，我现在在公司里管整个征集部，二十几号人……"

"辞职好了。"柯姐打断我，再打脱一声冷笑，"征集部，好嘛，部级单位？"

"柯姐……"

"老早想说你，一直忍住没开口。你爱写作，有摆旧书摊的兴趣，就去网上开店过一把瘾，也可以挂闲鱼、孔网、回收宝；或者退休以后开个门店养老。现在你正当年纪，到处去收破烂卖旧货，别说我会怎么看，你自己心里安稳？当初你跑来韦城，到底是为的什么，忘了么？"

我顺着她话想了想，闻到一股久远且潮湿的气息。是的，我分明是冲着投身新闻界写出大文章而来，哪想到每天籴进粜出赚一点差价，还让自己相信是入行了"收藏界"。

"……怎么不吭声？"

当初看《碧血西风冷》前两册，读来倒也舒坦，毕竟找不到当年阅读武侠那种沉醉；前几天看了下册，那种失望极短时间内便在我内心发酵出一股写作的冲动。我的写作能力，虽难入方家眼目，但只要时间花够，功夫做足，起码让全书前后贯通，气脉流畅，一般读者不会看出中间换了人手。

"……柯姐，辞职可以，但把这书改好编完，以后又去干什么？"

"你还用得着我给你一份保障？几险几金才让你心里安稳？"

"让我慎重考虑一下。"

"考虑哪有什么慎重不慎重，一辈子都不过是摸石头过河，说干也就干了。"

我似乎等着这样的话，或者这话也并不重要，但从柯姐嘴里喷出来，对我便产生了效果。

"时间怎么安排？"

"五天写一个修改的方案，再打一个详梗，一万五千字以上交我看。有没有问题？"

转　行

我本想请假，理由好找，要么就拿老爷子说事，反正他也是真有病，不算躺枪，而且以此为借口我也好回一趟老家，照看父亲和埋头写稿两不误。照看嘛，其实只要每天看得见就行，老人只要不躺倒在床，一般只会照顾年轻人……但一想柯姐杀伐决断的眼神，我就不想弯弯绕绕，直接辞职来得痛快。又想起古龙传记里有说，他写武侠，是被当时流行的一句调侃点醒：别怕挨饿，大不了去写武侠。多少年过去，挨饿这事基本见不着，却仍不见几个年轻人放开了手脚活自己。我确信这下轮着我了。

易总不免有些意外，说哪里不满意了？另谋高就了？找了一个天涯海角的女朋友，奔赴一无所知的远方结婚生子从此过上幸福的生活？我的请辞似乎触发了易总的灵感，至少是思绪纷飞，他始终面带笑容，不让我说原因，要自己多猜几回。我就让他接着猜。后来他猜累了，我才照实交代，只是要找一个地方去改稿，而且是帮别人改稿。说出来，难免令人失望，但我已然辞职，真还懒于另编理由。

"呃，这样啊……无着无落的，你先去写，写完了吃不饱饭还来我这里。"易总说，"我的经理可以兼职当作家，团建的时候我会把这讲成企业文化。"

我先把冰箱填满，然后在租住公寓房变回宅男，坐在桌前，花半天工夫找找老僧入定的状态，下午开始拾笔写字。平时都是用电脑，但现在我要用回纸笔，这样一种匠人的态度直接附体。笔尖在纸面划动，一开始还有生疏，渐渐听见一笔一画的声响，感受写字和标点时指头力度细微的差别，内心得来一种稳实。

写作这事，时间是最大的耗材，随墙上钟表走动，纸面上渐渐有了句子、段落和篇章，当年那种隐秘的快感又找回来。这样的生活，我已生疏了好多年。以前在报社，就觉码字太累，接了任务甫一坐下，文章完全不知如何开头。任务沉沉压在身上，但要稳定情绪，经常发狠通宵达旦，只要在椅子上坐够时间，一篇文章总是在交稿截止前不可思议完成。现在才发现，那种独坐窗前才能体会到的夜的微凉，那种看着窗外天一点点地变亮或者变暗，竟有那么点沁人心脾。

垃圾篓攒了一层纸球以后，头脑中的想法渐至清晰。

《碧血西风冷》人物形象修改方案：

一、况名道（以及海市蜃精）

A. 况名道逃狱成功之后，面对当初诱他入狱的海市蜃精，说是旧情复燃，实为重启淫心，此处显然不洽。至此，况名道的正面形象不断垮塌，反倒不如亦正亦邪的蜃精来得可爱。再说，主人公坐牢的经历，必须带有性情或能力上脱胎换骨的改造，这是自大仲马《基度山伯爵》以降而形成的情节定式或说是经典套路，哪能轻易颠覆？况名道狱前狱后犯同样的错误，前面长达数章的牢狱简直白写了。

B. 海市蜃精在原书上中册中，形象分明是日益可爱，虽出身为妖，却如同《聊斋》，妖也有善类，照此发挥，蜃精不是女一就是女二；但下册中海市蜃精越来越凶残，既有违前情设置，也减弱了这一人物在书中原本具有的分量。武侠小说中塑造好一个人物，十分不易，如此费心建立起来的形象，半途又自行毁弃，十足可惜。

C. 海市蜃精如果掌控西域第一邪派昊沙宗，就彻底沦为反派；同理，如果昊沙宗完全控制住蜃精，那么蜃精又沦为邪派兴风作浪的工具。两者的关系，最好改为相互依存却不至于沆瀣一气，如此情节可以翻生更多变数，而到最后，蜃精也有机会洗白自身。

D.……

修改方案弄好，便是找出问题，往下重新打梗概，便是如何解决以上问题。我将写作搞得如此步骤明确，找出问题解决问题，笔尖在纸面上划动，自带马不停蹄：

西域第一邪派昊沙宗苦练邪法，须获取海市蜃精每年一蜕的"掌心纹"，纹路密含有启示指引心诀修炼。蜃精每一年掌心纹都有稍许变化，领悟这变化，邪法方可逐年精进。

况名道与蜃精相恋，昊沙宗担心蜃精沾染尘世气息，掌心纹的变化不灵验，便出手干涉，一时江湖腥风血雨。正邪相分，人妖殊途，况名道迫于压力不得不与蜃精断绝来往。蜃精伤心欲绝，导致掌心纹"僵死不蜕"。昊沙宗一众妖怪没想出现如此结果，一时慌了手脚，设计将况名道掳去，强迫与蜃精成婚。况名道不肯就范，单枪匹马力抗众妖，没想他的剑招中同样隐含天蚕宗邪法精进的启示，正好代替蜃精僵死的掌心纹。昊沙宗强立况名道为宗主，况名道也暗下心机，表面佯作依从。宗主上位，况名道巧妙利用自己权职，从几位护法手中搜齐昊沙宗立宗秘宝"血竭七谶"。蜃精则盗取通天火珠，将血竭七谶尽数焚毁。月圆之夜，昊沙宗众妖浑身脏腑挪移，气血枯竭，或残或殁，毁教灭宗。

昊沙宗与蜃精毕竟同气连枝，灭宗时蜃精也陷入昏睡，况名道潜心守护，精心照顾，以内力为蜃精续命。数月之后，蜃精妖皮尽蜕，再醒来已回转处子之身……

只花一天，就把整个修改方案和简梗打好；简梗拉成详梗，好比麦乳精泡成汁，又费去两天。这三天，我一直在捋小说人物和情节，头脑里时而模糊地现出黄慎奎以及黎本忠。这两人彼此没啥关联，但在我看来，他们坐在灯下奋笔疾书的样子，应该大同小异。我揣摩着他们写武侠时候必有的那一份快感。对于读者而言，武侠小说可谓是"成人的童话"，对于写作者，要称为"成人的毒品"才恰切。我需要尽快领受这一点，让后续写作变得更为顺畅。

方案和梗概上交以后，柯姐也没回话，隔一天微信里转我一万块钱，注明是"首期创作经费"。这是她一贯的风格。钱虽不多，我分明看到另一种活法朝我挤眉弄眼。

虽然只是续写别人作品，顶多算码字民工，我仍当自己像作家。对镜子照一照，自嗨一下，竟发现长相本就是作家……其实，作家该有什么样子，我又哪里得知？到作协的网上找一找，竟然发现，长什么样的都能当作家。

多写几天，寓所就有些闷，窗外景致一成不变让我得来一种不安。写作有必要换一换环境，倚赖陌生感，切断和往日生活的关联，进入不一样的状态。于是我整理行装，开车去到两百公里外大墩岛，其实是半岛。车子一直行进，路渐渐变成了桥，跨桥能清晰看见海岸形状，看见漂浮水面静的是礁石，晃的是渔船，天空湛蓝得炫目，云也极多飞白。

我将车开到一处名为汪礅的古渔村，感觉可以在这住下。

这一带以前来过，还算熟悉，因附近有一个巨大且隐秘的海鲜市场，以前开海时节赶过来吃鲜。头一次应是易总带我们搞团建，当天喝多了集体留宿民宿，半夜还在海岸放不少焰火。那是我来韦城第二年的事，现在回忆，头脑中时而清晰时而漫漶，画面有一种失焦感。后面每年约上朋友，两三辆车，十来个人，围一大桌可劲地造。吃海鲜最好还是到海边，这里海鲜价格不到韦城一半，那边吃石斑鱼的价格，这边照着老虎斑直接一杵，专拣个大的。还有中华锦绣虾，几十块一只，玉米一样串起来烤着吃，能嚼出一股豪迈。海鲜丰盛，每一次酒也没少下肚，我的量一般，很快带着微醺离开朋友，再喝下去大概率要失态。我喜欢独坐沙滩的礁石，极目望海，直到日落。数小时发呆，思绪连绵，确曾冒出这想法：如果我是作家，一定要在海边长住一段时间，把海腥味塞进字里行间，没准就形成个人风格……现在真就来，坐回原来坐过的礁石，再向同一海面看去，海风兜头一浇，得来那么点恍惚。

此时不到旅游季，渔村冷寂，民宿放价，我有挑剔余地。我老远看见一只红色灯塔，围着它找房间，住进去，能够随时在窗前看得见。在我看来，不光是抬头见景，灯塔的寓意也好，有什么东西指引着我似的，而且还"红"。当然我提醒自己：这是替别人写哦，要"红"也轮不着我。毕竟现在什么年代了，再写武侠小说，字里行间都是非常老旧的气息。找到一家"九号民宿"，房间很小，窗户故意做得大，像个银幕直播一片海域，红色灯塔伫立中间。坐下来，闭上眼，耳中有了潮起潮落的声响，也正是我想要的。笔记本里有《碧血西风冷》的电子档，但大部分时间我是在稿纸上写画。以前我一直认为作家都是用手写，有很漂亮的手稿，所以我自己便也这样干。

这本书内部气息非常杂糅，是几个小弟为即将病逝的大哥代笔，小说看得多，但语文水平真是凑合，有这份心，没这份力气。下册的情节应是合编的，各自的发挥明显有差异，每个人的心性在这拙劣文字中都有对应的表达，说来说去，语言终归是一个人最难掩饰的性情。二十九回里，写到鹤冠道人为况名道治病，偏说配合汤剂，须得血脉贲张方可见效……以前武侠小说里，类似情节多有呈现，形式各不同，目的是要让男主半推半就和美女发生关系，很意淫的情节，精准锁定当时读者的饥渴的目光。接下来，不知纪叔棠一伙兄弟里头谁的手笔（我估计这部分不是纪叔棠所写，笔力比纪更弱一些），写况名道的结拜兄弟欧飞镰捉来一溜活色生香的青楼女子，剥个精光立在况名道身前，况名道不肯就范，欧飞镰一个一个开起杀戒，这番逼迫，后来竟发生效用，况名道满含热泪，以救人之名行糟蹋之实。

看到这里，确实已有恶心感，脑中自动呈现的画面，竟是鬼子训练新兵，奸杀淫掠，先交投名状再开拔上战场。新手写通俗小说，往往不懂隐忍，有时候稍一发挥，便已将庸俗置换了通俗人，再将骨子里的怪癖和阴狠悉数释放，且还当自己有超常的发挥，写出书中华彩段落，一时牛×得不得了。武侠稍一写歪，就特别爱写杀人场景，真就是身怀利器（一张纸一支笔），杀心自起。显然，整一大段都要大修，不必让欧飞镰放下屠刀立地成佛，但也不能这么随便杀人。

原文是古龙式的分段，恨不能一句一段，小说看着像叙事长诗。我修改首先是并段，让段落铺排得连绵紧凑，古龙式分段就变成还珠楼主一脉，记得这也是黄慎奎最初想要仿效的路数。我知道，这一弄，势必还要回过头，修改上册和中册。既然上手做这事，我不在乎多花耗气力。

……

鹤冠道人把脉良久，徐徐道出："此病当然可治，万事万物相生相克，天下病皆可医，决无不治之病，只看谁来施治……"欧飞镰嫌他啰唆，又往案台码两锭金子，只道你痛快一点写方子，我赶紧去抓。鹤冠道人苦笑："药材好抹，但药力生效，须得受治者穴道通畅、百脉贲张……可懂我意思？"欧飞镰说："我这弟弟现在运不得内力，哪能自行通穴开脉？要不然，打马骑驴爽一下，也有这般效用。"鹤冠道人神情一凛："我可不是这意思，但你说的这法子倒也管用，眼下老朽想不出别的招数。"欧飞镰说："妖道只管拿钱，备好药，其余事情全搁我身上。"况名道在一旁道："镰兄好意，只是我不愿糟蹋女人。"欧飞镰说："什么糟蹋，我花钱，你只管用，银货两讫的事情，不要任何负疚。"话毕，人已出离房间，转眼不见。况名道只有嗔怪鹤冠道人："治病就治病，何必搞得这么邪怪。"鹤冠道人龇牙一乐："这病再拖着不治，要死的是你，可不是我。"况名道身体疲弱，哪有不想医治的道理，问还有没有别的法子。鹤冠道人说："你小子不识好歹，结拜这么一个能耐大哥，要钱有钱，要人他去帮你弄来放到床头。我估摸，待会儿弄这事你力气不够，欧飞镰还会用他真气帮你灌顶，保准让你勃起，这份嫖资可不能白瞎。这样的大哥，比老婆都好用。"况名道确也浑身无力，稍后昏昏睡去。待到掌灯时分，才被人拍醒，让他服了药，他囫囵灌入几大口，极为苦涩，但恨病吃药，眉头拧成疙瘩也要将药汤喝尽。喝药之后身上多少起了暖热，以为到此为止，这时欧飞镰从外面挟裹一个大包袱，扔到床沿，抓住布面一角轻轻一抖，一具香软的胴体横陈于况名道眼前。鹤冠道人看得直咂津液，并说："乖乖，这鬼不拉屎的苍岭镇竟寻得着这等好货。"欧飞镰说："先治好病，再让你这妖道打马骑驴寻开心。"况名道摇头说："我哪有心情。"欧飞镰果然说道："你若是没了力气，哥哥给你，干这事能耗几分内力？我稍微灌你一点，够你用上整晚。"况名道说："我又不是驴子不是马，撩个母的来就能交配。"欧飞镰一看况名道眉眼间毫无行淫之意，还有显见的嫌烦，心下诧异，以他的头脑又如何理解况名道？思来想去，竟然将刀一拔，豁剌一声，可怜那女人身首异处，一腔热血悉数喷溅在况名道身躯。欧飞镰还道："肯定是这个不好看，兄弟挑剔得紧，我再去给你寻一个。"况名道怒道："没想你这等事都做得出来，你是人是鬼？"欧飞镰茫然道："只要把兄弟的性命救过来，再弄死几个贱妇又有何干系？"正要走，鹤冠道人却已满脸痛惜："不用再杀人，这么好的货，就这一刀就分文不值了呀。"况名道说："镰哥，妖道尚有痛惜，你连他都不如么？"鹤冠道人说："诶，可不能说我痛惜女人，本是妖道，背不起这恻隐之心。刚才你被女人热血一浇，自然血脉贲张，我这剂汤药马上见效。你看，你要是放开弄她，反倒救她性命，她也多了一夜云来雨去，无边快活。你这等冥顽不灵，才真正害了她性命。"

一段改毕，有些词的意思待进一步落实。我知道，许多词乍一眼看着去似乎眼熟，一查词典出入往往挺大。比如"啰唣"，印象里《水浒传》用得不少，这里看见稍嫌别扭，一查果然是"喧闹"之意，遂改为"啰嗦"。"交配"一词着实用得生硬，应该是现在的说法，武侠小说里面很少见到。又记起，配驴配马这事方言叫"开桩"，往这一用，显然更为妥帖。至于"胴体",字典里的意思是"整个身体除去头部、四肢和内脏余下的部分",严格说也是错用,但在武侠中胴体指代女性身体由来已久,成了习惯用法,考虑一下还是予以保留。至于"嫖资",古代另有什么说法,网络上查不到,手头的字典也不知如何查找。

这样每天爬格子,每天不停查字词,我确定自己既不像作家,也不同于编辑,应是杂糅的工种,更接近于某个冷僻行当的工匠。海边待了几天,那种枯寂比别的地方更甚。写作就是长时间囚禁自己,有时窒息感突然来得强烈,同时,也担心自己某些地方已经发霉,这便很想用酒浇一浇。

我往外面去,渔村矮墙绵延,墙体都是用糙糙敲打出轮廓的石头码成,上面枯死剥落的爬藤植物层层叠叠,石头成片地结着黑痂,却有几株三角梅和朱槿仍在开花,看在眼里也全是猩红色。渔村的狗都是黑皮,个头不大,狺狺地吠叫着,盯我很紧。我在遍山是狗的居住区长大,知道如何不动声色地经过它们眼前。走过一段灰黄色的围墙,一拐弯看见一户人家的院子,有围墙却没有院门,不知出于何种考虑。屋子火砖砌成,门是卷闸门,像个店面,却并不卖东西,几个男人在喝酒。海鲜被他们一锅乱炖,看着就像水煮杂粮。快要走过院门,一个男人走来叫我,"友仔,这时候才到?"我扭头看看他,他笑得眯紧了眼睛。醉鬼挺容易认错人。他拽着我胳膊往里面走，手很有力气，我想跟他说些什么，他冲里面的人讲几句本地话。本地话我根本听不懂，猜是说又来了朋友。他的朋友添置酒杯，本以为接下来会有介绍，这样澄清了误会，我该走就走。但他们并不打算彼此介绍，拽着我挤进人堆，并用老熟人的眼光看我，举杯邀酒。

"友仔，咣了，咣了哦！"

于是我就咣了咣了哦，连咣那么几下，酒也感觉不到是顺喉咙流淌，有入口即化的妙趣。这时我觉得他们每一张脸都似曾相识。

次日天光大亮我才惺忪睁眼，一看是自己租住的房间，昨晚怎么回来已不记得。这并不重要，我恢复了气力，接着往下写。吃饭可以叫外卖，可以找老板搭伙，我更喜欢开车去到那处海鲜市场，称两种海鲜搁一旁加工店做生料粉。这时候海鲜市场已不再隐秘，每天吃客纷沓而至，附近海滩也成热门景点，一到周末，任何可停车的位置都要收费。我在海岸吃海鲜粉，拖拖沓沓吸溜完汤汁，再回到房间内，一次次满血复活。这日子简单至极，有时会感枯寂，有时又觉得自己已然成瘾。

这段时间还是纪叔棠电话打来的，问我在哪，我前面几次都是搪塞，语焉不详，反正见不了面喝不了酒。这也不长久，另一天他问我怎么把工作给辞了。我正奇怪他怎么知道，易总不至于把我这事到处讲，他自己说现在他暂代征集部一室的经理。他问我在编哪一部，我自然早有准备，说是耿多义的《飞尸咒》，要改个名才行。《飞尸咒》我手头确也备了一部样书，笔记本里备着文档，是一个幌子，备着纪叔棠突然而至，看我在改哪一部。让他知道我在改《碧血西风冷》，毕竟心里尴尬着的，也不知柯姐怎么跟他交代，反正这事我不便开口。

我问："你又在编哪一部？"

"《阴魔伏尸洞》……柯总选了这一部，你应该知道。"

"还是这名字？"

"也要改。柯总有些古怪，书名里有个尸字她就高看一眼，选上来后又要把这尸字改掉。难道不是这样？"

我不得不夸他擅长总结，正好案例有两个，算不得孤证。

他说编稿上班两不误，甚至有了闲暇就在办公室里编稿，问我为什么把工作辞了。我说除了编稿，还有新的工作。他问是不是给柯总当上副手了，月薪多少。

"你现在接我的手，干得还顺？"我反问。

"……所以，我也辞了。"他说完憋不住笑。

我吓一跳，旋即平静，这样道："好吧，你文字功力见涨，一个'所以'我就难辞其咎了。"

"哪能跟你比，想转行就能转行……"他歇了一会儿，似乎嘶了口气，"我年纪大了，还拖家带口，有个单位总是多一份安心嘛。"

他现在也爱选用让我一惊一乍的词，说他要来"探班"。我把定位发他，说这海边清静，码字手指自带加速度。我还说："老纪你也请一阵假，一起来到海边，白天各自干活，晚上就在海滩喝酒，倒头睡，醒来写……"

"你不是在编稿么，怎么说得跟自己当了作家一样？"

"呃，"我赶紧回，"我这份稿要改的地方多，有时候一写一大篇，感觉还真像自己当了作家。"

"你厉害了，听说柯姐的那个耿多义本来就是作家。想想也是，柯姐眼光这么高一个人，没点本事怎么跟她搞对象？你厉害了，还能在作家稿子上大修大改，岂不是压人家一头？"

"水平有高低，状态有好坏，作家有时没状态，我也可以查漏补缺。闲话少说，你说探班，我就等着你喝酒。"

"当然，我编稿子不挑地方，过去也就陪你喝喝。"

说是这么说，自后一直没见他赶来，估计是小韦管他管得严，不容许任何夜不归宿。我将全书格式捋一遍，增删字数并重写下册，我的码字量不下四十万，前后用了三个多月。这活我是仲夏时分上的手，天气正热,将要改完,时令已是深秋。以前我在报社写文章,顶多两三天必须提交,一写三个多月完一个活,这时心情以前不曾有过。

此处海湾没有冬天,深秋还有余热,只是海风刮得响,耳畔多些凉意。写作间隙,岔神一想又是好笑:我只是干活,书印出来可不会署上姓名。为了让影子写手浮出水面,现在我又来当一回影子写手。

这天下午按说能将小说整个改完,原书末尾是写况名道和蜃精既不能在一起,又不愿分离,用不少篇幅,搞出大量心理描写,终究一个大团圆。我倒是奇怪,那个年代的武侠小说,结尾除了大团圆,还是大团圆。正派总要干死反派,男主女主历经劫波从此隐遁做神仙眷侣,仿佛是当年所有武侠必然的终局。每一部都如此,感觉有点烂透街,但读者就吃这一套。

这结尾势必要改,如何改,如何干脆利落地结束全篇……甫一坐下,我以为问题不大,没想最后一关总要将人堵一会儿,放小说里就叫"延宕"。这时我情绪稍有松动,竟至涣散,一时捡不起任何修改思路。便提醒自己必须放松,目光搁到窗外。这个下午,红色灯塔附近有一对新人在拍婚纱,加上工作人员五六个,一直在忙。我没有拍婚纱的经验,这一阵经常看向海滩,已然看出来拍婚纱照竟是体力活。我坐窗前一直发呆,烟是头尾相续,看着那对新人迎着闪光灯呆滞地挤出笑容,灯光闪过，表情转瞬变了嫌烦。新郎两三次搂着新娘哀求，显然是有口诺：坚持，再坚持一会儿就完事，明天我给你买……四点半左右，当天的拍照终于结束，新娘乍然放松，竟尖啸一声，然后拖着婚纱冗长的裙摆小跑着踏进海水，一直往前，水面逐渐没膝、齐腰，最终齐于胸口。这时浪头不低，从远处排挞而来，新郎新娘便在水中抱紧，待浪头拍至身前，一块跳起，浪花便将两人前推好几尺。落下以后，两人扭头往前几步，背转身再等下一个浪头。他俩一遍一遍重复这个过程，海浪一推，两张脸高高扬起，眉眼间满是苦尽甘来。

窗外这一切毕竟感染到我，稍后，顺然拿捏出个结尾。

蜃精说："现在我叫许翊凌，不是你的什么小妖妹妹。"况名道见明明是她，横不认账，内心怆然。再看她一脸神情，蜃皮蜕尽以后，似乎忘了先前一切。一旁罗沙源却说："骗人毕竟是我本事，小妖，我教教你。此处你何必说现在我叫许翊凌？既然这样说，那便知道自己之前不叫这名，另有真身。"况名道听得一喜，赶紧点头，说你其实已承认。蜃精依然冷冷道："你们可以自行理解，但我到底什么意思，终究还是自己说了算。"况名道忽然想到怀中一物，遂将两块掌心纹掏出，让蜃精做一比照。蜃精娇斥一声荒唐。罗沙源又说："荒不荒唐，一证便知。"蜃精将手掌凌空一托，接过两张掌心纹，只一闪眼工夫，掌心纹竟在她掌心成灰，一股微风吹至，灰尘悉数扑落，蜃精两手空空。这时她还干涩一笑，嗔两人多事。转身待走，况名道哪里肯依，身形一闪，直接挡在前面。他内心明了，今日一旦分离，从此人神道殊，万难重逢。一众侍婢拔剑格挡在两人中间，罗沙源、欧飞镰一众兄弟也一拥而至，眼见情途末路，竟要以刀剑了结。这时远方天空风沙又起，悬浮半空，凝结为蜃楼，且如通天巨浪，排头压来。蜃精这时忽又长叹一气，并说："你要牵绊于我，须到达我的地界，要不然心头再多不舍，彼此又能何处逢迎。"

蜃楼看似缓缓前移，转瞬已到眼前，蜃精此际不敢再有耽搁，也不敢再多看况名道一眼，身形飘忽向前，蜃楼正好移至，蜃精便像画中人，贴上了这幅垂天盖地的大画当中，众侍婢赶紧跟上，依旧服侍身侧。况名道不敢怠慢，也往前追，身体与蜃楼相接，却只划过一道气浪；明明已至蜃精身前，扭头一看，仍只见蜃精背影。他哪能甘心，再次往前追，反复再三，但身体只是频繁划过蜃楼。蜃楼对于蜃精是所居之地，对于况名道则是永远无法抵达的异域。此时况名道多次折返，蹿前蹿后，扭头一看，永远只餍精背影，仿佛她身体前后两侧俱是背影，而本人已被抽离，消失于光影漫漶的天地间……

写完这段，我浑身已然轻松起来。往下，写一段兄弟们对况名道的劝诫和安抚，再写一段况名道内心的凄楚，大团圆换以此情绵绵无尽期……三个多月劳作，今天收尾自是没有问题。此时，我脑中想的是去哪买几瓶好酒，天黑以后拎到平时蹭饭的那个院落。稍微平静下来，又不免猜测，柯姐看到这结尾会怎么说？"……小丁，八十年代的武侠小说，结尾怎么被你整出个异次元空间？"

替身

二月份，丛书第一辑十种二十三册上市。书照着收藏品制作：亚麻布精装带函套，版画藏书票、作者名章、毛边限量版一应俱全，定价极昂，多路营销。柯姐说，现在反正没几个人看，倒是有不少人藏书，只能棋行险招，死里求生。她前面的运作，使这套书具有一定知名度，销量比预想中稍好。第二辑六月份又推出来，这里面有《天域魔堡》，是由《阴魔伏尸洞》改过来。

这时我已将《碧血西风冷》下册重写，前面两册也做了修改，交给柯姐。她那天叫我去，嘴里叼着石楠烟斗。

"我没看错，你就该干这个，后面这部分修改得出乎意料……"

我并不意外，等着"但是"。

"……但是，现在后面改好了，和前面又太不谐调。我看出来你前面部分也有修改，但力度不如下册，整个一看就不配套，别的小说多是虎头蛇尾，这一部现在看来是后面渐入佳境……但如何保证人家熬得过前面两册看到下册？你看能不能再回过头，下点力气，把上中两册跟下册拉平？"

"按你的意思，索性上册中册也重写，这样我也来得自在。"

"经费不是问题，重写要多久时间？半年可以不？"

我不免替她着想："柯姐，第一辑每部书印量是五千，一套定价一百多，不打折全卖出去也赚不了多少。开支一大，补得回来么？"

"卖书肯定是赚不了，所以我要把影视版权考虑到。现在我看过几十部书稿，最看好的就是你编的这一部，里面人神妖都有，应该是适销对路的一款。"

"现在网络小说里这样的故事不少哩。"

"你要相信我的眼光，这一部相对于网络小说，时新的套路不缺，又有出土文物的气质。钱面上的事，你不用操心。现在谁还考虑卖书赚钱？"

"卖书赚不了钱，还能怎么赚？"

"做你分内的事，不瞎操心。"

一想倒也是，我要考虑的是要不要继续写，愿不愿接着干。前面跨越整个夏天的码字生活，别人看来几多枯燥，我身临其境，竟是有些意犹未尽。每天坐在面朝大海的窗前写小说，饿了想吃鱼，或者真就出去找地方吃几条鱼；累了就睡一会儿，却极易梦见自己死后被鱼分食……枯燥和寂静中，某种奇妙的轮回暗自生衍。三个多月下来，即便是处理这通俗文字，我也有整个下午挤不出一字的窘迫，但次日往往补偿性地变了异常顺畅，我会毫无倦意写个痛快。写作就是一日逢魔，一日逢佛，自身的状态总在好与坏中无序地切换。每晚在床上躺平之时，我会期待来日文思泉涌，两手往键盘上一搁，如有神助地轻松码出一万字。我曾在某篇访谈里看到过，某位女作家声称自己是"自动写作"：从不知道自己要写什么，也不知道小说怎么写出来，但就能跟随某种神秘的指引，一天一天往下写从不间断，著作等身，还闹腾出一丢丢国际影响……妈的，这样的好事我也想有，便这样一天一天往下写，万一身体里某个神秘的开关被灵感撞开，真的哪一刻就进入了"自动写作"……怎么听起来倒像不劳而获？

既有期待，日子总还好过。

听柯姐安排，写好结尾再往前捯，把开头重新捋一遍，也不是问题。眼下，我想到是另寻一处海滩，找到可以月租的海景房。

丛书第二辑印出来后，作为编委的纪叔棠自己弄一大桌，叫来朋友以及博冠楼一些同事。除开吃饭，他给每人送一整套《天域魔堡》。相较第一辑，第二辑制作标准明显缩水，拿手上一掂量，纸张变轻。硬封不再是亚麻纸，换以布纹纸；封套当然也取消。据说第一辑印出来，不少读者不理解抽拉的封套，以为是外包装，拆了胶皮就连着封套一块扔，然后又嫌这书定价太贵。第二辑封面是电脑绘图，走暗黑风格，男女侠客一概画得像吸血鬼，乍一眼看去，跟《暮光之城》是一个系列。

第一辑丛书，我俩的名字要在版权页找。到第二辑，《天域魔堡》很大篇幅也由纪叔棠改写过，所以作为"校订"，他的名字头一次印在了封面，此时的兴奋便不难理解。前面那辑出来的时候，他就想请客并把书送人。我劝他稍安勿躁，还没赚着钱，送什么送啊，一辑十种书都跟自己无关，送人挑哪一种合适？难道逢人送一整辑，二十三大册？

"……你掏了钱，他们还怕那么一大捆，扛回去闪了腰。"我友情提醒。什么年月了，给人送书大都费力不讨好。

"我也是编委。"

"好嘛，照这么搞，以后别人做书，为增加销量，都会找来请你当编委。只要掏得起钱，你会是全国编书最多的编委。"

他这才作罢。

接后我住在防港三块石一带海滩民宿，继续修改《碧血西风冷》，进展顺利，到春节前，上册书整个重写一遍，不敢太使劲，要不然改好上中册太出彩，接下来柯姐还要我重写下册，就像锯桌腿老也锯不齐，就一直锯下去。

歇气的时候回了一趟韦城，再接着干中册。纪叔棠忽然打来电话，却是抱怨："黄冼清……这家伙，你还记得不？就是黄慎奎的那个儿子。"

我想了想："……一千块钱，直接打他账上。"

"这印象准确，一百块钱也要直接打他账上……就这么个家伙，果然爱找麻烦。《天域魔堡》出版前，跟我签的是编校合同，跟他签版权合同，各六个点，也不低——你看，首印是六千套，定价八十六，他不用操心拿到三万。现在书印出来，他竟然打电话说分配不合理。"

"按合同办事不就完了？"

"我忙前忙后几个月，他竟然说除了书名，没看见我修改了啥。那意思，是我找个借口分他的钱。丁总你说，我哪是这样的人嘛。"

"现在请叫我丁编辑。"我说，"如果他电话打给我，知道我会怎么回答？"

"赶紧说！"

"我就说：如果你这么认为，我个人表示理解。我支持你去法院告我，走法律程序，让分配变得更为公平一点。"

"哇，就应该这么说……但我现在不能再打电话过去，把你这话再说一遍。"

"怼人脸对脸，事后干瞪眼。"

隔一天他又给我打电话，换成操心豆瓣评分的事。前两辑二十种书，都挂在"豆瓣读书"的页面，分数却拉开差距，而且落差悬殊。耿多义《幻念妖琴》得分最高，八点六分，往下有了断层，排名第二就到六点几，一路缩水，垫底的才三点七……不偏不倚，正是这部《天域魔堡》。而且，黄冼清已经打电话到出版社，他认为是纪叔棠将他父亲的书搞坏了。"要不然，二十种书里排名垫底，也是不容易对啵？"

此时纪叔棠跟我说："你也注册了豆瓣吧？帮这本书打一下分，再评几句。"我说就是打五颗星，也会被三点七稀释得可有可无。纪叔棠不禁哀叹："他妈的，八点六，三点七，两套书我都看过，哪可能差这么多？"

我只能说，总体感觉，豆瓣里的评分……也不至于太不靠谱。现在我看书看电影，经常参考豆瓣的评分，评分高不一定看，评分低一定不看。

电话那头，纪叔棠忽然压低些声音："《幻念妖琴》为什么得分这么高？有人跟我说，耿多义就是柯总以前的男朋友。她做这套书，主要是冲着这人，然后我们苦心巴力，都是给这人抬轿。"

我问听谁说的，他道出两个编委的名字。

"这也说不过去。整套书都是柯姐策划、推广，如果她能够掌控评分，那么她会把每一套的评分都往上拉，不会自己压低哪几部，就能抬高哪几部对吗？再说手心手背都是肉，每本书卖好卖差都跟她的收入直接挂钩，柯姐这道理都搞不明白？"

"……《天域魔堡》是保不住了，往下就看《碧血西风冷》。这一套可不能乱动，编书之前，我去黄慎奎坟头烧香烧纸，征求他意见。"纪叔棠哑了一会儿，接着喝水。一口气大概喝了大半瓶矿泉水，电话里故意传来汩汩的声响，往下又说，"老丁，我能力是弱一些，但是不在乎力气，两肋插刀也要将事情做好。这是我做人的原则。奎叔要是着急，那么最好半夜托个梦，给我点灵感嘛。听说写得好的人都要吃灵感、受启发，我竟没撞到一回灵感突现的时候。"

他自顾感叹，准备再一次为黄慎奎修改作品。我却听得头皮发麻。纪叔棠还不知道《碧血西风冷》正被我整个重写，总有一天知道，到时候我俩再撞面，他会不会直接拿眼神剜我？难道我能问他，哪个作家是往自己肋排上插两刀，便赚来灵感将小说写好的？

柯姐每个月都打给我创作经费，我也及时把改好的部分发她审阅，等于全书改写和品控同时进行。果然有一天，柯姐告诉我，纪叔棠问能不能由他接着编《碧血西风冷》。她便把情况告诉他，并把我改动的一些章节发给他看。

我本想着怎么跟纪叔棠通话，后面就成了等他打电话过来。而他一直没有打给我。

整本书重写一遍，时节已近清明。交稿约莫一周，柯姐电话叫我去她工作室，我去时是下午两点，她还没来，便坐在冗长且空荡的走廊等候。那是明月湖畔一栋五十年代的苏式砖楼，被列为市级文物单位，不知切合了柯姐怎样的心思，她花费高额租金住这破屋子。楼道两边是小间宿舍，采光不够，新装的电梯在楼道另一头，涌入大量白光，灼人眼目。闪眼的工夫，楼道里多了一个人，逆着光，我只能看见他轮廓剪影，好一会儿才看出那人朝我走来，而不是朝电梯走去。那人越来越近，我从剪影中寻到纪叔棠越来越多的特征。年后我都一直没见着他。

他越来越近，我忽然不知面面相觑那一刻怎样向他寒暄。当他走近，忽然朝我这边猛蹿一步，然后一拳朝我肚皮捣过来。

"改得真好！"

被他捣那一下，我浑身得以放松，摆出表情，要他接着讲。他搂着我的肩说："呃，你写出了黄慎奎想要成为却没有成为的那个自己。"

这一句显然不是他能脱口而出的。我便将他手握住，说："接下来，你来编这本书，再写一个序，把四海书店还有你们的事，都写一写。"

"你背着我花这么大力气，现在有我什么事？"

"必须由你来编。"我手上用力，他也下意识对抗，仿佛我俩都还很年轻，甚至是少年，在一个班读书，打闹嬉戏一不小心还会红脸。

"好了好了……"他毕竟大我好几岁，率先扛不住，跟我说等下听柯总怎么安排。

柯姐走过来时一路抽烟，火星在廊道一闪一闪，情绪似乎不对劲。

她带来的消息是：丛书前两辑确实亏了不少，现在"明智汇成"已经退场，由韦城文艺社全面接管以后的编务。她已经将我改好的《碧血西风冷》提交，对方承认这部小说质量不错，在这套丛书里头可以排头几名。质量不是问题，作者名字却有麻烦，"黄慎奎"。前面两辑二十种书里头，《天域魔堡》既然垫了底，作者名字再往书封上印，摆明就是拒绝读者。

"那这书出不了？"

"你不懂我的意思。"柯姐说，"他们只说作者名字不适合再上封面，明白？"

"那就用回他本来的笔名，荒神。"

"当然更不行,这套书总序里写得明明白白,要让'看不见的人'重返人间,重归大众视野。以前的武侠,作者名字什么卧龙生、伴霞楼主、诸葛青云、独孤红、蛊上九……全是这个套路。现在我们就要用最真实的名字,张三李四,隔壁老王,越普通越好。突然来个荒神,把整个体例都搞坏了。"

纪叔棠说:"黄慎奎再没有别的名字。"

我说:"难道把黄慎奎换成纪叔棠?反正纪叔棠也是作者之一。"

"是个思路,只要不是黄慎奎。"

纪叔棠赶紧说:"柯总,我也不是跟你抬杠,要换只能换成丁占铎,反正,这书几乎就是他写的,黄慎奎只是提供了故事。"

"我绝没有这个意思。"

"你看着办吧。"纪叔棠眼神丢给我,"要么黄慎奎,要么丁占铎,两者任选其一,别的都不行……或者把两人都写上去?"

"我已经说N遍,只要有黄慎奎,韦城文艺那边就不好交代。"柯姐说,"现在不明说,这就是末位淘汰,三点七分实在太低,翻不了盘。"

纪叔棠再次看看我,露出一种洞悉一切的平静。我感到这是赤裸裸的误解,有种百口莫辩的疲累。前面大半年时间改写小说,确曾体会从未有过的写作快感,但此时，别人看来都是别有用心。

"署名只能黄慎奎，要不然不要出版。"我急中生智，"作者名不改，书名改一改，咱们放个大招，能不能通过？"

两人摆出愿闻其详的神情。

"把《碧血西风冷》改名《天蚕秘要》，蹭黑书第一缺的热度，再说这书眼下没人见过……"我说，"《碧血西风冷》正好两套，纪叔棠手中那一套，先换了皮再说。这对于老纪不算个事。"

"但《天蚕秘要》是高沧的作品……"

"那是港版《天蚕秘要》，而大陆版的《天蚕秘要》，黑书第一缺，为什么极受读者追捧，几十年一直被人寻觅？因为它内文出自另一神秘写手……我们都能编小说了，还不能编一点自圆其说的事实？"

纪叔棠脑袋一抽："书里内容一看，可跟《天蚕秘要》没有任何关系。"

"这个很好处理，电子稿里面，一个替换，把'昊沙宗'换成'天蚕宗'。"改写数月，书中内容我信手拈来，"是有些勉强，但武侠小说的书名，哪有这么多道理可讲？就像《天龙八部》，谁都看过，有哪一个搞清了书名和内容之间到底什么关系？"

柯姐恐怕没有全听明白，纪叔棠自是懂我意思："给书换皮没问题，但小说出版社已经看过，能不知道原来是昊沙宗,现在忽然变成天蚕宗?"

"只要他们愿意相信,他们就、会、相、信!"我适时地一字一顿。

事已如此,也只能死马当活马医。接后我和纪叔棠分工,一块行动,他负责换皮,我撰写新的文案。《碧血西风冷》怎么就变成《天蚕秘要》,编撰一个故事。我还在网上搜集能够证明《天蚕秘要》在黑书界影响力的各种证据,截图剪切,少不了一些做图处理,打印出来一并钉入文案。

文案里说旧版《天蚕秘要》是海滨出版社出版,那么现在给《碧血西风冷》换皮,就不能再循着黄慎奎的描述,做那种低配版丝网印刷的神仙皮,要照海滨出版社一贯的风格和印刷质量,重新设计,做出一款《天蚕秘要》的封面。重新设计不是问题,现在任何一家路边打字店的编辑修图能力,都不亚于八十年代国营印刷厂。一周以后,纪叔棠把换皮的书拿给我。我拿在手上前后翻看,好歹也算行内之人,翻了几分钟仍没看出破绽。按说,重做一张旧书皮,最便利的是用激光彩打。这种事,以前我们在博冠楼没少干过。一本旧书哪都没问题,但封面稍有破损,便折价大半,于是用电脑扫描、处理,再用激光彩打出来。要知道,亡命之徒都用这玩意造出假币,一般的印刷品仿造出来,自是不在话下。但这次,我拿到换皮的《天蚕秘要》一看,纸张明明是旧纸。新印的书封，挂墨通常泛酽，流于浮艳，但这张皮的墨色极为沉著，浑然老气，目光抚摩其上自带一种舒适。

"激打都能到这分上……"我说，"打出颜色花纹，还能打出包浆？"

"这可是花了血本。"纪叔棠一笑。为了这效果，他网上淘来旧纸老墨，再请退休的制版工帮忙制版，还在韦城周边老县城找到一台八十年代最常用的四色胶印机。开机一弄，两百张起底，再试以各种做旧法，最后挑出效果最好的几张，换到《碧血西风冷》的书芯。

方案报上去，就没我俩的事，如何说服对方，是柯姐的能耐。苦等几天，柯姐给我俩前后脚发来消息：接着做！

解

读

……大家都知道,《天蚕秘要》是香港著名作家高沧的作品,三十多年前,通过当时特定的渠道引入大陆,由并未公开注册的海滨出版社出版发行——我们就叫它海滨版吧。因为印刷厂的意外事故,这套小说印成后只有极少一部分流入市场,极少数读者有幸接触,纷纷惊为神作,口碑爆棚。每一套现世的海滨版《天蚕秘要》,在当年都引发了排队阅读的盛况,彼此约定借书速还,传递下家,绝不能拖延。一些书册一天到晚一直被翻阅,脱皮断线又装订加固,直到彻底翻烂,没法再看。当年读者对《天蚕秘要》的追捧,在嘿书整体转变为收藏品后,也一直延续。那么,从看武侠要看《天蚕秘要》，到收藏要收《天蚕秘要》，是否存在着一种神秘的传承关系？总之，神作终究是神作，自带光环。

完整的海滨版《天蚕秘要》，全套三册存世极少，被嘿书界专家黄慎奎列为第一缺本。这套书现在收藏界有价无市，当年投入市场量少，供求过于紧张，还派生出不少手抄本。前几年，我供职的博冠楼计划购入其中一套，虽不是全本，索价依然很高，最后没能交易，甚为遗憾。作为知情人，我现在首次透露：传说中的嘿书第一缺本，海滨版《天蚕秘要》，并不是香港高沧的原作，并不是香港大维出版社原版。这到底是怎么回事哩？

其实，《天蚕秘要》原作当年在香港也未能面世，只是书名印在报纸广告和其他小说的内封，印出后被封存，不能上市……具体内情，大家可以参看香港掌故大王徐瀚默的相关文章，原原本本，详细备至，我这里就不多说。既然不是高沧原作，那当年令读者惊艳不已的《天蚕秘要》到底是谁写的？现在，只有我能透露这个秘密：海滨版的《天蚕秘要》，许多资深武侠迷至今念念不忘的《天蚕秘要》，作者正是嘿书目录最重要的编撰者黄慎奎。这又是怎么回事？

有必要先说说黄慎奎这个人。现在业界都认我作看武侠嘿书最多的人，如果黄慎奎在世，我是愧不敢当的，某种程度上他就是我未行跪拜之礼的恩师。他长年经营四海书店，不求全只求专，三间门店只做嘿书，全国可能也独此一家。各地嘿书都在四海书店汇集，一句话：黄慎奎没摸过没看过，都不好意思叫做嘿书。他守店每天都看，日积月累，故事在他头脑中打乱了再自行排列组合，到一定时候，不写出来会把自己憋坏，于是有了他第一部小说《天域魔堡》。

……黄慎奎第二部小说写出来，本是名为《碧血西风冷》，为何流入市场又变成了《天蚕秘要》？毕竟前一部《天域魔堡》因种种原因销量不佳，我们厂罗老板不愿意印。黄慎奎并不发愁，全国所有印嘿书的厂子他都熟，后来把书稿送去海滨出版社。海滨出版社一直和香港大维出版社有秘密合作，高沧的小说带过来，都在那里印。而且，当时刚刚印好《天蚕秘要》封面，没想这回高沧的原作因故没能按约定送来。正好，阴差阳错，把黄慎奎的稿子印成册以后，用不着化名金古梁，直接把《天蚕秘要》的封面贴上，凭高沧前几部书积攒的人气，会有不错的销量。

这里必须说明：黄慎奎的小说，实在是比高沧高出好几个段位。黄慎奎的第二部小说，武侠的杰作，就这样摇身一变，成了高沧的《天蚕秘要》。当年纵是只有极少量流入市面，也迅速在读者中间形成口碑，甚至形成了绵延至今的影响力。更没想，《天蚕秘要》仿佛是一个受到诅咒的书名，大维出版社印刷的时候发生了火灾，海滨出版社刚开版印刷，只印出几百套，厂房忽然轰然倒塌……

新一期的《西南人物周刊》推出一组文章，配合"看不见的人"武侠名著丛书第三辑的出版。该辑阵容缩水，只有六种十四册，每一种书的编辑或特邀编辑，撰写文章介绍自己编撰的这部作品。《天蚕秘要》是该辑首推的一种，我和纪叔棠共同编辑，文章各写一篇，也正好配得上"首推"之作。纪叔棠的文章详尽回忆黄慎奎写作的历程。写之前我们有过沟通，所谓的经历只是配合出版之需要，不必事无巨细一一铺陈。如此一来，在他讲述中黄慎奎生前的作品从三部变成两部。

他将稿子写好，用不着别人，我来替他修改。看到"现在业界都公认我是看武侠嘿书最多的人"这一句，不禁莞尔：黑书业界在哪，谁看黑书最多，又如何检验并形成共识，分明都是捣糨糊。而且，大维出版社和海滨出版社出事故，前后十二年的时差，经我们共同编排，变成同一条生产线的前后联动。这些所谓的回忆，读者也只是当故事来看，谁又在乎真假，谁又会去考证？又如何考证？有时候，以纪实的笔调去写一些文章，却更能体会到虚构的快感。

黄慎奎版黑书目录当中，《天蚕秘要》何以名列第一缺，当然由我诌出来，放入纪叔棠的纪念文章。

> ……黄慎奎的书目之所以是众多嘿书书目中最权威的版本，在于四海书店常年进货出货都有详细账目，烂笔头强于好记性，别的嘿书藏家凭着脑袋，凭着有限的藏书整理出的书目，哪能跟黄慎奎翔实的记录相比。
>
> 黄慎奎本是极为低调之人，晚年动笔写武侠无非业余之好。临到最后，写出《碧血西风冷》，不管如何更名，毕竟是他心血凝结。小说出版往往有个吆喝过程，甚至闹响便成了事实，若闹不响，再好的作品被时间淹没也无人可惜。黄慎奎的小说都是署别人名头出版，他本人还不便吆喝，临到后头，纵有朋友好评，社会层面并没获得反响，纵是旷达，亦不免小有落寞。这时，黄慎奎能为自己作品争取到的唯一待遇，便是编一本嘿书目录，将这一部作品列为显要位置，或许还能让人记住。当然，严格地说这并非他本人意愿，实在是众望所归……
>
> 编这份书目，我们以四海书店为聚点的一众朋友也有参与。目录编成，还是我提出来，既然费这

么大功夫编书，最后还是要有一个排行榜，这个最抓人眼球，就像武侠小说里帮派总有高低。排什么样的榜，大家意见并不统一，一开始想评出最好看的武侠嘿书，也都为此忙碌起来，但评来评去，各自的意见差距较大。那也是记忆中最难忘的一段时间，我们从阅读者摇身一变成为武侠小说的品评者，各自看好的作品都摆上桌面。实话说，我们学历都不高，水平捉襟见肘，评来评去谁也说服不了谁。瞎评一阵，才都意识到，大家都在妄自尊大，我们其实没能耐评定文学性的高低。

　　我又想到，能不能从稀缺程度排个榜。黄慎奎本着严谨态度，说目录中的缺本，稍一统计就有好几百。但哪一种才是最大缺本，谁又能统计存量？这时我们都串好了，跟他说，书目若要传开，第一缺不能不排，就像群龙不能无首，三军不可无帅。黄慎奎还有些为难，说我确实不知道哪一种是第一缺，这要怎么评出来。我们又提议，评不出来，那还是少数服从多数，搞一搞表决。于是每人都提名四五种，汇集起来，这里面自然会有《天蚕秘要》。

　　黄慎奎一看哪不明白，我们几人平时跟着他看武侠聊武侠，心底里认他是个好大哥。现在突然到了告别时刻，所谓"第一缺"，其实是不成样子却又独特的纪念。

我们一再坚持，少数势必服从多数。黄慎奎一时竟有些急，这样表态：我自己的作品，不能进这个目录，更不要当什么第一缺，无意义。编这目录就是为了好玩，这还挟带私货，不是让别人笑话么？不是比那些当官的更不要脸么？

他的态度很坚决，我接着劝，这书别当成你写的，那是高沧作品。他说里面到底谁写的，别人不知道，你我还不知道？我卖了这么多年嘿书，嘿书确实老在糊弄读者，但我们不能糊弄自己。

目录编出来时，黄慎奎已经躺在床上下不了地。第一份手稿我们中间写字最好的石季明抄写出来，拿给他看。当时，《天蚕秘要》在誊抄好的目录上是见不到的，免惹他不高兴。有些人会假装推托，心里巴望别人不按他意愿，黄慎奎可不是这样。他过目之后，我们再将这书名添上去。手稿很快刻写油印，《天蚕秘要》成了这份目录中的嘿书第一缺。

故事就这么编排，第一缺哪能是黄慎奎自己要来的，必须是一帮兄弟们勉为其难，赵匡胤"黄袍加身"的故事化用于此，倒也妥帖。

接后，我随便拿捏个笔名，写了一篇《当年人手一枝笔，兄弟们一块写武侠小说的日子》，虚构我对《碧血西风冷》健在的三名写作者（纪叔棠、吴刚、龙五洋）的采访，拼凑、交叠着他们三人的回忆，将这部武侠小说背后的兄弟情谊淋漓展现。事实上，纪叔棠多次联系吴刚、龙五洋，以及未参与写书的石季明，均找不到任何线索。

这还不算完，我又以本名写一篇，回忆当年与黑书第一缺神秘的缘分。既然前面花这么大经历重写全书，吆喝的时候哪敢半分偷懒。

……那几年看金庸成瘾，但他作品不多，顶多两个月就翻完。看其他的，比如梁羽生，都知道就开头好看，越往后越撑不住；古龙的作品极为庞杂，伪作太多，即便真品也参差不齐，而且易烂尾，那是别人续作的原故。那一阵只要稍稍延续金庸式的阅读快感，我们就会口口相传，排队阅读。《天蚕秘要》是金庸之后神一般的存在，印象里是最早的融合了穿越和修仙的武侠作品，现在大家自然见多不怪，八十年代末乍然出现在我们视野，黑白文字也构筑出强有力的视觉冲击。《天蚕秘要》完全接续了金庸作品的快感，细部还焕然一新。但是，当时镇上几家租书铺各自有一套出租。瘸腿大伯告诉我，这书当时推销员只送来一套，之后厂家倒闭，想弄都弄不到了。既好看，又缺货，仿佛是一种饥饿营销，排队阅读还要将一天锯为几截，划分了上午下午晚上。这书成了接力棒，不按时交接就成为全民公敌……靠着猴子的关系，我所在的班能够将这套书垄断一周左右，不停交棒，有序流转，班上二十几个男孩还有好几个女孩都看完全书。这也造成一定的副作用：书里的仗剑天涯太令人向往，而现实中的家庭和学校有如牢狱困住了我们。初二时候我们班有四个男孩离家出走，而且一路向西，是想追随况名道、罗沙源等人的足迹，长河落日，大漠孤烟，荡气回肠地活一回。结果俱是一样，身上带的钱花完，老实地回来，吃父亲一顿打，又回到一如既往的生活。

……当我在网拍公司负责拍品征集，时隔二十多年再次与嘿书打交道，才发现当年震撼过我们的《天蚕秘要》竟已是嘿书收藏界神一样的存在，已是第一缺品。这套书完整品相几乎找不着，能找着的尽皆缺皮少页，甚至难以确定真身……当年印刷厂的突然倒闭，导致《天蚕秘要》流入市面只是样书，少之又少；口碑汇聚、排队阅读又导致其中每一套都残破不堪，所以嘿书第一缺，这么多年藏家高价求购完整品相，仍遍寻不着。

一部奇书，跨越近三十年时光，仍是奇货可居，首先是阅读形成的口碑打下基础，又有时代变革、出版政策变动等人为因素造成的极度稀缺；这些因素缺一不可，汇聚并发酵，待以时日，终至发生不可思议的化学反应，成就一部小说书里书外两套传奇。

……终于理清这书的来龙去脉，港版的神秘消失，内地版的假面真身，又使这份传奇更添立体多维的解读空间。至此，书与人一样，拥有了自身的命运。此次随"看不见的人"丛书重新修订后面世，《天蚕秘要》自带的神奇魅力，有望在新的读者中间再次延续……

柯姐看完，说用力猛了点。要怎么改，她一时没想好。隔了一晚，她又说就这样吧，反正都是夸，一不夸二不休，以前我们搞深度调查实事求是那一套，不能往生意上面搁。

纪叔棠去附近一所大学美术系找学生，按他描述，学生出来的海滨版《天蚕秘要》封面，学生收费低廉，学艺不精，却歪打正着搞出当年黑书封面的效果。做旧以后拍下照片，还有我们近期搜集而来黄慎奎目录的各种油印本、手抄本，都拍照片，附于新版《天蚕秘要》夹页当中，看上去确有史料一般的凝重。封底列有"某武侠贴吧"里数位"读者"当年阅读《天蚕秘要》的美好回忆。不用说，全都出自我一人手笔。

《碧血西风冷》就此变身《天蚕秘要》，这么大肆宣传放声吆喝,别人能糊弄,万之锋那边总要有交代。我提出以进为退,主动联系万之锋,告诉他纪叔棠手头确实有一套,唯一的一套海滨版《天蚕秘要》。他要,就把纪叔棠换过皮的这一套给他寄去。

"憋半天想出这么一招,这是以进为退,还是不打自招?"

"你这皮做得简直天衣无缝,里面的小说他以前也没看过……"

纪叔棠嗤地一声:"他卖旧书几十年,这书寄过去,不用看也不用摸,他鼻子一闻就知道真假。"

"这是在帮他忙,他哪能不明白?他等得及,徐老还能等几天?"

"好的,帮忙……但小说的内容跟《天蚕秘要》没有一毛钱关系。"

"有没有关系,让他自己决定,只要他认为有关系,那就一定有!"

书寄给万之锋,我在微信里告诉他:老纪说,这就是黑书第一缺,仅此一套,今寄来专供徐老先生研究之用,用完返还,不必谈钱。万之锋收到书后回我:果然是好东西,万谢!

不谈钱,他给我和纪叔棠寄来不少好书。以前聊天时他问过我喜欢的作家,我大概提了一嘴郁达夫,他就寄来香港三联版十二卷的《郁达夫文集》;送给纪叔棠是一套万盛版函套装"台湾武侠小说九大门派代表作"。这一套里外几层的装帧，正是"看不见的人武侠名著丛书"参照的对象。

不管怎么宣传造势，武侠书的销量早已回天无力。"看不见的人"第三辑销量仍旧惨淡，几乎走不动。谁都明白：现在手机阅读网上阅读已为时尚，丛书出版不久，读者上网一搜，版权未明的电子档或者扫描件随手荡下来，何必买纸质书？这套书印制高档，像收藏品，但几个人买新书是为收藏？我从业这么多年，一直搞不懂许多出版社为何直接把新书弄成收藏品模样，高价售卖。收藏新书，大概是所有收藏中最不靠谱的一项。稍微想一想，这无非是个概率问题：每年出版的新书以百万计，内容不说，书卖一张皮，装帧大都不算差，这其中能升值的有几种？这个概率，小学没毕业的都能弄懂。

第三辑上市不到一季度，网上已跌破定价两折，仍大量积压。这套丛书，当然用不着再往下编。柯姐留我在她工作室里干活，我只问眼下有没有活干？有的话直接吩咐，没有活干，我不会去工作室坐班。

"先在我这里待着。小丁，你的策划能力也不错，有没有活，我俩碰一下就能找出来……我只是不希望你再去卖破烂。"她忽而有些语重心长。

回去以后我正想找什么理由推托，便接到小姨电话，说我父亲前不久痛风卧床，每天在床板上翻来覆去。母亲身体也不好，多年的米尼尔斯综合征闹得坐卧不宁，这两年新患了白内障，可视距离以厘米计，几乎算是瞎掉了。

我心里暗道：可怜天下父母心呐，发病都像是雪中送炭。

奇遇

回佴城照顾父亲那段时间，听同事说纪叔棠也离开博冠楼。我给他发消息，他说老丁啊，你都走了，我一个人留下来没意思嘛。这话说得，辞职像是受我影响步我后尘，好在我也不打算信。

此后我俩联系减少，甚至有中断迹象，我主要是在博冠楼旧同事QQ空间晒的照片里看到他。某次，他们组团去韦城六医院探望他。照片上，他脑袋密密匝匝缠满纱布，看来是被人打坏了脑壳，不过精神尚可。我赶紧打去电话，他说问题不大，准备出院了噢。又说幸好博冠楼一帮同事仁义，要不然住院这几天，床头柜上一束花都见不着，跟同室病友一比，多少有些挂不住脸。

为何住院，依旧是从以往同事嘴里掏出来。纪叔棠娶的那个小韦，韦城本地人，个子虽小，据说异常凶悍。这似乎有些罕见，我在韦城多年，接触的本地人大都脾性温良，易于相处；但总体的温良，难免惯出个别尤其暴躁的家伙，这回纪叔棠正好摊上。两人结婚，纪叔棠脾性再好也不够用，两人时不时拌嘴，难免有了肢体接触。按说床上做爱，家中打架，都是带动作，甚至前者更为剧烈，门一关也没啥大不了。偏就有一回，两人照常吵嘴，稍微带点动作，妻弟恰好跑来他们家借钱，门又恰好虚掩。妻弟推门撞见这一幕，说是怕姐姐吃亏，冲上来就下手。这妻弟以前在健身房当过私教，出手没个轻重，所以私教干不下去，社会上浪荡一阵，上了几回洗脑课，满脑子塞满发财计划。真要动手，纪叔棠只能充当肉靶，妻弟一个左勾接一个右摆把他放倒在地。送去医院，躺了一周，身体诸多知觉次第恢复。同事们劝，这家人全有暴力倾向，要考虑一下，一条老命到底往哪里安放才能稳妥。当时纪叔棠脸色铁青，咬了咬牙，说又不是没离过，还是一个人过日子省心。没想病愈出院，非但没有离，反倒跟妻弟做起了生意。

　　这事难免引发我好奇，又不好主动问，耐心等着他电话打过来。果然他打了过来，说是在苏垆大学城西头开了一家小店，十来平方，奶茶沙冰果饮一并卖，生意还不错，每天晚上收拾满抽屉碎钱。

　　我这才问他："怎么想到和你妻弟一块开店，那家伙不是打伤过你吗？"

"谁跟你说的？自己家里的事，不算个事。"他说这事还因祸得福。当天妻弟找上门，拎来一摞各种连锁店的项目书，借钱是为开店。他疗伤那个把月也没一直住院，多是在家里休养，闲来无事，把妻弟落下的项目书翻看一遍，又去网上查资料，认定现在做奶茶店是好营生。他一想，自己这几年攒的钱虽不多，开一家奶茶店没问题，为什么要借别人开店？当初去博冠楼，他是想有单位倚靠，一晃好几年，早已知道打工哪比得上盘活一个门店。思来想去，他也没有花钱加盟人家的品牌，自己去工商注册，就叫"纪叔堂"。至于技术，根本不用接受专业培训，甚至都不用买资料，网上一荡，铺天盖地都是免费教程。所有配方都谈不上技术含量，看一遍就上手。等到店面一开，生意竟然不错，接下来好一阵，他心头总有种不真实感。生意也算做了几十年，从来都不死不活的，怎么突然有一天真赚了？他还告诉我，这一茬赶上赚钱机会。不知从什么时候起，年轻人喝奶茶上瘾，一喝就有爽感。一杯奶茶比盒饭还贵，其实是往乳白液体里掺一些乌七八糟的东西：凉粉、彩冰、果汁、蜜饯、"珍珠"……都是贱物，成本一两块，随便卖十几块，想喝还经常排队。

电话那一头，纪叔棠把自己说得笑："姐夫变成老板，小舅子哪还敢跟我调皮？现在我要抽他，他把头一勾,把脸递到顺我手的位置。我抽轻了,他还怪我不疼他。"

他也有逞强的性子,偶尔打牌输了都说是赢,但我听着电话那头笑声爽朗,这状态听着假不了。

纪叔棠把日子过得拨云见日,与此同时我在老家俚城陷入无休止的相亲行动。父亲通过一段时间调理,有了显见的好转,季节也正变得干爽,他却摆出日益严重的表情。毕竟,表情肌没有罹患风湿的可能,他操控自如。那一阵,久不见面的七姑八姨也频繁亮相,纷至沓来,都是为我介绍对象。时间一到,父母总是用哀怨的眼神将我推至门外。约会地点往往是在小县城顶好的几家饭馆,我想换咖啡厅都被二老斥为诚意不足。"一杯咖啡顶多二两吧,你吧唧一口嘬完,拍屁股走人怎么办?"

那一阵相亲似乎就是我的工作和事业,甚至某周末,两天三场,我单刀赴会,态度娴熟,点菜已然专业,打开菜单照着油腻类猛戳。女孩赶来,一般找个闺蜜陪同。相亲的妹子固然走马换将,并不雷同,某个陪客前后撞了她三回,我怀疑陪人相亲也已职业化,如同说媒或者灵前哭丧。她确有显见的专业素质,二回三回见我,自动摆脸盲状。其实小学时我俩同班六年,经常同桌,或许在老师看来我俩竟有点搭。若非单人单桌,当时我俩肯定天天扬起手劈一条三八线。

母亲也不闲,她以前在贸易公司,后面烟草公司是从贸易公司划分出去的,领导是她当年同事,做会计,管她叫师傅。本来好久也没联系,但那一阵母亲电话打得频繁起来,用圆盘座机拨打一溜号码,滋啦滋啦响好一阵再接通,母亲未语笑先闻,亲切叫一声"郭总"。可怜天下父母心,她嗲起嗓子,回回将我感动出一身鸡皮疙瘩。电话漏音,那一头忙不迭回应:"师傅,小郭哪里做得不对,你直接骂我……"

我直觉父母是要给我找个事情,虽然进不了编,但烟草公司已是小县城最好的单位,只要能在里面干活,他们认为我必然安定下来。要不然,我初中去市里寄读,然后一直在外,对这巴掌大的俚城已然生分。

父母不知道的是,县城的相亲市场其实是一出假面舞会,各自带了面具,其实总有发面具的人洞悉一切。我经常去南边街,初中一个姓郝的同学在那开一家酒吧,我跟他喝几瓶啤酒,其间似不经意透露跟我相亲那些女孩的姓名。接下来就到郝同学发挥的时间,他将该女孩所有的恋爱经历一一摆上桌面,抽丝剥茧,巨细靡遗:她们每一段恋情的起始时间,每一任男友的冷僻嗜好,每一次分手的具体原因,孰是孰非,都记着明细账。当然,说到个别女孩郝同学竟然张嘴卡壳,马上叫来一个兄弟,将这女孩的一切和盘托出。县城毕竟太小,许多人将自己活成了"户籍警",嘴里建有档案馆；几个"户籍警"凑一块，整个小城再无任何隐秘可言。在这里，全县适婚男女都是透明的，彼此交往不管多么激烈，甚至死去活来，在"户籍警"眼里，无非简单的排列组合，而且结果出离不了他们的预测。

"你跟她们不合适，占铎，你的心思哪还在这里？"讲了半天，郝同学总要这样总结。

用不着他说，我非但找不着任何合适之感，而且发觉自己正被一点点扒光。即使碰到心仪的女孩，也要换个地方搞恋情，要不然，活脱脱就是真人秀上演。这时候母亲跟郭总的联系也有了眉目，郭总念旧，一声师傅不是白叫，听说我能写作，专门设了一个宣传干事岗，"须在省级以上报刊发表文章十篇或三万字以上"……只能是冲着我来，我以前待过的报社算得上省级。县里别的写作者要么是在杂志发表，要么发表顶多在本地日报，级别不够，偶尔上几回省级，字数又不够。母亲已经示意我近期不要随便走动，等着领导召见，我却头皮发麻，知道自己是冷水里煮着的青蛙，要跳出锅必须赶早。

这时候纪叔棠打来电话，简直是下一场及时雨。

"老丁，你说过读小学时候获过一个作文奖，那一篇叫什么名字？"

我听得毫无头绪，问他怎么回事。他喘口气，话从头说。这一年多时间，他的奶茶店又铺好几家，尽挑边角旮旯小门面，快速上马，用数量带效益。这时有人拉他一块创牌，并说这样独自铺店，数量总归有限，效益只是剥夺员工剩余价值。现在什么年代了，生意可不能再是守着门店苦等顾客，就像傻婆娘等野汉子……所以不如几家联合，共同创一块牌，投入广告搞成连锁经营，万一短期内爆火，上市都不一定。那几年奶茶忽然变成了年轻人的主食，全国各地纷纷创牌，少说已有上千品牌，瓜分巨大的市场份额。既然创牌，名字一定要想好，他们几个合伙人，纪叔棠公认是最有文化（毕竟当过编委，名字赫然在册），这事由他来办。他想来想去，隐约记起一个名字，始终想不整全，最后却想到这名字是我跟他说起来的。我不禁好笑，说你脑子没有贮存结果，却贮存了查找路径。

这事我跟他提过，小学时参加了一次童话作文大奖赛，是写《神笔马良》那位作者洪汛涛发起，名字里三个字带三点水，奖赛名叫"金凤凰"。我试着一投还得了一个三等奖，奖品是一套十二册的科普读物，拿到手里，感觉自己攒下第一笔家当……我那篇童话作文，名字叫《桔子泡泡奇遇记》，具体写的什么，早就忘干净了。那时候我也不觉得童话难写，无非就是动物能说话，植物能说话，万事万物都能说话，当然桔水汽水里两个泡泡也能说话……

"对的，就这个名字！"纪叔棠话音确乎带有兴奋。

隔两天，纪叔棠又打来电话，说他们的品牌名称定下来，就叫"泡泡奇遇"。"……老丁，我也不会亏待你，这是你的创意产品，是劳动成果，四个字给你百分之四的干股，你看怎么样？"

我说我感兴趣的是你能占多少。他说一共六个股东，按照投资比例，他大概占到两成。我又问："是你的百分之四，还是整体的百分之四？"他说当然是整体上算。我忽然有了感动并自动产生联想：万一搞大发了呢，或者万一真的上市了呢，就算上创业板，百分之四那就相当不少。我用四个字变为股东，日后真就发了财，岂不是将自己活成了一段传奇？

反正，回头我跟我妈提起这事，脸上全是毋庸置疑。我不能再在佴城待下去，好男儿志存高远，这么好的机会硬生生递给我，错过了简直就是自虐，就是坐以待毙。终于，我妈看出来这下堵不住我了，只好强调："你这是知识产权入股，千万不能往里投钱，千万……"我安慰她说："妈你懂得真多，知识产权都懂。此外请你一百个放心，我根本没钱。"

又返韦城，纪叔棠开一辆银色捷达给我接站，感觉他生意不成就能去驾校当教练。上了车也不急着回，他带我大街小巷里蹿，还去苏垆大学城一带绕一圈。他一只手把盘，另一只手左边一指右边一戳，我才发现各种奶茶店已是如此密集,像牛皮癣一样蔓延一片片街区。问他怎么会这样,他说现在的小孩都变异了,知道么,奶茶成了一种续命水。我又有疑惑,续命也罢,为什么是这奶茶,而不是维生素功能饮品或者龟苓膏呢?纪叔棠就算做这个,也没真正搞明白,像所有人一样,看到商机便快速反应,赌它一把,是赚是赔听天由命,大都亏得比意料之中更多,偶尔赚得出乎意料。这年代,赚钱容不得多想,霰弹枪打鸟似的,听见鸟叫枪管循声一杵,先炸它一下再说。

纪叔棠干一行爱一行,一路跟我摆生意经,就像以前聊黑书,默认我是优质听众。他说现在奶茶店多不胜数,其实大都见不着一滴真奶。

我说不奇怪啊,以前的鳖精也是见不着王八。他说所以啊我一开始就要做业界良心,奶茶动起真格,不但是奶,还是进口奶……我暗忖,奶茶里面有奶,倒成了新闻似的。嘴上说,你这不但增大自己成本,还破坏了行业规矩,众怒难犯呐。他说你怎么跟他们一伙了?我不揭发别人,自己店里头,顾客眼睁睁看得见用什么奶。我又说,奶茶成了幌子,赚钱是靠别的吧?现在搞餐饮哪有不搞鬼的?他拇指一撩,说只跟你说啊,奶茶招徕生意,赚钱是靠果饮。知道为什么?好果不榨汁,也算是行业规矩,烂果不敢用,跑肚子串稀都要赔钱,要有食物中毒直接关店。所以,全都用冲饮,单杯看似几块钱，利润率百分之几千，够吓你一跳。我说哦哦哦，仿佛吓了三跳。

"……既然来了，又是股东，就一块干吧。"

"怎么个干法？"

"我们这是实业，就算股东也要上一线实干，没有办公室可坐。"

"你就吩咐吧，纪总。"

要么当店员，要么当顾客，这是仅有的选项。店员也是有要求，特别门面店，当店员要挑形象，最好还有文艺青年气质，像是白领高管说走就走，切换人生；或像某行业大佬急流勇退，隐居于此。那种迂尊降贵的态度，正是奶茶的文化附加值。我虽年纪偏大，脸上一丝沧桑稍加整饬大体合符当店员要求。换几个地方干了不到半年，看似一切还好，脸上的笑容渐渐凝固为本能，只是内心无意义感不断积累。有几次，半夜醒转，脑袋会蒙一阵：为什么在这里，为什么要干这个？甚至……问自己怎么阴差阳错就活在了纪叔棠的事业里？我陪自己喝点酒，想把这事搞得更清楚。

此后我又主动申请去当顾客，顾客也是这个行当所必需。要想有人加盟，店门口冗长的队伍至关重要，而且这已在行业内部形成恶性竞争。在每个核心商区，每个牌子的门面店顾客一定要排到街转角，所以，这一行职业顾客的数量远大于店员。这事我干了不到两月，原因总结如下：首先我担心奶茶或者冲饮喝太多，喝出糖尿病来，那实在得不偿失。其次我一直建立不了职业顾客的职业习惯，排完队拿到饮品再到街角一拐，把一杯杯饮品倒入下水道。再次，我最受不了接过奶茶时，店员冲我友善且默契地一笑。我知道自己在干什么，用不了别人反复提醒。

不出所料，我要离开"泡泡奇遇"，还要考虑如何跟纪叔棠解释。我很感谢他前面跟我讲的那一番话，包括那百分之四的干股，让我有充足的理由离开偋城，道别父母。这半年多时间，我也早看出来，他们这种揭竿而起式的创业，股份制犹如醉后的胡言乱语，万不可当真。纪叔棠问我接下来要干嘛，要不要再回博冠楼。我哂然一笑，说你要相信我自力更生的能力，不至吃回头草。话说到这，他神情越愈发为难，仿佛我这次回韦城他就自动升格为我的监护人，我遭遇任何麻烦他都难辞其咎。

我凑近一些，面带神秘告诉他，我其实也在写小说。

"是自己写，还是别人约稿？"

我怎么可能得到约稿，除了他没人知道我将投身写作。"……接了朋友的活，养活自己不是问题。"

"上次改稿，就感觉你码字竟然上瘾，势头不对。"他眉头仍然蹙得紧。

"我会留在韦城,接受你监督,隔三岔五找你喝两杯。真的混不下去,一定去你家蹭饭。"

临别他掏给我一张卡,我吓一跳以为是银行卡,他说是"泡泡奇遇"的充值卡。我便接了过来。"我保证,以后喝奶茶只喝泡泡奇遇,毕竟,我对它有感情。"

说接了朋友的活,其实是我在朋友圈里看到一则启事,深圳一家文化公司正攒一套青少年读物,往外派活,邀人撰写古代诗人的传记。四十来个人名罗列其上,每部传记五六万字,稿酬千字千元,以后印成书,超过合同印量另付版税。给半大小孩讲述一个古代诗人的生平,我想这活我应付得了,照地址联系,文化公司的人要我提交梗概与试写的段落。这有点像竞标,我不妨一试,一周内提交了陈子昂和夏完淳两个题材的梗概,试写段落要求三千字左右,我各写了六千字,让对方觉得我蛮多精力,不惜体力。没几天,对方就说这两活都归我,以后每万字提交一次,预付部分稿酬。

我以为有很激烈的竞争,接到活不免有了怀疑。如今这种接单码字的营生,对写作水平有一定要求,又达不到创作,写成书即使印出来也不叫作品,顶多算看样定制,来料加工。这种活,能干的不愿干,愿干的大都干不了,这就正好凑合了我。我稍稍安下心来,脑袋构思着一种新的活法。

原来租住的公寓楼一月一千八，我想换到城中村去。这几年，晚上闲得没事，我爱往附近城中村逛一逛。那里面楼房杂乱无序，大门仍朝街面敞开；干体力活的汉子光着膀子街边喝酒，划拳猜码；而孩子还能聚在一起，一忽啦从我身边跑过。也有车子在小巷中艰难穿行，司机和陌生人时起争端，和熟人不停打招呼，他们路过我就最省事。我其实受用这种混乱，以此感受往昔的热闹，而那些商住小区越高档越冷清，这种热闹已经遍寻不着。当然，换地方住，首要的还是冲着租金便宜，同样大小的房子，城中村天地楼顶多是公寓楼的一半。我账户上还有不到两万，这也曾让我一阵紧张，工作十多年无家无业还就这点存款。转念一想，难道我怕自己饿死么？现在，饿死一个人不是没有，但比较少见。我不太相信那些小概率事件能傍上自己，我能碰到的好事或者坏事都是大概率的，所以生活总显得随波逐流。

既然换地方，我索性去到韦城最北边的历山区，在一片名为图渌的城中村转悠。这应该是整个历山最大的一片城中村，进去绕了半天，待租房多不胜数，房型和价格直接贴在门板上，盖住了门神。我有些挑不过来，直到在一处拐角撞见一间"泡泡奇遇"连锁店。这一家可不是那几个股东自己的店，真有人加盟经营。纪叔棠说仅在韦城就加盟了上百家，我一直不太肯信。

店前有几人排队，这一回我真实地排到队尾。纪叔棠给的充值卡当然管用，我买下一杯青柠味的泡沫红茶。之后，我敲了敲最近一处出租房，天地楼有七层，比周边的都高，状如碉堡。顶层两居室带露台才一千，押一付一。

接下来三天，我什么都不想干，手机静音并且扔到床底。我在房间里无边瞎想，或者去到露台喝茶，露台上可以观察半爿城中村的生活实景。我以这样的方式度过自己四十岁生日，人已不惑，才得以真正离开了父母的管束，在这活了许多年依然陌生的城市，始终孤身一人。或许别人看来，我这样的活法算得上失败，但我反复确认，本人竟是满意，竟然倍觉轻松且暗自欢喜。我可用不着欺骗自己，虽然生在哪个年代不由自主，但我相信每个时代都能让人生不逢时所以也会自带福利。而我发现，自己能够享受的福利，便是自主单身（当然要找个人相爱也是无妨，但那真不是必需品），可以像流浪汉一样一直过活。我父母那代人，一旦懂事就把结婚默认为首要的责任，即使他俩一直看对方不太顺眼，依然强行拼凑家族基因，这便弄出了我。我小时候体弱多病，他俩也想再弄，无奈计生政策抓得紧，我成了他俩的绝版作品，肩负有延续基因的使命。要是他俩敢于不计后果，给我弄出个弟弟，我现在还要轻松几分。父母跟我一样年轻的时候，若像我这么过，只能划为盲流，抓起来强行遣送回家，照此看来我应该暗自庆幸。这么些年，我没有衣锦还乡的意愿，也不担心饿死，眼下也许没有找到明确的目标，但这样更好，生活充斥着更多可能。如果撞上想做的事，我会异常投入，比如许多年前组队开车往返几个省份只为淘一淘黑书，比如前不久脑袋一热便去写武侠小说，又比如我现在打算就靠写作谋生。这些都是乍然出现，我也一次次欣然领受，犹如一次次的奇遇……对的，像一枚漂浮的泡泡，也有自己的一番奇遇。

那三天，我或躺或坐，或是坐在露台看着时间在城中村缓缓流逝，脑子浮想联翩，内心又极为宁静。这跟先前的我有了些许变化，前面在报社或者博冠楼，一旦无所事事就伴以无边焦虑。我老是怀疑，是谁给我上紧了发条？搬进城中村，我像是忽然与世界与周遭与自己达成某种和解。除了广告信息，没有任何人联系我，直到第三天下午，手机像一只青蛙，在床底一直腾跳。我关了静音，忘了关振动，一直没有充电，竟然还跳得欢实，摸起来一看，是纪叔棠。我估计此时也只有他还记起我。他问我晚上有空一块儿喝？我酒瘾一下子被他唤醒，叫他发来个位置，然后整饬一下即刻出发。这么远的路，我要换几趟公汽，才能不动声色地准时赶到。

我开始了写作，既接别人发放的活，也写自己想写的东西，让一天天时间尽量被写作占据，让自己脑袋一刻不停地转动,除了构思用不着为别的事犯愁。我只知道,写作可以让我更加名正言顺地独自过活。

床头柜上堆了两摞书,包括能买到的所有波拉尼奥的作品。前些年,大部头的《2666》在国内出版,带动波拉尼奥其他的小说都卖得很火。我喜欢他的作品,也喜欢读与他经历有关的一些文章。这人一辈子流浪,名片上坦然印着"诗人、流浪者"。他小说虚构,这两个身份都是真实的,而且延续一辈子。波拉尼奥的转变是从他儿子劳塔罗出生开始,当时他已三十七岁,一贫如洗,家中一部电话也装不起,这时打定决定以写作为生,要发狠了写。他三十九岁时候发现自己肝病恶化,可能活不了多久,便不分昼夜地写作,曾经连续写作四十个小时。他五十一岁去世,留下十几部长篇小说还有大量别的作品震惊世界文坛,其实他只争朝夕,多写几部,是想将这当成遗产馈赠给儿子,保证他生计无虑,没想到他馈赠了全世界一份巨大的文学财富。当初似乎为了让遗产数量更为可观,他把一本长篇割裂成五本书,后面人们又把五本合成了一本,就是《2666》。这一本在全世界的销量波拉尼奥死得太早所以来不及想象,远在韦城的一个无名作家就收藏了老版新版还有精装三大册,而且各自读了一遍。

我只坚信,能够持续写作四十小时,除了痛苦的坚持,一定还有别人难以体会的快感,就像那些马拉松爱好者，他们可不会跟你说痛苦，只会说跑马拉松嘛只要熬过极限你就感到太爽了根本停不下来。我以波拉尼奥为偶像，写作生活变得从容。我身体没有毛病，写作应该可以持续更久，所以暂时写不出自己满意的东西也有理由自我原宥，不必焦虑。深圳那家文化公司发包的青少年读物，我从查资料到完稿三个月能弄出一本，一年内弄出了三大本，稿费确也及时到账。书出得很漂亮，上面赫然印着我的名字。"陈子昂"下面印我名字，"夏完淳"下面也是我名字。"李清照"那一本的封面，画像显然照着神仙姐姐刘亦菲搞出来，下面也署上我的名字。现在，如果我要印制名片，身份写成"作家、流浪者"并非虚言。傍晚时候，我混入路边光着膀子的男人当中，跟他们喝酒，划拳猜码。隔三岔五，我也买了酒菜，聚几个人到露台上喝，这时脑子里自动浮现"四海书店"的画面。虽然我没去过那里，除了纪叔棠别的几个人我也只知道名字，脑中的图像却异常清晰。我听酒友讲各自的故事，这样我又觉得自己有点像蒲松龄，很快，故事攒了一堆，小说却始终未能写成预想中的模样。

既然选择写作，我自然将人际交往降至最少。以前的同事熟人发信息邀聚，我总是推托，说自己不在韦城，说躲在海边给人写文案，拒绝几次，自然路断人稀，一直保持联络的只有纪叔棠。其实我跟他也差不多到失联的分上。"泡泡奇遇"创牌时机选得不错，虽然不曾爆响，但加盟生意毕竟已经做开。他饭局也是特别密，给我发来消息，推几次总要去一次。到地方，除了他别的一个都不认识，这酒喝起来别扭，后来索性一推六二五，说不去都不去。我俩差不多有两月没撞面，某天下午他又发来消息：今晚聚一下，就我俩，没别人。我问会不会耽搁你搞业务啊。他说现在铺店还算稳，一个月就铺几家，好也好不起来，差也差不到哪去，根本轮不着我操心。这话说得我没了负担，回话说那就找个地方喝吧，路边摊就好，就像我们最早碰见的样子。

以后就有了规律，每周总要碰面一次，他知道我搬到历山，会开车过来，喝了酒就在我租的房里面睡。说睡也就睡，没见他跟老婆打电话说明一下，可能他的家庭生活也出现一些风波，彼此的管束较之以往有了明显松动。当然，我提醒他不必为我操心，反过来也不会问他家里出了什么状况。每次，他一早醒来，翻翻我的手写稿，假装认真，坚持不了十分钟。他还解释：我主要是看武侠小说。有一次，我新写的一个稿子明明是在模仿王朔路数，他偏要说看出路遥的风骨。我不得不指出：你这一句话直接得罪两位大佬。他似乎没听明白，却又若有所思，稍后下去找地方吃早饭，他要我报一下银行卡号。这下轮着我莫名其妙看着他。他又提到，"泡泡奇遇"，四个字可是有百分之四的股份。

"我早就不记得了。"

"你当我瞎说了是不是？具体多少还要找人核算，但我可以先打给你一部分。要知道，我们的牌子也铺了一两百家，加盟费一开始是六万，现在该有十万了……十万，你算一算，铺一家你就有这个数。"他摊开右掌，又屈起拇指。

我吓一跳，百分之四竟是不少。"但这不是股份，你肯定没跟其他几个股东提起这事。你只是把自己赚得的钱分给我。"

"一个意思，你还要岔开讲。"

"说实话，这种累活还少有人跟我抢生意，我现在拿到的稿酬不低，赚得比一开始预想的还多一些。"

"这种码字换钱的生意，能够赚多少？真的够？你用不着骗我，我好歹也是当过编委。"

"是啊，我都差点忘了你也编过书，懂得码字。但什么算够，什么才算真的够，难道有个数额，达到就够，没达到一定不够？"他没吭声，我接着说，"现在我觉得自己赚够了，正好够，这才是最重要的。你无端塞我一份意外之财，让我不劳而获，说不定把我好不容易养成的生活状态改变了。万一得不偿失呢？"

"那我就不说什么了……你写东西赚不赚钱我不知道，真能练嘴。"

我接工干活每一次按时交稿，能保证质量，稿约就一直接得着。往后的一年多时间，我坚守城中村，过最简单的生活，编写（只能说是编写）两部名人传记，又写了三四个中篇的报告文学，此外自己写的小说开始上文学杂志。我大都是写和黑书有关的故事，这几年攒下不少，打算写几年攒够一本厚厚的小说集。

某天下午纪叔棠又发来消息，邀我晚上在附近吃饭，还发来位置，并不远，就在图渌的西北边。虽然都在同一区域，那条街我应该从未去过。这片城中村太大，最近我还看见旅行社的人挥舞着小旗引着游客进入。不知哪时起，城中村也成为景点，不可想象的事情总是层出不穷，好在我们越来越不感到意外。

五点刚过，我拧开导航往约定的地点走去。距目的地不到一百米，我看见拐角处赫然亮出一块店招，上面四个字：四海书店。不得不说，突然有种穿越之感，旋即想到是怎么回事。穿越可不是说有就有，但导航如何定位，人可以控制。我吸一口气，往里走，纪叔棠果然在里面等我。

"赚钱没个完，自己觉得够最重要。我顺着你说的意思，既然这几年赚的比预想的还多，不如干自己想干的事。我一直想开书店，这也是你的理想。"

店面上下两层，正在装修。以前是社区卫生院第三分院，附近开设了历山区四医院以后，这分院门可罗雀，终至关停。我确实有开书店的理想，几乎每一个写字的人都是这样。我可以在书店里写作，写不出来的时候又可以干些别的事情，真正做到劳逸结合。

两个月后书店开张时，纪叔棠和我已经敲着脑袋想出了几款创意产品。纪叔棠还有不少黑书，但黑书不能在店面里销售，相关部门对非法出版物的追诉时效是无限的。于是我们将黑书用厚厚的PVC板材封死粘牢，这样就成为一款工艺品，可以出售或者展示。我俩给它命名为"书砖"，随后，又以"八十年代即视感"为主题，在纪叔棠名下几家奶茶店里摆设黑书书砖。店面不大，一面墙钉上底座，摆设二十余块书砖，确乎有了八十年代的即视感，成了打卡店，小年轻乐意到此一游，微信里贴一下九宫格，都是免费宣传。他们这年龄，大都没看过武侠小说，黑书封面老旧的气息，让他们误以为是民国的东西。是啊，上世纪八十年代和解放以前，在他们头脑中竟没有明显的区隔。此后书砖在泡泡奇遇的加盟店铺开，还有来自外地餐饮店和书吧的订单，那一阵四海书店二楼几乎成为手工作坊，一本本黑书被PVC板封死，后面嫌这成本高，封装速度慢，又改进工艺，倒模注塑，快速成型。纪叔棠毕竟对黑书有感情，倒模注塑以后书就与塑料完全融为一体，再也不能还原。于是他对所用的书有更多挑剔，以前我们专挑缺本，现在专挑大路货，什么黑书印量大价格便宜就拿来注塑，比如《落星追魂》《无敌五式》《天剑绝刀》

《回龙宝扇》《天罗七煞》《神剑金雕》……这些虽然没有收藏价值，但印量一大好品书相对也多，封面绘画在黑书里头算是精美。我还夸他这种做法，倒模注塑就是在削减这些黑书的存量，这生意只要坚持几年，这些大路货将会变成新的缺本。

这样的生意，没法注册专利，很快黑书书砖就在淘宝上有了仿制品。此后我俩守着书店，折腾着各种文创，先后弄出几十款产品，仔细一拨拉都在亏钱，这才冷静下来。后来我俩还是决定，回到最初，将黑书中的精品挑出来，扫描后转成电子文档，再予校对。我们挂了网店，校对后的精品黑书主要是在网上销售，可以是电子书，也可以用一体机印成实体书。纪叔棠精心修了二十余帧经典的、通用的武侠小说封面，顾客自己选择内容和封面。这让我想到，弄来弄去，无非是继续贴神仙皮。

现在读书的人越来越少，旧书店整体上都不景气，四海书店也没理由独自兴隆，但我借着书店内心再次回归安稳。这尤其重要。我跟纪叔棠说，福楼拜笔下的布瓦尔和佩库歇折腾了大半辈子，最后还是干上校对的活，终老此生。看似最枯燥的职业，往往蕴藏得有让人凝神敛气的力量，犹似找着了归宿。纪叔棠说我心里也是这感觉，却不能像你这样一口讲出来。我提醒他，光看武侠小说肯定不够啊，哪有几个像你这样一辈子只看武侠的？他便将福楼拜的小说找来，旧书店里正好找得着，但他只看了几天就支撑不住。他跟我说，以后外国小说你跟我聊就好了，省得自己看。一把年纪，哪容易再进入全新的阅读？

寻踪

书店开了一年多,到二〇一六年底,万之锋忽然又联系我,问我是否还在深圳。不待我回,他又发一条消息:徐老先生遗著,要给你和纪先生各寄一本,分别寄到哪里?我略一迟疑,想写几枚文字,一时手指笨重,没写出来,发去三枚合十图标。心有所感,反而讷言,好在现在微信上祭奠亡者都是这标准操作。

稍后告诉他,我已回韦城,跟纪叔棠在一起。

我估计,徐瀚默也就这个把月去世的,上一次跟万之锋联系他还没提到这事。至于遗著,万之锋年初在深圳就跟我提起,说徐老先生身体不好,最后一章写得有些艰难,好在找到《天蚕秘要》,写完这一章,完成这本书只是时间问题。当时我心里还嘀咕:是呵,人总归要给自己一个交代，句号总是要画圆。问他方不方便提前透露，从《天蚕秘要》里挖出的是哪桩军情？是不是上次提到的刘少祥？万之锋稍有迟疑，便告诉我挖出来的倒不是刘少祥那桩案子，而是另有其人……

本来我并非怀有多大兴趣，但他越是不肯说，我越是来劲，追着问，"万总，难道你还怕我抢夺徐老的研究成果？"

万之锋尴然一笑："……虽然不是刘少祥，但也跟刘的情况相当类似……"

"难道是……空军少校陆广智？"

万之锋眼皮轻轻一翻，旋即面色如常。但我看出来，这回又猜对了……其实不用去猜，这几年破获的涉军方涉台的间谍案统共那么几出，最有名当属刘少祥，往下一数便轮着陆广智。这几年我一直关注此类案件，还去网上搜资料，找视频，这些案情大都详尽披露，视频一找大都几集连播，镇以声威，慑其顺服……于是，这几个人物在我头脑中已然饱满，案情也能话说从头，整个过程捋一遍，不会有多少出入。此时面对万之锋，我只是依序往下翻拣名字，以为他会说"你接着猜嘛"，没想一口就锁定结果，稍显无趣。同时，我又不免怀疑，是否跟徐瀚默在思路上撞了车？难道，他也是在头脑中先排定座次，前面抛出一号刘少祥，固然是虚晃一枪，往后再拎排名第二的。拎出陆广智，查其经历，再往《天蚕秘要》的情节一套，徐瀚默说可以有，于是蛛丝马迹纷纷显现，越说越像，越找越有。

那次深圳会面，万之锋是通过朋友圈得知我在为"博雅书殿"的俞总办事，便专程跑来，通过我认识俞总。

我来深圳是那年年初的事情，跟前几年参与撰写那套名人丛书有关。这套书几年内出了近六十种，我前后接了其中五种，都按时交稿，自然要算主要作者。虽然每本书只六万字左右，版式设计上颇下一些功夫，印出来两百多页，又是用较厚实的轻型纸，看上去也具有砖头形状，定价跟二十来万字的书没有区别，折扣给得高，销量竟是不错。这期间，我跟丛书主编胡飞渐渐熟识，全套书出毕，胡飞就打算邀个局，跟几位主要作者见面认识一下，要不然，这年月老说神交已久，未免虚情假意。有了飞机高铁，见一面有这么难？去的那几天胡飞安排我们去参观开张不久的博雅书殿，这可能是国内唯一一家售卖门票的书店，票价两百。当然，这两百块可以抵扣餐费，换购书籍。去了之后，进店门看见一堵书墙几层楼高，有如冰川，有如瀑布悬垂，抬头仰望这气势，耳里相应地有声浪涌动。"书殿"上下六层楼，感觉果然不同于书店，而是一位书痴的藏品展示。书多是外文旧书，从世界各地海淘而来，每本书都标以高价，书的主人根本不想出手。据说淘书癖是一种病，曾有书痴将自己收藏送去拍卖行上拍，结果书一离手就后悔不已，后在拍卖会上疯狂地拍回每一本藏书。而这位书痴，不但爱书，同时也有钱建构自己梦想，藏书装了一栋楼，还命名为"书殿"对外营业，似乎不为赚钱，只是免于锦衣夜游。

博雅书殿逛上一遍，用时大半天。我开书店的兴趣便遭受 N 次的降维打击：同是有开书店的梦想，有人就能把我的梦想乘以一百、一千并顺利实现。晚饭时候我跟胡飞表达内心之震撼，这一天的书殿之旅完胜以前到过的任何景区。胡飞倒是有心之人，隔两天，聚会将散之际，他单独跟我说："博雅书殿的俞总正要找一名助理，必须是写作能力较强之人，你有兴趣么？"

我知道自己的心思，晚上跟纪叔棠通电话商量。

"我看了你朋友圈发的图，当时就想，你肯定想留在这样的书店。"

"只是短期助理……"

"好好干，尽快混上个副总，把我也拉过去。"

经胡飞举荐，俞总同意试用。俞总本名俞振，一天连轴转，竟还痴迷于写作，偶有灵感，脱口而出，给他当助理，就要勤谨地记录这些金句，并将其整理成书。俞总走遍世界，洽谈业务之余还钻往各地的旧书市场，看见旧书，合着眼缘就重金搜购，带回国放入博雅书殿合适的位置供起。我成为他的助理，短短数月跟他出游十来个国家，记录他的言论，最爽的当然是陪他淘书。他海淘的架势令我咋舌，经常手指一撅，在书柜上模糊地划定几个区域，说这些我全要了，报一口总价。他还有经验，这么买书其实便宜，能够省不少钱……这话我也记录下来，心里知道，许多话有无道理，主要是看从谁的嘴里飙出。书大多海运回国，一箱一箱地拆开码进博雅书殿相应的区域，我总感觉像是四十大盗将劫掠的财物放进藏宝洞。可惜，虽然我大概算得上一个快乐的青年，但决不是阿里巴巴……

替俞总干了半年样子，记录下来的金句又攒够两本书。我单独去到台北，接洽俞总几部作品在洪泛出版社的出版事宜。现在老总都爱出书，尤其搞出版、开书店的老总，时日一长，写书是职业情怀的自然喷发或者强势渗漏，出书也有眼见的便利。说来也怪，书店老总出书往往畅销，对于书本销售，他们自是懂得更多门道。俞总百忙之中灵感不断，笔耕不辍，统共出书十余种，书名都有老长一串：

《码书匠分级进阶指南》

《仅有新书的书店是不值一逛的》

《半夜被群书合围的小幸福》

《我是世界角落里孤独书店的情人》

……

老总的著作，文字水准不说，图片一流，印刷绝对是全行业天花板，定价却尽量压低……做书的人，永远撇不开畅销的梦想。

俞总主动联系，寄送样书，最终台湾洪泛出版社选择其中四种，集中推出。俞总对横竖版式的转换有明确要求，自己抽不出时间，所有想法跟我讲一遍，由我与洪泛的编辑对接，通过洽谈一一兑现。当然，我也不忘搂草打兔子，既然是跟书店谈业务，赴台之前，我从"看不见的人"丛书当中挑了几种，各备几套。拉杆箱一半空间都用来码书，洽谈俞总的书籍，我便顺手将这些书赠人，介绍这套书的缘起以及成书过程，心里揣定买彩票撞大运的态度。

一连数天，洽谈业务是在诚品行旅酒店的咖啡座，所有细节都要明确到位，俞总的钱不能白掏。本来我怕对方嫌烦，好在洪泛两位工作人员，小舒和小郭，年纪差我一截，却都展现出无比耐心，像上个世纪八十年代小县城的幼儿园阿姨，把屎把尿也挤出满面笑容。稍有空闲，小郭还拽着我走，一定要现场指导我乘坐台北捷运的"十大攻略"。小舒曾带我打车跑了个把小时，去寻找他记忆中最美味的"大风车"。老街老店，竟然找到，待问我滋味如何，我也不能说，这不就是蓑衣刀法切出的炸薯片么。

那几天中餐晚餐我们都凑一块解决，彼此有了熟络，但脱离工作，很难找到共同话题。闲聊时，我们笑点显然不在一个频道，逗趣总有点隔靴搔痒。这么说话不免费劲，彼此表情却一直葆有真挚，努力寻找新的话题。

另一天，中餐时我竟聊到黎本忠。他俩难得地静静听我讲，小郭不再像以往，老是插话"前辈不好意思哦问你一下"，把我要说的任何内容都切得稀碎。这话题抻够了那个午后的闲余时间，我得来一丝松快，只是，回头再找相似话题，已没库存。小舒听完若有所思，稍后说"凌煌"这个名字像是在哪里见过……像是在一部回忆录。我也没有在意，台湾各行各业稍微混出些头面的人士，到了晚境，都乐于书写一册回忆录，类似国内的大叔大婶跳广场舞。他们书号不用掏钱，申请就有，一体机印个一两百册自得其乐，送出去，又回收到旧书店，基本也是"架内自取"的赠品。

薛骞仁也写有回忆录，恰好是洪泛出版社出版，既然聊起，小舒隔一天就找来一本送我。书摸着不薄，但道林纸本身就厚，加之字大行稀，我粗粗浏览，一晚上就翻了一遍。里面提到黎本忠的篇幅不多，主要记载帮他调往香港的种种琐事。记述之后，薛旅长还发表一段感叹："为人忠厚，我见欢喜，也尽力帮忙。只是此人之后再不来见我，不懂回谢，显然不太晓事。一帮大头兵赴台混事，虽然时机际遇皆有不如意，但他们自身文化偏弱，不懂为人处世，也是重要原因。"薛旅长当然不知，黎本忠闷头写小说，大头兵里面算是顶有文化的。

合上书，又想起万之锋跟我在深圳碰面时说，两年前他曾赴台，专事联络薛骞仁旧部。梅芳园例聚竟然持续，近十余年是由薛旅长参谋卢某充当主持，至少一年一聚，通常是在薛旅长忌日。当年粤系兄弟赴台，缴械登岸，大都二十啷当岁，如今已年逾古稀，每次聚会最大的主题，莫过于清点没能到场的人，桌上添碗筷，地下洒酒水。万之锋直接联系卢某，这一年聚会便作为嘉宾到场，逢人便问黎本忠情况。他这一提，战友似乎才意识到还有这么个人，这几十年的例聚，从未见到，当然也没有提及。万之锋把参聚老者询问一遍，无论现在过去，丝缕涓滴，他都乐意听闻。有他介入，当次聚会话题竟然围绕黎本忠展开。万之锋也乐意把他知道的情况和盘托出。黎本忠化名高沧，当年在香港已然造弄较大响动，但在台岛，黎本忠旧时战友耳里，完全是个新鲜的故事。

随话题展开，战友们得以重新认识印象中那个不吭不嗦的家伙，耐心地听万之锋讲述半小时，其间数人眼眶泛起浊泪。万之锋不禁疑惑，黎本忠的遭际纵有冤屈，也没发觉哪地方埋有泪点。他说话放缓，老人还催，你自管说嘛，掉几颗泪跟你没关系，老了就这样！万之锋说毕，老人情绪正好抬至高处，双手奋拳合唱一曲当年的粤军军歌：

> 唔怕苦，唔怕死，军民头可断。
> 吾退亦吾降，团结奋斗，丹心前进。
> 几大就几大，大家硬顶上……

聚会结束，数位老人主要向万之锋表态，一定代为查访，一有黎本忠下落即行告知。告别时一一握手，万之锋虎口发麻。当时情绪热烈，老人的浊泪也让万之锋记忆深刻，等着日后收获黎本忠的行踪。没想，一年转眼过去，没收到任何消息。

万之锋对此也有感慨：自己和徐瀚默常年追踪高沧作品和下落，何尝不是在自我暗示中不断强化，竟生错觉，以为高沧或者黎本忠无人不知。那次参与梅芳园聚会，陡然发现即便在旧时战友圈中，黎本忠消失得也如此彻底。人生如坐井观天，这道理，平时只是随口说说，但某些瞬间变得异常清晰。

万之锋来深圳结识俞总，声称自己门路宽广，擅长搜寻港版台版旧籍善本，我也在一旁证他所言不虚。俞总笑脸迎人，但又看出他对此兴趣不大，事后痛快跟我说：香港台湾的旧书店，我都不知道犁了多少遍。我只好夸俞总这个"犁"字用得太好，有必要为这一个字捏巴出一句金句，要不然白瞎了。

隔了个把月，万之锋冷不丁发来一张手机照片，翻拍了一张旧图片及说明文字：

> 新北市中正路中段发生一起泵车撞倒消防栓事件，水流喷出七八米高，当中彩虹隐现，成为一时景观。

照片像素不差，翻拍的图片却是模糊，仍能透露出某种喜感。看图片以及说明，应是一份旧报纸的局部，出版时间是民国七十三年九月七日。

我一头雾水，问发来这么一张图片是为何事。

万之锋回消息：把照片抻大，尽量抻大，会有所发现。

照片像素不高，抻大了全是斑驳的点，但看得见他用红笔圈定背景深处某人。那是个中年汉子，秃顶，穿着围裙站在一爿蔬果摊前面，也在围观大马路上突现的那一道喷泉。

我大概知道怎么回事——万之锋和我之间，还能有几个事可聊？

稍后万之锋发来语音，详细叙述。最近想到使用网络的图片比对搜索功能，进入过期报刊资料库，比对和黎本忠相似的照片。一路扒下来，就只在《自立晚报》库里面找出这一帧，红圈标记的那男子和黎本忠照片相似度 92%。

我不知道 92% 又能说明什么，即便照片比对有 99.99% 的相似，也不排除剩下万分之一，是 DNA 的不匹配。或者，万之锋也并非想说已找到黎本忠的下落，而是表明自己一直在找，不曾停歇。一直延续下来的事，总是有个惯性，这能理解，但他没有考虑，他的关注是否引发我的共鸣。这张照片突兀地发来，我是否会为自己的漠然而稍稍地怀有愧疚。

事实上，模糊的照片，背景深处秃头的中年在我头脑中诡异地留有印象，时而浮现。黎本忠，或者高沧，或者秃头中年之间有无联系，并非我所关注，但随印象的浮现，一份粗粝的命运感如此真实地拍击心头。一个人于街头巷尾安静而生动地过活，但对于别的人，对于某些往事，他却是如此彻底地消失。

我跟俞总只有半年时间，记录他的言论凑够两本书，也帮他协调了台版书的出版事宜。当然，俞总马不停蹄地要跟我口述下一本著作。我干这种活当然是越来越熟，相反倒是俞总有时脑子想法太多，嘴跟不上，一说就卡壳。这时，我便总结："俞总意思是说……"他给我个确认的眼神，我便将这言论记下来。当我跟俞总辞职，他是有些意外。我只说原本只打算干一阵，向你学习一些开书店的经验，半年后得来的结果是，你的经验我学不到。我说我在韦城也有一家书店。

"我知道,你说过的,叫什么海书店,"俞总问我,"你的书店可以跟我这里相提并论么?"

"四海……我那里很小,但是金窝银窝,总不如自家的狗窝。"

这感受倒是真的,博雅书殿虽好,那些善本好书一旦上架几乎不会被拿出翻阅,头灯的光又铺得均匀,每本书镀上金边银边,像是一个个被供奉的灵位。我在里面待久了,时常瘆得慌。

徐瀚默的遗著,三周以后才收到。书名一正一副两标题,《秘要:高沧系列武侠小说玄机考略》。里面辑录十二篇文章,除了绪论、高沧生平考略和结语,余下九篇,都是将高沧作品里的具体章节与台岛军情、谍战机密相对应。前面八篇,我们已在《大哉》上翻到过,最后一篇新写出来,就是扒《天蚕秘要》隐藏的情报。

这时再看,已无任何意外,我早知道这篇新研究成果的内容。

空军少校陆广智,是涉台间谍案中军衔仅次于刘少祥的二号人物。相对于刘少祥,陆广智的变节却有很大偶然因素,头一次"涉水湿鞋",是无意中向退伍战友贾某泄密。贾某当时已沦为台谍多年,从陆广智嘴里挖取到重要情报,竟没有自行邀功请赏,报告中禀明陆广智有策反可能。军情局给予巨额奖赏悉数换成现金,贾某把钱塞满一只双肩包,再次造访陆广智。现金往陆广智眼前一码，搞简单粗暴的视觉轰炸。贾某生性有一种古怪的爽利，摆明说，这钱都是军情局赏赐下来，问陆广智是收下呢，还是去将自己告发。如若告发，贾某承诺，一定力证老战友无意泄密，是被别有居心的自己利用……贾某又说，虽然各为其主，兄弟情谊毕竟还在嘛。如此低级的胁迫，意外奏效，陆广智并不多想，把钱搂过去，抱个满怀。此后越陷越深，利用职务之便搜罗大量空军机密，转手换钱，而且主动给情报定价。一开始还按质定价，基本做到货真价实童叟无欺，后面越卖越嗨，竟搞兼精搭肥，一条重要军事情报绑定几条普通的甚至行将失效的信息，一并换钱。贾某被捕后有供述：这个老陆，骨头里就是个奸商。

　　陆广智变节过程缺乏必要故事情节，终归过于简单。徐瀚默吊着最后一口气，整出两万多字，又将如何地深文周纳？我往下看，虽然失去悬念，却又始终捏一把汗，目光抚摩书页上繁体竖排的文字，竟然几度失焦，难以为继，索性跳读全书后记。"结语"一章之后还附着后记，当然是万之锋所写，里面提到《天蚕秘要》经过十余年搜寻，得来非常不易，好歹让徐瀚默生前一睹真容。里面文字，是他坐在病榻前逐字读给养父听。相关的一章，自是由徐瀚默口述，自己执笔记录。两万多字的内容，断续写了一年多时间。笔一搁，墨未干，徐老驾鹤仙去。

又是一曲春蚕到死丝方尽的人生壮歌，但我想着万之锋已知《天蚕秘要》并非高沧原著，仍然逐字阅读，是否怀有拧巴的心情？作为高沧研究专家，徐瀚默纵然奄奄一息，头脑只要有一丝清醒，如何分辨不出文字真伪？那么，这对养父养子，用去半年合著书中一章，分明是作长久的告别。那半年里，彼此又怀有怎样的心照不宣？

这本书读后，我印象最深刻的，倒是万之锋的后记，记述这么多年替养父搜寻《天蚕秘要》的过程，当然也提到我跟纪叔棠，两位"藏书界挚友，乐助善成的好心人"。这几句夸辞，听上去倒像是暗示，我们之间的攻守同盟须得巩固起来。看完后记，我不免要想，黎本忠的罪名，过于荒诞无稽，军情局真要查，哪能不立见分晓？情报部门，再怎么也比其他部门更多一些职业操守吧，所以谍战剧才得以连篇累牍地险象环生。黎本忠为人过于低调，所著数部武侠小说，主人公最终无一不是归山隐林的结局，虽流于程式，多少也是内心写照。不惹事的人摊上事，如能捱过去，逃避隐遁的心思，只会得来更强烈；或者，唯有逃遁并保持沉默，才是他切割往事重新直面生活的屏障。战友们全都不知晓他下落，只能是他本意：他不愿再与故人联络，别人又如何寻踪觅迹？

合上书，正是午后，拧开电视，新闻频道正在追踪轰动一时的乐立恒事件。前一年逃往澳大利亚的骗子乐立恒自称特工，被西方媒体利用一番，因他本人所说事件前后不合，破绽百出，很快沦为弃子。此后，台当局一直将其当成一张"反中牌"大肆炒作。新闻频道借前军情局副局座翁衍庆之口逐条辨析，证明乐立恒不但是个冒牌特务，且是最低劣的假冒，水货中的水货。

"……其二：军委总参已更名为联合参谋部，他都不知道。联参部下面何单位从事情报工作，他也不知道。其三：国防科工委非情报机构，只派学者和科技人员出国收集军事科技信息，不会搞旁门左道的间谍活动。其四：军情干部级位迁升极为缓慢，他年仅二十七岁，再怎么升大约只到上尉，怎有资格和能力负责对台对港工作，尤其是领导工作，简直天方夜谭……"

隔一天，去到店子里，纪叔棠问我，徐瀚默的书看了没有。我说这书也就随便翻翻，里面写什么都不意外。

"我也看完了，"他说，"徐瀚默这几年躺在床上，还有力气做学问搞研究？"

"万之锋可以帮他。这本来就是个遗愿，算不得做学问。"

"那也是，徐瀚默也好，万之锋也好，人总是能解读出自己想要的东西。"

纪叔棠又说："前面说好，这套书是只能用不算卖，用后返还，但现在万之锋执意要把书留住，钱款直接邮汇到书店，比想象中多。"汇单上还有附言，纪叔棠拍下来给我看：兄之襄助，徐先生已得偿所愿。挚谢。

"你仔细想想，他心里明白得很，对你也确实感谢，你就恭敬不如从命。"

"哎，卖赝品，钱拿着烫手。虽然黑书都赝品，但自己故意造出赝品换钱，情况不一样。"

"你把钱退了回去？"

"哪用这么麻烦。钱我不去取就是了，到期自动退回。"

觉迷

我从俞总那里辞职，洪泛要出的几本书都还没有弄出来，转给别人跟这事。接我手的小何日本留学刚回国，养成一些古怪习惯，我跟他说话，人冲我一口一个前辈，我被他叫得瞬间苍老。他还让我尽管放心，书出来后第一时间寄我。其实我对这并无期待，心中惦念的，倒是当初送出去那几套"看不见的人"武侠丛书，能否得到某家出版社垂青。

一次旧同事聚会，撞见柯姐，闲聊一会儿忍不住提到这事，算是我们共同经历的部分。柯姐一笑："你这搞法，成事机率比一个新手自由投稿更高么？"

"我知道这事轮不着我操心，但你又太忙，肯定顾不过来……"我自是顺她话说。

柯姐说这事她不是没想过,但一想港版台版一印顶多几百上千,和大陆的印数一对比,就提不起神。"……既然你当编委的有这心愿,我也就试一试,虽然印得少,但港版台版书质量都高,送给每个编委作个纪念也是好事。"稍后又说,"整套丛书交人家出版,肯定不行,里面还要挑一挑,第一批四五种就差不多了。这事情我也不找别人,你和纪叔棠定一下书目。"我就跟她商量,我俩负责优中选秀,三辑里挑出十来种,再让台湾出版社秀里拔萃,砍掉一半。当然,如果他们左右都看得过去,全都出版自然更好。柯姐及时提醒:"老想得到最好的结果,往往办不好任何事。"

回到韦城四海书店,洪泛的小舒仍跟我联系,并非业务往来,他搞妹子遇到麻烦也会征求我意见。我也乐意出几个馊主意,隔着海峡,免费相赠。他对此的评价是:丁老师总能想到更生动的办法。那次帮我搜寻薛骞仁的回忆录以后,小舒竟对各种回忆录——他们书店最滞销的品种——产生了古怪且浓烈的兴趣,而且越是滞销,印量越少,越要予以关注,想在里面扒取不一样的故事。小舒从小就有写作的梦想,或许这让他看到进入写作的门径,稀缺冷僻的回忆录都被他直接当成题材库。或者,饭局上他已经将回忆录里提取的故事转述给朋友们听,甚至包括黎本忠的故事,这让他变得更受朋友欢迎。一旦接触这个领域,小舒才知道,香港有一家书店专事经营这种近乎自费出版的回忆录——不是别家,正是俯瞰书店。

我并不奇怪,记忆也清晰,当初一进到万之锋的书店,那几柜港台版回忆录就异常显眼。他把这当成俯瞰书店一大特色,我没有多想,倒是纪叔棠感到意外,替万之锋操起心来,问过他销量如何。万之锋淡然作答,只要形成特色,就不愁销路。现在,小舒带给我的消息是,万之锋专营回忆录,可不是扫旧货,一折八扣拿回去两三折地出,多少有些价差;他于是下订单,预订台湾各书店即出的回忆录,主要在于军方人士的回忆录,只要新品,一定下单。虽然每种只订几套,至多十来套,但他长年不辍地关注,已然坚持二十余年,所以凡出版个人回忆录的书店,都认万之锋是好主顾,书还没出,相关消息先发给他。

我跟纪叔棠转述此事,纪叔棠再次起疑,说新书预订折数高,买来却当成旧书往外卖,指定是赔本买卖,万之锋为什么要这么做?这里面一定有缘故。我看他来劲,还提醒:不妨一并做研究,说不定这也和高沧有关。这一来,你的高沧研究就打开一片全新领域。纪叔棠也故作感叹:可惜我学历低一点,要不然我俩搭伙去大学混日子,揪着任何课题都能遍地开花,研究任何事情总能万泉归海,所有的问题最终变成一个问题。我也接着感慨:你这话说得,确实有点搞学问的玄乎劲了。

翻过年头,洪泛小舒又发来消息:丁老师可知,凌煌本名应是林孝存?我不知道,但觉极有可能,甚至林孝存才像是本名。印象中,台湾人名字里屡屡带"孝",大陆倒不多,习惯问题。再说,军情部门,谍报工作,一个人有几个名字再正常不过;行不改名坐不改姓那得是层级极高的官僚,叫啥名都掩不住身份地位了。小舒又说,那就对了,林孝存正要出回忆录。

去年我们聊天,小舒隐隐记得,哪见过"凌煌"这名字,跟我提一嘴。我问他是不是记岔了,他事后去查,却不知如何入手。瞟过一眼的名字,隐匿在洪泛出版社上百吨的书籍和纸质文件当中,他只恨自己脑袋不能内嵌搜索引擎去搜寻记忆。直到这天,他才意外地在一份出版委托案的复印件中找出来。不是别人的回忆录,正是四组组长林孝存在给自己的回忆录寻求出版。委托案递到洪泛,编辑审读了部分内容,认为尚有卖点,只是眼下书籍销售陷入新低,林孝存又不是社会知名人士,只能给三百册的首印。林孝存认为,自己伏案多年,辛苦攒下三十余万字,这个印数着实让人颜面无存。他强调自己的身份,编辑回他,你这身份固然特殊,可惜你的经历里面,也刨不出什么大货哦。这也是许多特殊身份的人遭遇的窘境,虽然年限一到言论解禁,但职业生涯遭遇的"大货",仍须严格审核。上面领导往往不批,"大货"嘛,往往是要留给自己,这跟小老婆一样不好共享。

林孝存还是希望，首印能达到一千，并答应自销三百册，还找个谦卑的说辞，"曲折或者平淡，都是鄙人毕生之遭遇……印出来，不要让数字太难看"。

小舒依然如故，电话里事无巨细慢慢道来。我对台岛的出版业也略有所了解，这样的印量和要求，并不意外。洪泛还待在策划会上详加讨论印量，另一家圆田出版社主动出手，把林孝存出版委托案接过去。

我掐指一算，这时间倒是正好套得准。凌煌是在一九八七年离开军情局，按军情局的规定，校官以上人员即使退役，也不得私印回忆录，需要提前报备。时限上有规定，最低也要在退职三十年后。如此算来，凌煌的回忆录若能出版，最早也只能在这一年。他几乎掐着时间点将回忆录出版，一刻都不想耽搁，看来憋了不少话要说。一憋三十年，遑遑三十万言，这里面必然有一部分文字涉及黎本忠。我问小舒，能否弄到该书稿的电子档。小舒说这可坏了规矩，电子档流出，一千册书血本无归啊。台岛出版人的精细，又一次得以见识。我只能请他帮我盯这书出版，第一时间代购一册，心里知道，相对于内地出版只争朝夕，以多以快图存，台湾出版算得上龟速，而且林孝存的回忆录必有更为严格的审核程序，拿到书不知要等到几时。

五月天气热起来时，柯姐那边传来好消息，我俩挑出"看不见的人"武侠丛书中的十种，联系了台北大化出版社，对方拦腰一刀，挑其中五种备出繁体版。幸运的是，《天蚕秘要》位列其中。我俩早已跟柯姐商量，繁体版能否恢复原名《碧血西风冷》？柯姐和大化社商量此事，对方认为原书名与内文更为贴合，改过来不是问题。回头她又交代我俩：内容也不用再改回去，比如西域第一邪派，叫成昊沙宗或者天蚕宗，哪有什么区别。

待到七月雨水渐稀的时候，我收到林孝存的回忆录校样的复印件。小舒办事靠谱，果然第一时间寄出，比我预想早了不少。书名《忆旧觉迷录》，魏碑大字，板板正正印在扉页，内文繁体竖排，照样字大行疏，三十万字在校样里排够八百多页码。回忆录的作者，大都对书籍的厚度怀有砖头情结，书印出来，眼前一摆，手上抚摸，这厚度首先给人以视觉冲击，直观对应着作者一生。

与黎本忠相关的回忆，集中在全书十三、十四章，得有万多字，算是详尽。

作为四组组长，林孝存（凌煌）须履行考察本组成员之责任。他惯于作工作记录，当年考察评价黎本忠，林孝存记有一笔，回忆录里完整摘抄且附上工作记录照片："……工勤无缺，遇事谨言，为人过于谦逊，只是把情报站当成普通的公务单位每天支应，难免流于敷衍，似有违蒋总统'坚韧刻苦，生聚教训'的训令。"这印象纵不算好，倒也不坏，是否有违训令，要担多大责任，似乎都在究与不究之间。

黎本忠日后遭际，是跟后面调入的余湛群关系甚微。按说，余湛群跟黎本忠算是老战友，当年都进入到水爆队，组别不同：余湛群跟插旗英雄俞鲁光同在一组，黎本忠是四组。余湛群来港岛履职后，手头比一般同事活络，对人也显得客气，多次组局请人吃饭。一次，他自己在酒席上讲，一九五八年俞鲁光带队潜大磴岛插旗，他因腹泻没去成，算是捡回一命。同事吃毕宴请嘴一抹，私下说，这个老余，蹭死人的声名，死无对证嘛。黎本忠却说，有任务不出，侥幸逃生，当过兵的一般都不会讲；既然讲出来，大概是酒后真言。这是他在同事当中为数不多的表态，对于余湛群的印象，似乎搁里面，别人也搞不懂。

虽然组别不同，黎本忠与余湛群自然认得，他知道余湛群可不是一九五八年才以腹泻捡回性命。一九五三年的"侧翼穿插"，一组、四组同时往西省犁头嘴集结，集结之前，两组共同完成为期一周的对抗训练。正式行动前，余湛群告病退出。虽然称病，事出有因，但在特殊部队，这种临战退出难免"悖忠"之嫌。"悖忠"在特务部队不是小事，往后拔擢升迁都会受此阻碍，甚至够上一票否决。

一九六八年，余湛群调来港岛四组，旧战友变成新同事。黎本忠还是小有意外，余湛群身背"悖忠"之嫌，还能调来港岛；再一想又不奇怪，上次余湛群称病退出行动，战友便都知道，这人必是权贵之子。一晃十余年，见着旧战友，黎本忠似应体现出更多亲近和关照，囿于性情，倒也适可而止。余湛群生性活络，初来那一阵，倒是有意跟黎本忠套近乎，拽他喝酒唱歌。黎本忠面薄，不太懂得拒绝，去一两回，确实不适应花天酒地，而且彼时他的写作已进入相对稳定状态，有固定读者，有按时按量的任务，不允许荒废夜晚的时光。此后他必然拒绝余湛群的邀请，只是方式笨拙了点，照直说，自己不喜饮酒，去那些场所待着受罪，难免招致余湛群不必要的顾虑。黎本忠也顾不了许多，反正，他以为，只要自己不把余湛群那桩旧事说出，对方迟早体会他的善意。

一九七零年前后，军情局展开"神武""巨噬""焕光"等数项大规模情报搜集行动，均遭遇"破线"和"拆台"；每次行动前新组的特务网络，均被大陆反特系统及时破获，前后十余人失去联络。不消说，一次一次，都是彻头彻尾的失败。老蒋嘴里甩出一串娘稀匹，总长震怒，要求军情局内部自查自纠，鼓励同事间揭发检举，"必有结果，不可敷衍。"

一九七三年末，余湛群撺掇手下直属员，秘密跟踪调查黎本忠。余湛群这人钱面上活泛，搞工作就跟纪叔棠一样，假装有一个单位罢了；但毛主席语录"跟人斗其乐无穷"，没人比他学得更好。下面直属员似乎也憋得慌，对付大陆敌手毫无办法，对付自己人不在话下，各种器械技术悉数拿出，把黎本忠的起居便溺都摸出规律性，晚上磨牙打鼾说梦话，都有清晰度极高的录音。按说作为一个特务，黎本忠真是掉以轻心，一是沉浸于创作，二是断然不会想到，身边一帮废物同事竟对自己下手。他以为自己不值得别人煞费周折，图个什么呢？

一九七四年入夏，正是自查自纠"必有结果"之时，余湛群将黎本忠告发。呈在林孝存桌面的检举材料深文周纳，有厚厚一摞。在这份检举材料里，林孝存始知平时工作中支应敷衍的黎本忠，回家换一副面孔写武侠小说挣钱，笔名高沧。回忆录里，林孝存写道："得知此事，还是不免于震怒：黎本忠视自身职责为儿戏，业余却将涂抹文字换钱当成主业。此不为悖忠，何为悖忠？一直以来，虽然见他工作敷衍，心中认定还是个敦厚忠良之辈，回头一想，简直活活被欺骗……余湛群去书店购得高沧所著书籍数种，书名皆污秽，甚么《魔刀双艳》，甚么《白骨红绫》，搏取无聊看客眼球的鄙俗伎俩。待往里一翻，不客气说，这等文字语句不及我中学水平。竟然能够鬻字换钱，据说在读者中间已经吃开，薄有声名，真叫人怀疑今夕何夕，这么多人捧起书册装作阅读，却是啃吃垃圾。"

读到这里，我又想，林孝存当时对黎本忠的不满，或许挟裹着一份骨子里的文人相轻。又有谁能客观精准地就事论事，不夹杂任何多余情绪呢？

余湛群则在检举材料里罗列一大堆疑点：

一、黎本忠作为一名情报官，收入不菲，无亲无故，平日没有多余花销，何须写小说贴补家用？

二、若为钱，黎本忠却拒绝《武侠魂》等杂志的发表之约，有钱不挣，是何道理？

三、查知有多家出版社向黎本忠约书稿，为何黎本忠始终只与大维出版社合作，所有作品只在这出版、文宣能力尽皆十分薄弱的小社出版？

四、查知大维出版社向有拖欠版税的积习，唯有黎本忠的版税俱是按时结清，从不拖欠，这又是何故？

五、大维出版社吴朗维与大陆有较深关联，疑似大陆某机构联络点，至少也是物品采买点。（相关证据附后）

六、民国五十七年始，我局展开数项行动，均以失败告终。而这段时间恰逢高沧创作活跃期，每月均有薄册出版，可按时递送，客观而言，实为信息传递的一条秘密通道。

七、黎本忠（高沧）小说中是否挟带军情，还有赖于高层级专家细细审读，暂时无法定论。

八、或者，撰写武侠小说是为最为妥当的幌子，以掩盖黎本忠与大维出版社之间的私密关系及账务往来。

九、黎本忠四年私塾的旧底子，文化止于写写日记，归纳账目。高沧所著作品，真正作者或许另有其人。黎本忠或是提供相关情报，由别人引春秋笔法，写入小说情节；假称黎本忠就是高沧，也是为掩盖彼此关系和账务往来。

十、……

余湛群材料写得详细，疑点罗列一大堆，林孝存不难看出其中破绽。

当时，港岛是内地对外的唯一窗口，各大机构各种重要单位部门，外需物品大都走香港购入。甚至，如果没有香港通道，大陆的高等级燃油都将断供，引以为傲的导弹研发、航天探测工程将步履艰难。物资采买和信息传递，两者本就极难甄别，何为采买点，何为联络点，也在似与不似之间。

至于说近几年军情局诸项情报搜集行动，纵是因情报泄漏而失败，万万牵扯不上黎本忠这样等级的情报官。林孝存心里有数，他这校官都接触不到任何重要信息，前几年几项大型情报搜集行动很少涉及他们驻港机构，是直接针对内地，黎本忠又如何得知？

再说到武侠小说挟带军情，荒诞不经，几近谵妄之语，林孝存哪里肯信？黎本忠是否就是高沧，倒容易查实，只需找来小说的稿查对字迹即可。当然，即使字迹查对无误，余湛群也会说，会是大维出版社拿出原稿让黎本忠誊抄一遍。到时候，林孝存打算喝止余湛群：不要找人麻烦，除了你，谁又干得出这等脱裤子打屁的蠢事？

明明诸多破绽，林孝存仍是决定内部调查黎本忠，自是经过一番考量。黎本忠给他印象不好不坏，余湛群则可一眼瞥知：纨绔子弟。这次的检举材料写得煞有介事，虽然漏洞不少，林孝存不得不重新打量余湛群，知道这家伙不是看上去这般无能。他也查实两人背景，余湛群背后人物来头不小；而黎本忠基本上是个断线风筝，纵与薛骞仁有来往，据查也只是旧部队普通的上下属关系，并不紧密。往下再查黎本忠档案，内里竟找出一条记录：**民国四十五年七月，潜伏大陆钦廉专区，七天内单独行动，具体行程与情况待详查核实**。林孝存吓一跳，黎本忠奉调来港之前，竟然没人拎出这一条质疑。这一条摆明可以直接否决，黎本忠得以进入港岛四组，本就是人事上的巨大疏漏。

当时负责人不是林孝存，要不然这锅背不起。此时，他也不能直接重提这事，往上都不知道得罪到谁头上。

黎本忠档案里这一笔批注，有极大发挥空间；甚至可说，草蛇灰线，伏脉甚深，一条证据链业已自动生成，环环相扣。再说，上峰督促各部门自查工作须有结果，不可敷衍，想来想去，四组也不能交白卷，眼下只有把黎本忠抛出去最为合适。疑点摆明是有，且是余湛群的揭发，但这罪名分明又是虚妄，一阵调查过后，不管得来怎样结论，都不能说是不作为。

对黎本忠的调查就这么展开，人先控制住，内部讯问。见不能隐瞒，黎本忠痛快交代自己写武侠挣一挣外快，并无其他目的，说军情局的内部条例，似也没有明令禁止业余时间写作挣钱。黎本忠的自我申诉，让林孝存有些傻眼，以前看黎本忠为人勤谨，其实是头脑简单，说话越多暴露越多……到这时候，他似乎还没察觉事态的严重。

对大维出版社和吴朗维的管制当然要同步进行，余湛群主动请缨，由他去办。林孝存暗自冷笑，觉得这货比黎本忠也好不了几毛钱。这边把黎本忠监管问讯，余湛群就以为自己检举得手，上司会委以重任。林孝存叫余湛群恪守本务，这事他亲自办理。查大维出版社不是内务，在港岛地界万不可造次。警署可不是日后港片里贬损的那般昏聩，盯他们这些外驻的秘密机构，反倒是丁一卯二账清目明。林孝存用心思，只能从大维出版社债务入手，找柯士甸的奭哥派出的人手，将吴朗维私下拘押。林孝存进到黑屋子，吴朗维表情伏低，眼仁敛有静气，十足沉稳。一听问话不对板，吴朗维扭头朝着墙皮隐藏摄像头的位置，大声说："这次叫我过来，一个外人问账务无关的事，不会是奭哥的意思吧？"

既要对大维出版社动手，想彻查黎本忠与大维出版社的关系，又不能跟吴朗维动粗，也实在为难了这帮特务。退而求其次，林孝存只能索要黎本忠手稿核对笔迹，且要求马上封存正在印刷的《天蚕秘要》。吴朗维同意将手稿交出；《天蚕秘要》刚印好第一集五千七百余册。奭哥不偏不倚，当了中人，说那边可以封存成书，但人家的印刷成本总是要补足。吴朗维还笑着说，倒是来了个大买主，早知道，赶一赶工时，全套都印好了让你一块封存。

这时候，林孝存一下子醒了，心里暗骂余湛群，导演一出闹剧，给自己找来这一摊麻烦。调查只能继续，印好的书抽出几本拿回去审，其余就地粉碎。吴朗维日后还发来账目，粉碎那一堆书工时费两百零七元四角。他又不好问，怎么还有个零头？一堆碎纸可以回收化浆，又卖了几钿？

黎本忠被带回台湾，各种审查，又过了几次测谎，均无漏洞。档案里的记录被翻出来，但没听说继续查下去。即使过了审查，黎本忠再想返港已不可能，被派去中华邮政总部大楼查验国际函件。不用说，这只能是冷处理，既不任用，亦不辞退，给予基本薪酬，每天用薄刀片开启信封，检查无误又重新封口……只要活得下去，主动辞职几乎是唯一选择。

《忆旧觉迷录》还记载黎本忠受审的后续的情况，这可是所有资料中唯一提到。辞职后三年，黎本忠结了一次婚，搬到新北，帮妻子打理一家果蔬店。一九八二年林孝存还专门赶去探望，黎本忠中年发福的模样比预想中来得快，来得彻底，头已半秃，心情似乎不错，坐在摊前手捧一册书。林孝存赶去，先看到对方，当时那副神态，似乎看书才是主业，生意顺带着做一做。靠近了，林孝存瞟一眼书皮，是长河不久前社版的《碎梦刀》，他也刚好看过，轻易找到话头。当时温瑞安从大马赴台，几年的发展，竟把"四大名捕"系列经营得风生水起。林孝存当年审看了《天蚕秘要》之后，觉得不好，却被一股好奇心驱使，把"高沧"另几本武侠悉数看了一遍，那都是当年余湛群搜罗得来。高沧纵是看不上眼，那以后，林孝存竟然找各种武侠小说来看，长年不辍，意外沦为武侠读者，也曾读出武侠世界的天宽地阔，回忆录里腾出篇幅评点了一番。及至读到温瑞安，林孝存奇怪得紧，这文字水准跟黎本忠拉不开距离呵，为抻篇幅，省略号连篇，为何被奉为新一代宗师？报纸上时有温瑞安造弄出的新闻，显然是个能挣扎的主。这人华发早谢，跟眼前的黎本忠还有几分挂像。

一番寒暄，林孝存看那果蔬店仄小，想必也是惨淡经营，勉强谋生，又说："现在你不在局里了，放开手脚，想写就写。我看了你以前写的那几部，真是……不差，以后只要找见你新作，一定找来认真读。"

黎本忠苦笑，说现在不写了。

林孝存问为什么不写。

"以前当是瞎诌，拿笔就能写，现在拿起笔头脑一片空白，真正是写不出来。"黎本忠神情一时恍惚，"我也没想到，瞎编几个故事，也是要灵感支撑的。"

当年《天蚕秘要》封存时，林孝存抽取了一沓十册供审查，自己取其中一册。黎本忠的事情过去，余下九册摆放在办公室公用柜中，无人管理，任人拿取。那年头擦屁股还用字纸书页，他在厕所里几次见过被人扯开的《天蚕秘要》，想必余下九册，就这么没了踪影。那一册他保存至今，说来应是孤本。

林孝存回忆录里，还记下了黎本忠离婚的事情，时间就到了千禧之年，林孝存说自己并不意外。在他理解里，黎本忠从来都是一个人，永远都是一具孤独的身影。林孝存听旧同事说，曾在泰顺街见过黎本忠，经营一家面档，卖牛肉面和卤干。林孝存还确认一下有无看错，旧同事说头发秃了，精神还好，见面打了招呼，错不了。他把头一点，此后没去叨扰。

孤本

《忆旧觉迷录》校样复印件被小舒胶装成大厚册，做了封面还套上胶皮书套，跟正式出版没有区别。纵厚，收到的当晚我已翻完，许多部分跳着读，只有跟黎本忠有关的部分眼光才自动变慢。这似乎对不住小舒的热忱，但无须讳言，凌煌（林孝存）这一生跟我的关联仅在于此。

次日拿给纪叔棠，隔了一天，晚九点，我俩照样掩上门在书店里宵夜。他出门拿酒，这个点我俩总要喝点。最近我俩的口粮酒一直固定于黄盖玻汾，那天他进来拿了一瓶红坛酒鬼，我一看显然有事。

"那本回忆录……你不觉得，他们两个太像？"他坐下来，嘴皮一动，手也不废，麻利地开盒启瓶。

我大概猜到他在提哪一桩，嘴上问："哪两个？"

他把酒淙淙淙倒进两只茶杯。"写到余湛群整黎本忠那一段，你没觉得似曾相识，特别熟悉？这家伙一整套思路，还有要从武侠小说里挖情报的想法，跟徐瀚默搞的研究简直一模一样嘛。"

我看到的时候也起了疑惑，但不至于兴奋。当然，这恰好是我乐意跟纪叔棠待在一起的重要原因：那一头苍苍白发，仍遮掩不住他喷薄欲出的好奇心。我故意问，那又怎样？

菜不讲究，直接喝起来，他嚼几粒过油花生，今天火候稍过，带焦煳味。稍后他问："他俩会不会早就认识？"

"你是怀疑徐瀚默……"此时我脑际闪出一老者，面目模糊，暗自调校一会儿大脑内置的焦距，渐至清晰，却切换为万之锋着墨绿西装的神情。但他只是养子，我无法生发由此及彼的想象。

"你说徐瀚默为什么一直要研究高沧，我看就是死咬着不放。当然，坚持得久，他算是研究高沧的唯一专家……"

"现在不是还有你么？"

"别岔话，你懂我意思。万之锋以前讲过，当年徐瀚默是靠研究高沧写文章，发表在店刊上，那一阵他们爷俩日子稍微好过一些……"

"是这么说过。"

"你肯信么?"

"香港台湾什么情况不知道,反正我认识的作家都要另外领一份工资过活。稿费靠不住,书店店刊能开多少稿酬?估计和内部刊物差不多。"

"内部刊物?"这个纪叔棠没接触过。

我大概解释一下,公开的文学刊物有多种,稿费养不活作家;而内部刊物,几乎每个县一份,多不胜数。因为每个县都有文联和作协,不办办刊就捞不着存在感。这些刊物不要求独家发表,不妨碍正式发表,稿费象征性地给一点,比正式刊物低得多。但内刊发稿要求较低,且可以一稿多发,也是作家尤其是我这号新手作家的一大稿费来源。

"那对了,店刊和这内部刊物差不多,稿费肯定低。别说他搞野研究,就算大学教授搞正规研究,发表论文不倒赔版面费都不错,赚的是上面拨的科研经费。不用说,徐瀚默研究高沧的那些文章,哪可能真正赚到钱?你说,他一直揪着高沧搞研究,到底为的什么?"

显然,纪叔棠有自己的看法,并将其当成标准答案拿来考我。

"我哪知道徐瀚默的动机?这也死无对证嘛。但可以猜一下你的动机:你怀疑徐瀚默帮着余湛群一块陷害黎本忠……"我撇撇嘴,"别急,听我说完。老丁,现在你的兴奋点在于：有这怀疑，你也相信往下不难找到证据。你找准问题看到方向，憋不住马上动手，终于可以搞一搞研究。你相信只要愿意去找，那些证据会夹道欢迎你，有些已经冲着你挤眉弄眼，不是么？"

他想了想，自己喝一口。

我不免给他提醒："证明出来又能怎样？高沧或者黎本忠，我们根本不认识，万之锋才是我们朋友。"

"只是想把这事情搞清楚，并不是要写成文章发表，那不是我的强项，而且现在没有店刊了……哪本杂志会关注这事？"

一想，仿佛是这样：徐瀚默是否认识余湛群，两人又是否联手陷害黎本忠……只有我俩晚上喝酒还会讨论一番。换别的任何人，拉他过来一块喝酒可以，要他听这事他只想扯腿走人。眼下的喧嚣，也包含着最大的寂静，几乎所有人的风流过往，都被过多的、冗余的信息严严实实地遮盖住，迅疾地淹没、冲走。

晚上将书店门一掩，几乎没有人推门进来找书。不管写书的做书的卖书的如何折腾，书更迅速地被人遗忘。我看着周围满架满柜的旧书，像是过往生活的遗迹。不说别人，我和纪叔棠守着书店，目光一不小心就沾在手机屏上，陷入短视频当中，彼此脑袋偶尔一抬，目光偶尔一撞，都小有尴尬。但我俩还是愿意守着这店子，筑书为墙，藏在其中，内心多有一些安宁。纪叔棠不经意切换话题，聊到最近的生意几乎是靠网店。我们在网上开了群，招募同人校对精品黑书，这两年坚持下来已校完六十多部，重新排版一体机印成书，这半年月销量都在两三百套……销量聊起来还给人以安慰，能赚多少，说出来就没多大意思。他在考虑，既然是以网上销售为主，可以不用实体店，租个工作室就行，甚至专找我住的那种天地楼，整层租下来也比租店面省不少。

"其实我也在想这事，这实体店开下去，早晚变成教材教辅，儿童培训。这是规律，是书店生存法则，躲不过去。我俩真正需要的，就是一间大工作室，堆满了书，凌乱一点都好。我俩继续开网店，同时放开手脚干各自真正想干的事。我继续写小说，发表不了我也自印自销，反正亏不了；你就搞你的研究，不要有什么现实目的，只要你研究高沧跟徐瀚默一样来劲，就不要停。套用一下郭明义的名言，你这叫'研究别人，快乐自己'。"话说一圈，一不小心又转回来。我毕竟收不住口，"你这研究，继承徐瀚默的衣钵，和他并称高沧研究领域仅有的两位专家；但你这思路，跟徐瀚默也是越来越混淆……说来说去，还是索隐派那一套，以前我们聊到这儿，都有点看不上嘛。"

纪叔棠再抬头看我，眼里犯着酒蒙，但我知今夜的酒远没喝到这程度。

"你怀疑他俩合起来对付黎本忠，回头去找证据,那不就是先打枪再画胸环靶?难道不是一种执果索因?"

一茶杯的酒见了底,他脸上浮现更真实一些的神情,承认自己有了怀疑以后,浑身兴奋,又觉哪里不对劲。我一说,他恍然明白,自己可能正活成另一个徐瀚默。

但酒后的反省都来得可疑,次日一早我俩照例又见面……当然我们还将这样不停地见面,但这天见面他的神情很特别,一把年纪了,朝我噘起了嘴,本来就有些瘪一噘实在老相。

我赶紧把耳朵摆好。

"昨天说得不对,我怎么会越来越像徐瀚默?老丁,你差点把我带偏了,幸好我及时醒悟。"他脸上陡地又笑起来。

"又有什么惊人的感悟?"

"我和他是有明显区别。脑里有了一个结果,然后去证实这结果是否真实,这有什么错?什么叫执果索因?胡适说的'大胆假设小心求证',不也是执果索因?你带偏我在哪里你知道么,就是徐瀚默并不是像我这样做,他那叫'胡乱假设强行求证',跟我的做法有本质区别。"

他一张嘴把胡适搬出来,以前他没搬出这么大个的,可见有备而来。我立即表示认可,一脸虚心模样,不给他充分发挥的机会。他神情还有些蔫。

"理论上没问题，你和他有本质区别；事实层面，你也有了重大突破对吧？"

他无奈地盯我一眼，再把复印本搁到我眼前，里面有折角，他一翻就开，手指往上面戳。纵是复印本，他也不往上面划线做标记，手指戳得准，可见成竹在胸。他戳了两句话给我看，分别在681和685页。

> 我们再次去到聚斯汀会所，跟贾先生确认前一晚余湛群所说之事。

> 余湛群意外发现张庭栋仍没离开，这让我们觉察到他要见的另有其人。

只是平白的两句，我问他有什么不对。

"你看得真不够仔细……这是两句断头句。"纪叔棠又将册子往前翻翻，书的这部分正好写到黎本忠遭受内部调查。"你往前看看，聚斯汀会所是第一次也是最后一次出现，张庭栋是第一次出现，但看这文意，显然不对，前面必然已经出现，但这呼应关系读不出来了。"

"你这是武林高手看武功秘籍，我是蜻蜓点水。你是说，这前面有删除的部分？"

"肯定有，断头句就断在删掉的篇幅里，应该是林孝存被迫删减。"

按这文意,去"聚斯汀会所"确认的是"前一晚"的事情,"张庭栋"是"仍没离开",若有呼应,两者在前面出现不至于很远。我往前翻动,一行一行扫描,看了二十来页,已经到上一章,当然找不着前文。虽然此时也不算细看,但知道纪叔棠能这么说,肯定校对似的看过,不会有差错。

"凭什么说被迫?"

"林孝存什么人?职业特工,干了一辈子,心思缜密哪是一般人可比?他的文笔确实不差,若有删减,这两句断头句稍微处理一下,融进上下文读着不突兀,并不是难事。真心要删,不是被迫,何必硬生生留下这两句?"

"他就是要告诉别人,前面有删除?"

"只能是故意……有人找他删,他又不甘心。"

这时我倒愿意相信纪叔棠所说——林孝存如此细小的处理,如此隐微的心思,也能找到如此遥远的回应,没有落空。我举杯敬他:"你这可是跟林孝存接通了暗号……要是学历高一些真应该去搞研究,或者,你要是跟黎本忠有一样的经历,肯定会也当特务。"

"你这是夸我啊……可惜见不着林孝存的面,要不然可以看他删除的部分。"

"删除那部分一定跟徐瀚默有关系?"

"这哪能肯定,但他回忆录的初稿,台湾园田出版社的编辑肯定看过,或许留得有底子。我估计,最初的校样出来,被人看到,才进行干预。林孝存阳奉阴违,搞这手脚。"

"你的意思是……找那个小舒,再把初稿弄出来?"

"能看到当然更好,印证一下,我有没有瞎猜。"

"既然删掉,编辑都有保密义务,何况小舒还是洪泛社的,弄出这套复印件都花不少工夫,不好再难为人家。"

"没关系,要查明真相,又不是华山一条道。徐瀚默码字几十年,除了研究高沧的文章总有大量的作品,再说,作家总是要互相写一写印象记。稍微查一下,他是怎样一个人,有哪些社会关系,都会浮出水面,再往里面扒,什么事都藏不住。"

这事难免要让柯姐费心,电话打过去,发现我俩虽然对此事了然于心,跟另一个人说还颇费周折。她当时有事,说等我忙完来找你们。给她一个定位,晚上她开车过来,下了车七弯八拐寻到我们书店。她推门进来,满脸惊喜:"好久不见了,你俩是在这巷子里隐居啊……不会告诉我,出柜了吧?"

"出哪个柜?酒柜?"

坐下来喝酒,高沧和徐瀚默的事还要话说从头,而柯姐听得认真。这事除了我俩，又寻来第三个关注的人，而书店安静，讲这旧事比别地方更有氛围感。

"真是个好故事，不管调查有没有结果，都值得写……"柯姐插一根吸管啜饮白酒，嗞嗞地响，并问纪叔棠要哪方面的资料。

纪叔棠已在纸页上备好，大概三块内容：徐瀚默详细的经历，最好能有一九七四、一九七五年日常生活的记录；徐瀚默的人际关系，当然也是越详尽越好；他个人的作品，尽量搜集，至少能开列目录，方便查找。

"事迹简历应该好搞，他总要填各种表格，都会有这记录，但是日常生活的记录，除非他自己记日记……七十年代啊，那时又不像现在到处摄像头，天罗地网。公安局一查，我钻进小巷子找你们喝夜酒都留了底。"

柯姐答应找香港的熟人办这事，我们也相信只要找对人，收获多少总会有。毕竟，香港可是情报之都，那里一丝一缕的旧时光仿佛都已记录在案，且待价而沽。我问她费用的事，她回信息别操心；便转告纪叔棠，说柯姐就是这样的人。约莫一个月后，柯姐发来一个文件包，里面分门别类记述了徐瀚默的一些资料，比纪叔棠开列的更周全。人际关系那个文件，记载了七十多位曾与徐瀚默有来往的人，大都附有百字简历，少数附有与徐瀚默来往时段。柯姐还主动发来军情四组八十年代以前的人员名单，这些虽已解密，搞到手也须动用一定技术手段。纪叔棠关注的是七十年代四组在港岛招募的直属员，一百余人，有翔实名单。当年，记者和新闻工作者是情报机构主要的招收目标，这一百余人，有近两成供职于电视台、电台或报社，稍微对照一下，其中三人也在徐瀚默的交际圈中，但这三人都不是余湛群的直属员。按规程情报官和直属员应该走单线，但到七十年代，四组内部也立山头搞派系，单线联系事实上早已废置，彼此才好抱团搞事或互相攻讦。那么，以交集中三个直属员为枢纽，徐瀚默和余湛群得以相识的可能性变到无限大。

文件包中分量最大的当然是徐瀚默的作品，还有别人记述徐瀚默的一些文字。这在香港几大图书馆的数据库搞一搞检索就能找到，一并拷贝过来。印象记之类的文字，主要见于旧报纸天头地角，篇幅都小。当年一帮文人朋友相互写几笔，拿去补版，既加深情谊也赚几个烟钱。当时文人说话较为爽利，说到徐瀚默的文才，多有讥贬，其人品性则备受称道。在诸人笔下，徐瀚默是在旧塾发蒙，身上免不了冬烘气，固执，多礼，甚至有些迂讷。多位文友回忆他像日本人，见面不自觉叫他一声"瀚默君"——当然，那是因为日本人像古远的中国人。其挚友陶式高印象记写得最长，《觉报》上发了整版，回顾与徐瀚默数十年交往，认为他并不是能力不及所以从不发达，而是总比时代慢了几拍，行事总与周遭的一切不搭调。"赚去年的钱过今年的日子,通货偏又不断膨胀,因此入不敷出是他必然的命运,且在我看来只要瀚默君这性情不变,命运便断无改观的机缘"。好在这人干活牢靠,凡有约稿一概应从,像是不懂拒绝;写手交稿一般都有拖延症,只他一人从不拖沓,甚至比约定时间早几天交稿。编辑当然需要好稿,也需要招之即来的写手写应急稿,保证版面不空。所以,纵使腹笥见窘,但徐瀚默总能以人品余裕贴补文才之不足,才得以数十载靠一支笔讨生活,说是作家未免托大,于是便有了"掌故作家"这一妥帖身份。

这些短章,对他文才的苛评,恰好让他人品更具信度。

徐瀚默早年加入当地笔会组织,档案里查出他十余个笔名,再由这些笔名延伸去查,作品种类确实不少。而且,他几乎只在研究高沧的一组文章里使用本名,其他文体与笔名各有对应:报章上发表大块文章用名"徐憨子",发豆腐块补版则是"汗沫",写散文用"须寒",写小说用"许默予"……笔名总跟本名擦边挂角,不会全无依傍,这也能看出一份迂执性情。他也有出版,散文集出了两种,小说集有四种,都是交给跟他声名一样冷僻出版社印制,印量百来册,分赠好友。内地即使自费出版,印量也数十倍于此。徐瀚默的书,香港几大图书馆都找不到电子版。我们网上联系神州书店，这是港岛最受称道的旧书电商，擅长搜寻港版各种廉价冷本。徐瀚默的书印数虽少，惜无人问津，故而也不成其为缺本善本，几乎都是白菜价。店主闻力回我们消息：这么多年也就你们寻他的书，价格好说，半卖半送了，当我清一下库存。

他的散文现在看来着实乏善可陈，有一篇《郊野》获首届"洪醒夫文学奖"，应是其代表作，两部散文集分别取名《郊野》和《郊野之外》，显然也是自个儿尤其看重。我和纪叔棠把这篇看过，觉着不错。文中记载他数十年居处的变迁，从横坑到汀九到油柑头再到港岛，"像是作极近距离却又极为缓慢的迁徙，飞鸟转瞬飞翔的距离，却是耗尽蚂蚁一生的迁徙路线"。他印象深的是从前郊野与城市一直互相抢夺着生存空间，甚至把郊野比作一头活物，依傍着也觊觎着城市。文中写到：春季一场大雨，郊野的潮湿和青绿便迅速蔓延，占领道路，爬上墙壁和房顶。夏季台风经常掀翻铁皮屋顶，摧毁绿植损坏道路，需要连日修补让生活重归正常。"年轻仔总以为港岛从来都是今天这样子，就是立体穿凿的道路与高耸楼宇。但我知，数十年变迁中，有些由来已久的朋友已经消失，比如郊野，比如一夜伸展的青苔，还有青苔上漫游的蠕虫们……有些朋友仍按期造访，但今时往日面貌大异，比如台风，从当年暴戾小蚊崽变作掉光牙齿的老者，性格驯顺，来往间很少给人惊扰。我仍清晰记着当年台风给予生活的诸多困扰，如今面对失却破坏力，没有暴脾气的台风，却又道不出某种伤怀……"

其他篇章虽弱，调性大致如此，数十年急遽发展的过程中，徐瀚默总在惦念旧时风物，无怪朋友认为他不合时宜。

四部小说集统共有五六十篇，我翻了其中几篇，这文字当时还能见刊上报，今天一读各种生硬膈应，偶有字句段落想要彰显文采，却愈发老旧。纪叔棠却将四部小说集硬啃一遍，而且找到三篇小说，主要情节或细节都是"诬陷别人以后自我的悔罪"。他将相关的部分划出来，指给我看，说事不过三，徐瀚默为什么一再写这样的情节，明显是自身罪感积累后的宣泄……

以前他也是从武侠小说里扒取细节，对应高沧身世，现在换作徐瀚默，无非老调重弹。我也认可手头的资料，不难看出徐瀚默和余湛群相识的可能性极大，不难看出徐瀚默流露过悔罪心理，但这都只流于推断。这一堆资料详备，可以一直挖掘，但何以铁板钉钉，确证他俩相识并联手陷害黎本忠？

"……除非，徐瀚默真的留下日记；除非，万之锋愿意给我们看。"纪叔棠这话一说，听着都渺茫，两个"除非"叠加，几率只能几何级数地递减。

"还看不出来？万之锋对徐瀚默的敬重，当然就是将养父后悔的那些事尽量消除。"

"你其实也认可我的推断了啊。"

"只能是认可,还能怎样?你的研究可以说无限接近于真相,再怎么接近,终归不是真相。"

纪叔棠头一点,又说:"真正的研究都有限度,但徐瀚默那种研究没有,所以他爽。"

"他真的爽么?"

虽然遭遇限度,纪叔棠也并未颓丧,看来他只是找机会,绕过这道必然能够绕过的"马奇诺防线"。事实上,隔不了几天,我俩都关注到同一件东西:《忆旧觉迷录》提到的那一册《天蚕秘要》。不用说,那才是有据可查的武侠孤本。

纪叔棠率先跟我提这事,还说:"别的不好打扰林孝存,但他手里那本书,难道舍不得卖?"

"一个老特务生计不愁,也不会拒绝多赚一点。这书我们看来是孤本,在他那里算不得什么,但主动开口,他会不会突然醒水,觉得奇货可居?"

"当年他们从大维社一共抄了十本,其他九本都被同事当了卫生纸,那这一本就是从他卫生纸里打捞出来的,能要多高价格?"

"价格高低倒不在于这……除了我们,还有谁想要这东西?"

纪叔棠眼神一呆,嘴角一抽,说"那有的哦"。

显然,我俩也同时想到一个人。他问我是不是再联系一下小舒。这当然不是问题，我当即发去消息。小舒回话：这倒可以联系林孝存先生，而况这就是回忆录的回响，能够说明出版的有效性哩。次日又回消息：林孝存手中那本《天蚕秘要》，前不久已高价出手。我追问什么价格，什么人买走。小舒回我：对方都不便回答。我一时兴起，又问他能否再问，高价高到什么程度？小舒回：林先生刚才已经作答，我没一并写清楚。他是说，再没有人会出这么高的价啦。

"看来，这个价格是林孝存完全没想到呵。"我俩开始"研究"几条短信隐含的信息。开书店以来，我俩倒是共同生发出这样的闲情逸致，这也能让每一个日子更便于打发。

纪叔棠说："完全没想到，是这个价钱不光是买书。"

"那只能是他了。"

"书到他手上，我的研究又要断茬了。"

"哪是断茬啊，是真正接上茬了。你想想，还真指望从那本书里扒出信息？但我们可以联系他，看看书在不在他手里。"

"就这么问他，他会怎么答？"

"明修栈道暗度陈仓不懂么？你前面费心巴力那么多研究成果，发表又没价值，不都是为他准备？"

我发信息问万之锋，是否看过《忆旧觉迷录》。隔了一个中午他才将信息发回,说这书的校样他已拿到,正想发给我俩,又怕冒昧。"……研究高沧,或是徐老个人志业,他长期的研究也带动我的参与。别的人是否真有兴趣,实话讲我并无把握。"我说书已拿到,纪叔棠也完全陷进去了,把相关部分逐字审读,那认真劲可不输于徐老……某种程度上,徐老也是后继有人啊。仿佛为证自己所言不虚,我让纪叔棠把断头句标上记号,拍下来发过去,告诉他纪叔棠已然读出来,前文似有删减部分。"删减部分极可能牵涉黎本忠遭遇陷害的情况,只是我这边能力有限,不知万兄与园田出版社关系如何,能否找回删减部分?"

万之锋再要回话,迟疑了许久。他说我只是卖书,人家做书另有规矩,既然删减定是有隐衷,别说索取删减段落,照这发问都显得不周备。

纪叔棠往我手机瞥一眼说:"这已经拐着弯奉劝我俩了。"

"那就等着看吧,他这么周备,后面肯定还有动作。"

事实上,这一回我又猜中,半月以后,一封快递从香港寄至我们书店,摸一摸厚度,恰好一册薄本武侠。拆开一看,里面还附有短简,说徐老既已过世,这本书自当奉上,以便纪叔棠继续相关研究。纪叔棠取出里面那本薄册,所谓的孤本在想象中自带某种气质,真的拿在手上又如此普通，只能说"识者宝之"了。稍微看了几行，纪叔棠当着我面揉了揉眼睛。

"还是看不下去？"

"反正，值不了林孝存说的那个价，别人都给不了的价。能卖这个价，只能是和回忆录删除的部分有关。"

"值不了，但这笔钱万之锋花得不冤枉。买来堵了林孝存的嘴，送给你又堵人一回嘴。你还记得俯瞰书店，那满满几柜的回忆录么？现在明白了，这就是防患于未然……"

"人艰不拆嘛，万经理确实是个好人。"我把书接过来，"徐瀚默也是，当年为什么要帮着余湛群搞事，我们不懂，肯定有他的难处。显然，这以后他是非常后悔的，要么道歉，可能也没机会见着黎本忠；于是换一条路径，就去研究这些武侠小说，扒取里面的情报，真扒出来了，自己似乎就好受一点……结果搞到走火入魔的地步。"

"都是我们瞎猜出来，死无对证，不是么？"

"猜到七分就好了，留三分后路。"

"这本书我也研究不了，你拿去看看？"

"我看过的。现在换了个书名，不是《碧血西风冷》么？"

次年春节过后，我和纪叔棠受邀赴台，参加第二十六届台北书展。大化社繁体竖版"看不见的人"武侠书系首批的五种,在这书展上搞一个首发式。

抵台入住"小巨蛋"后面的诚品行旅,我洗一把脸去到纪叔棠房间,他习惯把拉杆箱的衣服都挂入衣柜。这样我看见箱子里的几册书,有一册用塑胶袋封装的严实,正是那孤本。显然,这一本他可不是带在路上看。

"你是想把这本书送给黎本忠?他自己还从没见过。"来之前我俩就已说好,抽空去泰顺街一带看看,找一找……为此我也带着徐瀚默老先生那本遗著,里面附有他搜集到的黎本忠(高沧)各时期照片,二十余帧,印足八个页码。我得以熟悉黎本忠从青年到壮年面容的改变,然后头脑中生成某种惯性,以此推测他衰老的模样。

"有这想法。"纪叔棠说,"见着面,只要将这本书递过去,他就会相信,我是这个世界上最了解他的人。"

我看着他,一个银发苍苍的家伙,等待着与另一老者的劈面相逢,还事先想象,初次见面便有无尽的熟悉。我说:"这可是孤本,真正的孤本《天蚕秘要》,万之锋买下来花了不少钱。"

"去他妈的孤本。"

"你可能觉得这么做有意思,但我觉得尴尬……"我的作用似乎就在于适时泼点凉水,接着说,"真的,我想我们不能任由性子，改变别人一贯的状态。你根本不知道他会有什么反应，不是吗？"

纪叔棠没有吭声。

活动间隙，我俩用半天时间专程去往台师大附近，逛荡于龙泉街和泰顺街一带枝枝杈杈的巷弄。我前面来过数次，对这一带已然熟悉，附近有数十家旧书店铺：茉莉、华欣、竹轩、名冠、水准、伊圣诗、公共厕所，还有旧香居，每次来台北必来这里，钱包渐空，换来一捆捆旧书。

这次来目的全不一样，《忆旧觉迷录》里面写着，黎本忠是在泰顺街经营面档。林孝存从同事嘴里得知黎本忠下落，已是许多年前。现在算来，黎本忠已经八十多岁，纪叔棠怀疑他还能不能干活，又是否仍在这一带。但我知道这边老人身体普遍不错，手脚勤快，甚至有些人宁愿干活拒领养老金。这里经常撞见七十多岁的老汉开出租，八十多岁守个面档，应当没事。黎本忠若不经营面档，难道还操起笔再去写小说？或者，他招来一个徒工，一块操持生意，直到一天他再也动不了……

泰顺街枝枝杈杈二十几条巷子，无数食档面档充斥其间，有些面档过于狭小，店主即是所谓的"一坪（3.3平米）大佬"。光线时而强烈时而疏朗，眼底是十分日常的街景，老街多是老人，随处见得着推车和地摊，间杂着装异常时髦的青年男女，匆匆行过。黎本忠的模样，此时在我脑际陡然清晰，只要见着本尊，瞳仁便会自动聚焦、锁定，像是电脑里的识图软件。

我俩漫无目的地走，见到一处面摊便停下来，往里睃一眼。说实话，这时我竟没搞明白，如此的相逢应该怀有怎样的心情。

图书在版编目（CIP）数据

秘要 / 田耳著. -- 上海：上海文艺出版社，2023
ISBN 978-7-5321-8618-1
Ⅰ.①秘… Ⅱ.①田… Ⅲ.①长篇小说－中国－当代
Ⅳ.①I247.5
中国版本图书馆CIP数据核字(2023)第011911号

发 行 人：毕　胜
责任编辑：江　晔
装帧设计：付诗意

书　　名：秘　要
作　　者：田　耳
出　　版：上海世纪出版集团　　上海文艺出版社
地　　址：上海市闵行区号景路159弄A座2楼　201101
发　　行：上海文艺出版社发行中心
　　　　　上海市闵行区号景路159弄A座2楼206室　201101　www.ewen.co
印　　刷：上海盛通时代印刷有限公司
开　　本：889×1194　1/32
印　　张：11.25
插　　页：5
字　　数：198,000
印　　次：2023年3月第1版　2023年3月第1次印刷
Ｉ Ｓ Ｂ Ｎ：978-7-5321-8618-1/I · 6787
定　　价：68.00元
告　读　者：如发现本书有质量问题请与印刷厂质量科联系　　T:021-37910000

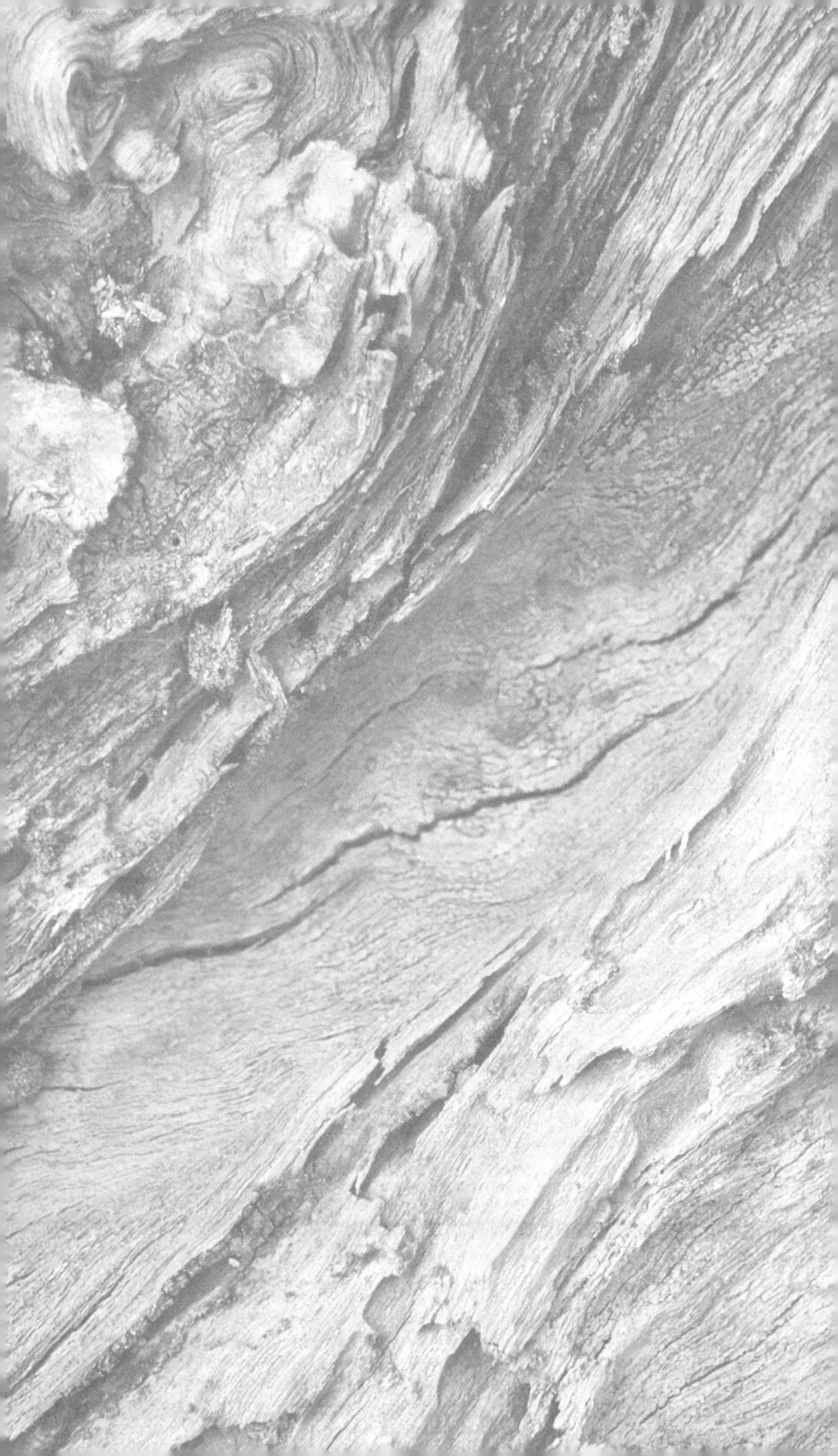